Texto de acordo com as normas do novo acordo ortográfico da língua portuguesa (Decreto Legislativo Nº54 de 1995).

Editora – Catia Mourão
Capa – Joice Dias
Diagramação – Catia Mourão
Revisão – Lidiane Mastelo e Halice FRS

CIP-BRASIL. CATALOGAÇÃO NA PUBLICAÇÃO
SINDICATO NACIONAL DOS EDITORES DE LIVROS, RJ

B472L

Bianchi, Alicia
Leiloada para o CEO / Alicia Bianchi. - 1. ed. - Rio de Janeiro : Ler, 2024.
220 p. ; 23 cm. (Casamentos milionários ; 3)

ISBN 978-65-5055-082-0

1. Romance brasileiro. I. Título. II. Série.

24-93076 CDD: 869.3
CDU: 82-31(81)

Meri Gleice Rodrigues de Souza - Bibliotecária - CRB-7/6439
31/07/2024 05/08/2024

Foi feito o depósito legal.
Direitos de edição:

Ler Editorial

Leiloada para o CEO

SÉRIE CASAMENTOS MILIONÁRIOS- LIVRO 3

ALICIA BIANCHI

1ª edição
Rio de Janeiro – Brasil

SUMÁRIO

Para Milena, que, assim como Julia, mata um leão por dia pelos seus sonhos. Um moreno sarcástico, com um passado sombrio e olhos verdes penetrantes, pode estar justamente à espera de uma mulher como você, amiga: forte, única e especial.
Te amo!

NOTA DA AUTORA

Bem-vindas a mais um capítulo da saga dos irmãos Stavros. Foi aqui que suspiramos pelo arrogante Philip e nos apaixonamos pelo taciturno Alexios. Agora chegou a hora de conhecermos o misterioso Nicolas. Espero que vocês se rendam e o amem, assim como a nossa irreverente Julia irá amá-lo.

Este livro se passa em muitos países, Estados Unidos, Brasil. Grécia, Rússia, mas tenham em mente que é um livro de ficção e que licença poética foi usada mais de uma vez.

Contém cenas de relação sexual intensa, Linguagem chula; Linguagem de conteúdo sexual, Violência moderada e uso de drogas lícitas.

Aproveite a leitura e apaixone-se.

PLAYLIST

Aponte a câmera do seu celular para o QR Code e se divirta com as músicas preferidas de Nicolas e Julia.

PRÓLOGO

Nikolai

Kazan, Tataristão - Dezesseis anos atrás...

Apertei o meu casaco contra o corpo enquanto acendia a lareira da pequena cabana. O inverno ainda não havia oficialmente começado, mas o frio já se fazia intenso nessa região. Deixamos nossa casa em Moscou totalmente equipada para aguentar o clima hostil e viemos para a área rural de Kazan, cidade onde a minha Ekaterina nasceu, ela queria se despedir aqui.

A cada começo de inverno, Ekaterina vibrava como uma menina assim que via os primeiros flocos de neve caindo e, em toda vez eu reclamava, chamando-a de louca. Nunca entendi como ela conseguia gostar tanto dessa estação. Sempre falava que o inverno existia para permitir que tudo começasse de novo, como se fosse uma segunda chance programada do universo.

Eu trocaria qualquer coisa por uma segunda chance.

— Olha, Nico, está nevando! — ela chamou do quarto, a voz falhando devido à intensa tosse que não a deixava mais em paz.

Corri até o cômodo e tentei sorrir ao vê-la apontando para janela, a cama da cabana parecia maior, ela havia emagrecido muito nesses últimos meses. A maldita doença quase não deixou nenhum vestígio da minha Ekaterina.

— Cuidado, *babochka*[1], não vá se cansar!

— Sente-se aqui... comigo — ela disse, acariciando o meu rosto.

Parei de sorrir assim que cheguei mais perto e senti sua respiração. Sabíamos que ela iria piorar longe do hospital, mas eu não estava preparado para dizer adeus ainda, eu nunca estaria.

---

[1] Borboleta em russo.

Ekaterina e eu nos conhecemos em uma das minhas missões secretas a serviço da filial russa da *Beaumont Minerals,* a maior mineradora do mundo com sede na Suíça. Depois que deixei o exército, arrumei um emprego dos sonhos em uma empresa privada de segurança e tudo ia às mil maravilhas em minha vida até eu conhecer a engenheira de minas mais teimosa de todo o país. Ekaterina era uma das responsáveis pela construção de um gasoduto que passava em uma região de intensos conflitos e o meu trabalho de protegê-la foi bem complicado. Entretanto, eu diria, sem medo de errar, que foi a melhor complicação que tive na vida — e olha que não tive poucas no orfanato onde cresci.

— Eu te amo, Nico... — sussurrou, tirando-me das lembranças. — Queria mais tempo com você. Sei que poderia te convencer de que vingança não é o caminho, mas estou tão cansada...

Abri ao máximo as cortinas e sentei-me ao seu lado.

— Descansa, minha borboletinha, não se preocupe comigo, eu vou ficar bem... — Seria impossível sentir-me bem sem ela, isso jamais aconteceria, mas Ekaterina estava sofrendo muito, e eu não tinha o direito de prendê-la aqui só por causa dos meus sentimentos. — Além do mais, tenho certeza de que não será uma bobagem dessas que vai nos separar.

Ela tentava sorrir quando foi tomada por uma violenta onda de tosse. Seus olhos ainda eram divertidos quando finalmente conseguiu falar comigo.

— Só um cabeça dura obsessivo como você para falar que a morte é uma bobag...

Acariciei os seus lábios com o polegar. Não queria que se alterasse. Ekaterina era uma ateísta convicta, só acreditava no que via e às vezes nem isso. Eu nunca havia pensado muito a respeito, passei a minha infância tentando sobreviver, mas agora era só nisso que eu me segurava: eu logo estaria com ela e a nossa filha, faltava só mais uma missão e então nos reencontraríamos.

Descobrimos um câncer em Ekaterina um ano depois que nos casamos, quando perdemos nosso bebê com apenas seis meses de gestação. O médico foi categórico sobre a causa: A *Beaumont Minerals*. Além de trabalhar para eles quase a vida toda, a área do Tartaristão, onde ela nasceu e foi criada, era praticamente um campo de rejeitos de minerais pesados. A empresa de Olga Netrebko Beaumont não dava a mínima para as consequências.

— Nada é impossível para quem ama — afirmei.

Com muita dificuldade, ela levantou a mão e acariciou o meu rosto com um sorriso cansado, sua respiração estava cada vez mais fraca.

Eu me recusei a aceitar esse destino no início. Entrei na justiça contra eles, exigindo que arcassem com as despesas médicas de Ekaterina e expusessem quais metais pesados havia ali, para que o tratamento fosse o melhor possível. Mas nem com a ajuda de Aiden Roux, um homem muito poderoso, que me ajudou a ser quem eu era, a *Beaumont Minerals* fez o que era certo. Só o que consegui foram ameaças, chantagens e falência, mas isso não ficaria assim. Como eu disse para Ekaterina, eu tinha apenas mais uma missão antes de encontrá-la novamente.

— Eu te conheço, Nico... não é amor o que está... te motivando agora. — Com uma força surpreendente ela segurou o meu rosto. — Promete para mim que você vai seguir em frente.. vai amar alguém que te mereça e ter a família que você tanto precisa, promete... não deixa a escuridão te levar de novo, Nico... promet...

Encostei meus lábios nos dela. Eu jurei que nunca mentiria para Ekaterina, não podia prometer o que não aconteceria, eu não merecia ter uma família, talvez houvesse um motivo, fiz minha paz com isso, a dor que eu sentia naquele momento nunca mais entraria em mim, viver sozinho era a melhor solução.

Apertei Ekaterina em meus braços. Ela não respirava mais, e eu também não. O desespero que me rasgava ao meio se transformou no mais puro ódio que alguém podia sentir, era mais poderoso do que qualquer outra coisa que já me acometeu.

No entanto, por mais contraditório que fosse, uma parte de mim se animava ao antecipar o que eu faria àquela empresa assassina. Meus planos para os Beaumont já estavam em ação, e eu destruiria tudo o que estivesse em meu caminho.

CAPÍTULO 1

Nikolai (agora Nicolas Beaumont)

Nova York - Dias Atuais...

Não era a cama dura do Centro Correcional Metropolitano de Nova York que me incomodava, eu já havia enfrentado condições pelo menos umas cem vezes piores do que essa. O que realmente me tirava do sério era a companhia. A voz aguda e anasalada do meu colega de cela, me fazia querer explodir os miolos. Ele parecia um anão de jardim com a cara toda tatuada, era provavelmente um novato burro que foi pego fazendo merda, mas se comportava como se fosse o chefão do crime local.

Minha paciência estava por um fio e isso não seria bom. Eu estava pouco me fodendo para ele, mas não seria nada bom para mim... os dias que eu podia me perder como bem entendesse ficaram para trás há anos.

— Cara, é sério — ele continuou a ladainha, mostrando dentes cheios de placas douradas —, como um grandão que nem você, com toda essa pinta de machão, tem uma tatuagem fresca dessas?

Eu estava sem camisa, encostado na parede e de olhos fechados pensando com um certo pesar na minha suíte presidencial no *Roux-Beaumont* da Quinta Avenida. Além da companhia, o que mais me incomodava nesse lugar deplorável era a desgraça do calor. Perseguir a luz do sol foi uma das maiores ilusões da minha vida. Eu jamais me acostumaria com o calor.

Abaixei a cabeça e sorri olhando para o meu peito onde havia uma pequena borboleta desenhada no lado esquerdo. Meu sorriso morreu quando voltei a encarar o pedaço de lixo, eu ia acabar matando esse desgraçado e me fodendo nesse lugar, aliás, se eu fosse o bosta do meu advogado, começaria a correr, era inadmissível que um homem do meu status ainda estivesse nessa cela imunda há meses.

— Que eu me lembre, sua mãe tatuou em mim depois de engolir o meu pau.

Previsível, como todo imbecil com o ego maior que a inteligência, o homem se levantou na mesma hora, querendo partir para briga. Esses garotos de gangue reagiam às mínimas coisas e eu já tinha passado do meu limite há pelo menos cinco dias, precisava bater em alguma coisa. Quando ele fechou a mão, mirando diretamente em meu nariz, levantei o meu antebraço na altura do rosto. Ele obviamente não teve a inteligência de desviar ou bater com menos força e eu apenas me sentei de volta na cama dura da cela sorrindo ao vê-lo se contorcer de dor devido ao pulso quebrado.

— Patético — falei um pouco decepcionado, foi fácil e rápido demais.

— Beaumont — um guarda chamou do lado de fora da cela. — Posso saber o que aconteceu aqui?

— Não sei do que você está falando — respondi, abrindo um olho só na direção do guarda. Ele olhou para o babaca caído que chorava pedindo pela mãe e depois para mim. — Ah, isso aí? Não sei o que aconteceu, quando cheguei ele já estava assim — me defendi com um meio sorriso de lado.

— Sei... — O guarda respirou fundo. — Gonzales, você vai prestar queixa?

Ele parou de chorar e me encarou, ergui uma sobrancelha e o encarei de volta.

— Não, senhor... eu... eu bati minha mão na parede sem querer, acho que eu preciso de um médico.

O guarda suspirou, como se estivesse arrependido sobre sua escolha de profissão e chamou alguém pelo rádio, logo depois de abrir a cela.

— Você é má notícia, Beaumont, mas graças a Deus não é mais problema meu. Vamos, seu advogado está te esperando.

Depois de horas de uma burocracia infindável, finalmente me senti como uma pessoa de novo quando tirei aquele uniforme laranja ridículo e coloquei o meu terno feito sob medida. Fechei a pulseira do meu relógio sentindo os olhares ansiosos do meu advogado e de Dan Egan, o meu assistente pessoal, em minhas costas.

— Do que vocês estão com tanto medo de me falar?

— Eu... senhor Beaumont, veja bem, o seu caso..., a dificuldade foi que...

— Tony — estalei os dedos, e Dan pegou o paletó do meu terno —, eu estou a um passo de quebrar o seu pescoço no meio de uma penitenciária.

— Mas, senhor... — Dan tentou intervir e lancei um olhar reprovador para ele.

— Eu nem comecei com você ainda. — Esfreguei a testa. — Esqueçam o quanto eu vou foder vocês por serem tão incompetentes e falem de uma vez; odeio gente balbuciando na minha frente.

O inútil do meu advogado olhou para baixo e Dan tomou a frente, não era à toa que ele foi o único que conseguiu trabalhar para mim por tanto tempo.

— Essa sala é segura? — perguntou, olhando para os lados e para cima.

— Provavelmente... — Tony começou a falar.

— Definitivamente não — cortei a conversa. Nem a minha própria suíte no hotel era segura, imagina uma sala de penitenciária.

— Hm... — Enquanto ele tentava elaborar como contar, o meu advogado recobrou o juízo e voltou a falar como uma pessoa normal.

— As acusações de agressão foram apenas a ponta do iceberg, por isso sua liberdade condicional demorou tanto, o governo está atrás dos seus cassinos em Vegas e há uma investigação em andamento que não está me cheirando nada bem, parece que vem algo por aí, algumas peças não se encaixam. Precisamos tomar cuidado, Sr. Beaumont.

Ri levando a mão à boca de forma exagerada, zombando da preocupação deles. Só fui preso há mais ou menos um mês porque dei mole. Enchi o meu sócio de porrada no saguão de um dos meus hotéis em Nova York. Ele sequestrou os sobrinhos e a mulher do homem mais rico do mundo[2] e os levou para o *meu* hotel. Eu nem quis saber, acabei com ele ali mesmo e deixei a mulher fugir com as crianças.

Era muito difícil me tirar do sério, eu não costumava sentir muita coisa, mas faltou pouco para eu matá-lo. A obsessão doentia de Aiden pelos Stavros precisava acabar. No passado, ele fez um inferno nessa família, uns fodidos mimados que se achavam a própria realeza da Grécia, mas eram apenas construtores de navios, não os deuses que acreditavam ser. Tive mais contato com Konstantin Stavros, um dos irmãos que Aiden conseguiu "levar para o seu time" ao se casar com Valentine Roux, sua irmã. Mas eu sabia que havia muitos problemas naquele paraíso. Konstantin só queria viver uma vida boa com a Valentine e não se virou contra a família. Aiden nunca os perdoou por isso.

Conheci Aiden Roux ainda no orfanato onde cresci. Eu estava brigando — entenda apanhando de forma vergonhosa — com uns garotos, e ele me ofereceu um emprego e me bateu mais um pouco até que eu aprendesse a revidar. Nunca soube de onde ele veio, seu passado e até o seu presente sempre foram um mistério. A única coisa certa era o seu ódio profundo pela família Stavros.

Aprendi muito cedo a não me meter em problemas que não eram meus e após a morte de Ekaterina isso tomou uma proporção muito maior. Entrei em um lugar verdadeiramente sombrio em minha mente e Aiden me ajudou a dar vazão a tudo isso. Quando eu finalmente terminei de fazer justiça e tomei de Olga Beaumont a direção e a maioria das ações da *Beaumont Minerals*, Aiden queria que eu me voltasse contra a *Stavros Offshore,* e os tirasse do mercado também. No entanto, a minha missão estava cumprida, minha promessa para Ekaterina mantida e eu não tinha por que mexer com um monte de grego que não me dizia respeito.

Desde então Aiden e eu tínhamos uma relação estremecida, pois a sua obsessão nunca acabaria. Aparecíamos juntos em público quando convinha,

---

[2] Saiba mais sobre essa história no livro 01 da série Casamentos Milionários, Acordo com um Bilionário.

mas entre quatro paredes nem nos falávamos direito. Nunca soube o que os Stavros fizeram a ele, mas o ódio que sentia, perdurava agora em Philip Stavros: o babaca egocêntrico e engomadinho que aparentemente era o mais velho da família. Essa merda não tinha nada a ver comigo e eu não passei o que passei na vida para ter os meus negócios prejudicados pela doença mental do meu sócio. No meu entendimento ele apanhou foi pouco e eu não me arrependia.

— Mas você, como meu brilhante advogado — retomei o assunto — disse para eles que sou um homem respeitadíssimo e que beijo a constituição e tudo antes de dormir... ou é a bíblia? Sei lá, na dúvida diga que beijo os dois.

— Eu posso falar que você ajuda velhinhas a jogar bingo no asilo, isso não muda em nada a investigação. A sua fama também não ajuda. Passado misterioso, ninguém sabe nada de sua vida antes de virar CEO da *Beaumont Minerals*.

— Desde quando fama é importante na justiça? Os americanos são muito moles.

— Mas... — Dan interrompeu, passando as mãos ao lado da perna, muito nervoso. — No mercado... financeiro, eu digo... fama é importante, a minha sugestão é que o senhor se afaste e deixe outra pessoa de CEO.

Eu ri da ideia, isso não iria acontecer, a *Beaumont Minerals* era minha, apenas minha. O barulho da porta interrompeu nossa conversa, o diretor veio me liberar, desculpando-se pela demora.

— Ahn, Sr. Beaumont, o senhor sabe como essas burocracias podem ser aborrecidas.

— Nós já fomos liberados, por que ainda estamos aqui? — meu advogado perguntou.

Eu sabia o porquê, esse cara de fuinha nunca teve um "convidado" com os meus bilhões antes e achava que ganharia alguma coisa com isso. Essa não era a primeira tentativa dele.

— Posso segurá-los aqui pelo tempo que eu quiser — o diretor disse como quem não quer nada —, mas...

Eu me desencostei da mesa e andei calmamente em sua direção, obrigando-o a olhar para cima ao invadir o seu espaço pessoal. Um dos guardas que o acompanhava levou a mão ao coldre, e eu sorri. Às vezes sentia falta de quando ainda não era Nicolas Beaumont.

— Seu primeiro erro foi pensar que eu sou só mais um engravatado com preguiça de pagar impostos, Flanagan. — Peguei o meu telefone e mostrei a foto que a tela exibia. — O segundo, foi escolher trabalhar com isso e ter uma família. Olha, Dan, não é linda a senhora Flanagan?

— Sim, senhor, muito bonita.

— Você está me ameaçando? Seu... seu...

Andei mais um passo em sua direção e pelo canto do olho vi que ele deu ordem para o guarda não se envolver. Arrumei a gola de sua blusa e falei:

— Imagine, Mike, conheço tanto a rotina da sua família que já me sinto amigo de vocês, além do mais, todo mundo que me conhece sabe que eu não faço ameaças. Sou um simples empresário.

Ele engoliu em seco e mandou que o guarda abrisse logo a porta.

— Sábia decisão, meu amigo. Talvez eu sinta falta das nossas conversas e te faça uma visita. — Falei o endereço dele que eu havia decorado no meu segundo dia no Centro Correcional, sabia que me seria útil eventualmente.

Ele enxugou o suor da testa, e eu finalmente deixei aquele lugar. James, o meu motorista, me esperava com um sorriso segurando a porta de trás do meu *Aurus Senat.*

— Finalmente, Sr. Beaumont, para onde vamos?

— Que porra de pergunta é essa? Para o meu hotel, obviamente.

Os três homens se entreolharam.

— Puta merda, parem com essa frescura e falem todas as más notícias de uma vez, confiscaram o meu hotel?

Tony, o advogado, me encarou como se eu estivesse louco.

— Claro que não, mas o Sr. Roux deu ordens expressas que o senhor não pode pisar lá.

Gargalhei de verdade, estranhamente aliviado, às vezes eu me esquecia que os Estados Unidos não eram a Rússia.

— Para o *meu* hotel, James — anunciei, entrando no carro. — Quero deixar tudo organizado para voltar para Vegas o mais tardar pela manhã.

— Senhor... — Tony segurou o meu braço, mas arregalou os olhos quando me voltei para ele com uma expressão dura e tirou as mãos de mim. — É... enfim, o senhor não pode deixar o estado de Nova York. São as condições da sua liberdade condicional.

Mas que desgraça.

— Dan.

— Sim, senhor.

— Meu almoço de negócios com Bruno Vilela da *EcoMiner* está marcado para onde e quando?

— Ele desmarcou, senhor.

— E você só me falou isso agora? Porra! — Bati a porta com toda força e fiz um gesto para Tony entrar no carro pelo outro lado.

Surrei Aiden em público, ele não deixaria essa passar. Era praticamente impossível me chantagear com alguma coisa, já que não costumava me apegar a nada que não fosse a minha empresa, e o filho da puta sabia disso. Ele viria para cima da mineradora com tudo.

— Me desculpe, pensei que não fosse importante. O pessoal da *EcoMiner* estava interessado em uma *joint venture*, mas como o senhor disse que não faria...

— Eu não te pago para pensar. Onde ele está agora?

— Ahn... — Dan pegou o celular — provavelmente na sede da empresa, no Brasil.

— Provavelmente, não, quero certeza.

— Quantas horas são no Brasil agora? — Dan murmurou, olhando o telefone. Quando pareceu satisfeito, fez uma ligação.

— Pelo amor de Deus, Sr. Beaumont, o senhor não pode sair do país, os termos da sua condicional foram claros, se for muito importante conversar com esse senhor Vilela, faça por videoconfer...

Levantei a mão para que parasse de falar e olhei para Dan.

— Ele está mesmo no Brasil, ahn... numa cidade chamada Belo Horizonte. Mas tem uma viagem marcada no próximo mês para Nova York, a empresa vai receber um prêmio no *Upper East Side*, posso marcar uma reunião para o mês que vem?

— Claro que não! Mudança de planos. James, vamos para o JFK.

— Minha Nossa Senhora! — Tony pôs as mãos na cabeça.

— Dan, ligue para o meu piloto, quero estar no Brasil na hora do almoço de amanhã.

CAPÍTULO 2

Julia Barboza

Belo Horizonte, Brasil...

Estiquei-me lentamente arqueando as costas e coloquei a mão na região lombar para aliviar a tensão. As horas que passei na mesma posição no desconfortável banquinho da mesa de manicure, cobravam agora o seu preço. Peguei o meu celular e conferi pela milionésima vez se o bendito e-mail havia chegado, mas constatei que o meu pacote de internet acabara. Mordi os lábios e, respirando fundo, tomei coragem. A dona do salão não gostava que ficássemos na internet, mas era uma questão de saúde, eu ficaria doente se não soubesse a resposta da agência de imigração.

— Ei, Márcia — chamei, impondo a voz.

Eu trabalhava em um salão muito chique no bairro Belvedere nos arredores do BH Shopping, era cheio de regras e não queria me indispor com ninguém, era muito melhor trabalhar em um salão do que ter que me deslocar pela cidade fazendo unhas em domicílio.

Ela tirou uma mecha de cabelo dos olhos e me encarou.

— Sim?

Tomei mais um fôlego e perguntei de uma vez só:

— Eu posso entrar na internet daqui rapidão? Não estou mais aguentando o frio na barriga.

— A agência ficou de dar a resposta hoje?

Balancei a cabeça afirmando, e ela conferiu as horas num relógio de pulso lindo, cheio de brilhantes.

— Sua próxima cliente é a Carol, não é? — perguntou e, a contragosto, confirmei com um aceno. Tudo que eu não precisava era de uma cliente exigente na última hora do dia. — Se for muito rápido, pode... não quero que você caia dura aqui, mas essa Carol é só por Jesus, se atrasa meio segundo ela reclama lá no insta do salão, acredita?

As outras meninas começaram a comentar sobre as clientes legais e as não tão legais, e eu me levantei para pegar a senha.

Márcia Medeiros, a minha chefe, era uma empresária de sucesso, dona de vários salões espalhados pelos melhores bairros da cidade. Era linda, só andava chique, perfumada e de salto alto, tratava os funcionários de forma muito justa e era tudo que eu queria ser um dia.

Minha avó vivia me dizendo que eu sonhava alto demais, mas sempre acreditei que os sonhos são o alimento da alma. Eram tão vívidos dentro de mim, que eu sabia ser uma questão de tempo até que se realizassem.

Na verdade, eu sonhava com duas coisas. Conhecer Nova York e ser dona do meu próprio negócio. Se o meu próprio negócio fosse um salão de beleza em Nova York diria que zerei a vida. Eu tinha um mapa da cidade na parede do meu quarto, sabia todos os bairros de Nova York de cor e via todos os filmes e documentários que se passavam na cidade. Aprendi a falar inglês na marra e praticava sozinha para melhorar a fluência. Estava tudo certo para eu viver a vida que sempre sonhei, certo? Errado.

Eu era sim, sonhadora, mas sempre corri atrás. Eu sabia que nada vinha de graça e que sonhar alimentava a alma, mas não o resto. Conseguir um visto para morar nos Estados Unidos se provou impossível. Terminei o ensino médio a duras penas, aprendi a fazer unha e cabelo quando ainda tinha 13 anos e sempre trabalhei muito para poder ter as minhas coisas. No entanto, essas não eram as qualificações exigidas para obter um visto de trabalho e eu não tinha dinheiro para um de estudante.

Somado a isso, havia a Valentina, minha irmãzinha, de apenas quatro aninhos, que na época que comecei a juntar dinheiro para ir, tinha dois. As agências que procurei para me auxiliar com o processo foram unânimes: meu caso era complicado demais para se assumir.

Foi então que pesquisando na internet, descobri que entrar pelo Canadá era menos burocrático. Bati perna pela cidade que nem doida e acabei achando uma agência que fazia os trâmites para um Programa de Trabalhadores Estrangeiros Temporários. O processo todo custava incríveis vinte mil reais, praticamente tudo o que consegui juntar em toda a minha vida trabalhando sem descanso...

Agora havia chegado a hora.

Eu estava em cólicas sem saber se o meu sonho se tornaria realidade. Se tudo o que eu vivi até aqui teria valido a pena. A agência havia ficado de dar a resposta, mas já eram mais de 3h da tarde e nada ainda.

Batendo o pé sobre o piso sem parar de tanto nervoso, esperei o celular parar de travar, me controlando para não o jogar na parede e coloquei a senha da internet. Depois de quase me infartar, finalmente o bendito resolveu funcionar e eu li a mensagem mais ambígua do mundo:

Ligue urgente, temos outra proposta para você.

— Julia, querida, você já acabou? Acho que eu vi o carro da Carol passando ali fora agorinha mesmo — Márcia perguntou, enquanto esticava o pescoço na direção da rua.

— Eu...

A porta do salão abriu e a cliente entrou, trazendo a sua inseparável Mel, uma cachorrinha *shitzu*.

— Boa tarde, amores, tudo bem? — Ela deu um aceno geral para todas nós. — Ai, que susto, pensei que você não estava aqui, Julia, vocês me desculpem meninas, mas a mão igual à dela não tem.

Márcia olhou para mim com uma cara de quem iria me comer com angu se eu não atendesse a mulher logo e eu não tive opção. Guardei o celular no bolso e teria que ligar para agência mais tarde.

Minhas costas e meu pescoço estavam pela hora da misericórdia quando eu finalmente acabei a última cliente marcada do dia. Depois de atender a Carol, fiz mais duas unhas e, em seguida, peguei mais uma que pertencia à outra manicure que havia faltado. Meu coração já estava batendo na garganta e havia um gosto amargo no final da minha língua de tanta ansiedade. Levantei-me, tentando alongar rapidinho, dei tchau para todo mundo, peguei minha bolsa e meio que corri do salão. Era raro Márcia pedir para ficar depois do horário, mas com a minha sorte, preferi não arriscar.

Como eu estava sem créditos, corri até uma lanchonete que tinha Wi-Fi e finalmente fiz uma chamada de voz para o *WhatsApp* deles. Faltavam apenas dois minutinhos para as 6h da tarde.

— *Green STB, no que posso ajudar?* — alguém atendeu.

— Graças a Deus! — exclamei. — É a Patrícia?

— *Ahn... sim, sou eu.*

— Aqui é a Julia, recebi um e-mail da agência essa tarde.

— *Ah! Julia Barboza?*

— Isso, eu...

— *Estávamos mesmo querendo falar com você* — ela me interrompeu. — *Nós já estamos fechando, mas vou te colocar a par do seu caso, para não te deixar ansiosa. Eu tenho uma boa e uma má notícia, minha querida. Nós não conseguimos um visto para você com base na sua experiência com estética...*

— Ah, não! — murmurei incrédula, eu tinha apostado tudo nisso.

— *Mas, hm... vou te passar o endereço do Libens, é uma agência um pouco diferente da nossa, fica no Observatório Lounge, você conhece?*

— Conheço, o salão que eu trabalho é relativamente perto.

— *Ótimo, você pode ir lá hoje ainda?*

— Hoje? Acho que sim.

— *Perfeito, só peço para ir com a cabeça aberta, faça uma entrevista com eles, eu acho que pode ser o que você precisa. Dependendo de como for, você já sai de lá com o green card!*

— Como assim? *Green card* você diz...

— *Sim, amore, green card mesmo, dos Estados Unidos.*

Meu coração disparou, mas tentei não ter esperanças demais.

— Espera, explica tudo de novo.

— Bom, vamos lá. Não conseguimos um visto para você morar no Canadá. Segundo a resposta da sua aplicação, o maior problema é a Valentina... Se você quiser tentar, posso refazer o pedido sem ela.

— Não posso ir sem ela.

— Nem por alguns meses? Depois que estiver empregada podemos tentar levá-la até você.

Pensei no novo namorado da minha mãe que havia "acampado" lá em casa do nada e pensei nos próximos que também não saberíamos nada sobre o passado deles... Não, eu definitivamente não poderia deixar a Valentina sozinha com a minha mãe por seis meses.

— Seria impossível, eu não tenho com quem deixá-la, ela tem problemas de saúde, entende?

Além dos inúmeros namorados de índole duvidosa que mamãe arrumava, Valentina, minha irmã, tinha crises fortíssimas de asma. Minha mãe era uma peça rara, me teve aos quinze anos e ainda parecia ter essa idade. Mesmo amando a Dona Joice com todo o meu coração, sabia que ela não podia cuidar da Valentina sozinha. Nossa casa precisava estar imaculadamente limpa para não piorar suas crises, mas minha mãe passava mais tempo nos bailes e forrós da Pedreira Prado Lopes do que cuidando dela. A guarda da Vavá já era minha há algum tempo e não havia chance alguma de eu ir para qualquer lugar sem ela.

— Tudo bem, Julia, foi só uma ideia mesmo. Então eu realmente te sugiro ir até o Libens. Acho que lá é o lugar ideal para o que você procura.

— Mas tem algo errado nessa história, Patrícia. Se não consigo entrar nem no Canadá, como um *green card* apareceria magicamente para mim? Me desculpe, mas isso está me cheirando a golpe.

— Eu garanto que não é golpe, Julia... não posso dar detalhes pelo telefone, mas vá com a cabeça aberta, ouça a proposta com carinho. Vou mandar um zap para eles e falar que você está indo. Eu conheço os donos, é tudo perfeitamente legal e seguro.

Troquei o peso do corpo de uma perna para outra e olhei para a rua, o ônibus que eu tinha que pegar para chegar em casa havia acabado de passar entupido de gente. Suspirei. Talvez desse mesmo tempo de ir nesse lugar, mas que tinha algo errado, tinha.

— Bom, eu já estou no Belvedere, manda a localização para mim.

Uma porta rangeu do outro lado da linha.

— Tudo bem, já envio e deixo avisado que você está indo, vou te dar meu número pessoal também e...

Enquanto falava, o apito característico de uma ligação em espera soou.

— Joia, Patrícia... tem alguém ligando aqui, espero a sua mensagem. — Não esperei que ela respondesse e fui ver quem me chamava, era a minha mãe. — Alô?

— Jú, você já tá chegando, filha?

— Não, tô na porta do salão ainda, Vavá tá bem?

— Hm... sim, sua irmã tá ótima, tá brincando com a boneca nova que o Zane deu a ela. Você ainda vai demorar muito para chegar?

— Vou, tenho que ir em outra entrevista de emprego hoje. — Achei mais fácil explicar assim, nem eu sabia do que se tratava aquilo.

— *Nossa, mais trabalho? Não pode remarcar, né?*

Remarcar entrevista de emprego... só a Dona Joice, mesmo. Preferi ir direto ao ponto.

— Por quê? O que você realmente quer, mãe?

— *Eu preciso sair com o Zane, filha, e não dá para levar sua irmã.* — Revirei os olhos e ela continuou: — *Mas não perde sua entrevista não, vou deixar a Vavá na Penha e quando você chegar, pega ela lá, beleza?*

Minha mãe era inacreditável. Desde que começou a namorar esse tal Zane, um gringo cheio de lábia, tinha ficado ainda mais irresponsável do que costumava ser. Não sabíamos nada sobre o homem, nem de que país ele era. Zane dizia que era um refugiado de guerra e que não gostava de falar sobre o assunto, até chorou uma vez que o pressionei. E mesmo assim, minha mãe simplesmente o colocou dentro de casa. Algo na história dele não batia, ele era refinado e gostava de coisas caras, não um pobre coitado refugiado, mas o que eu sabia da vida? Era o que mamãe dizia quando eu reclamava dele. Já a Penha, nossa vizinha, era uma mulher muito gente boa, que já havia quebrado mil galhos para nós, mas os filhos dela eram má notícia. Não dava para confiar uma menina de quatro anos na mão de qualquer um.

— Você não pode pelo menos esperar eu chegar? Os filhos da Penha vivem fumando baseado, não gosto da Valentina lá.

— *Ai que preguiça, Jú, como você é careta. Só te liguei para avisar mesmo. Fui.*

E simples assim ela desligou. Por mais curiosa que eu estivesse a respeito da tal agência, eu não queria arriscar demorar ainda mais tempo para chegar em casa. De onde eu estava até a pedreira Prado Lopes era até perto, mas de ônibus, a viagem durava mais de uma hora e meia. Outro ônibus passou e eu me encaminhei até ele, estava lotado também. Parei para pensar um segundo e levei um super empurrão de uma mal-amada.

— Ei! Não tá me vendo não? — provoquei.

Ela apenas me deu aquele olhar tipo "que se dane" e subiu. O motorista, por sua vez, olhou-me por um momento e perguntou, sem muita paciência:

— Vai ficar sonhando aí ou vai entrar?

Esse ônibus dava um monte de voltas.

Mordi os lábios.

Talvez se eu fosse na entrevista e pegasse um Uber...

No entanto, o Uber devia custar metade do que levei o dia todo para receber e eu tinha muitas contas da casa para pagar.

Mesmo a contragosto, subi no ônibus. *Se o green card tiver que ser meu, será de qualquer jeito.* Não dava para deixar a Vavá com os vizinhos por muito tempo. Minha intuição gritava para que eu fosse buscá-la. Subi as pequenas escadas e, enquanto me equilibrava entre uma freada e outra, torci para que essa tal agência *Libens* não fosse um golpe, e que o meu tão sonhado salão em Nova York estivesse cada dia mais próximo.

CAPÍTULO 3

Nicolas

Assim que desci do avião, um bafo de ar quente me envolveu. Olhei para cima e o céu, sem nuvens, ostentava um pôr do sol alaranjado. Eu esperava já estar longe do Brasil quando esse sol resolvesse realmente brilhar. Tirei o paletó do terno, me perguntando como as pessoas do país conseguiam raciocinar com o calor sufocante que fazia, quando a silhueta de um homem magro, com uma cabeça que mais parecia um balão, chamou minha atenção. Ele descia apressado e resfolegante de uma Mercedes preta.

— Sr. Beaumont, que prazer recebê-lo — disse com um forte sotaque ao se aproximar. — Eu me chamo Fabio Costa, e o *Roux-Beaumont* Belo Horizonte se sent...

— O prazer é todo meu — interrompi logo a bajulação, não dava para ficar muito tempo ao ar livre. — Onde está o meu helicóptero?

— Helicóptero, senhor?

Será que ele tinha entendido o que falei? Fiz o gesto das hélices.

— Sim... — Girei os dedos e falei pausadamente: — Helicóptero.

— Não dispusemos de um helicóptero no *Roux-Beaumont* BH, senhor, mas os carros do hotel são todos seus — respondeu, apontando para a Mercedes à nossa frente.

Encaminhei-me até o carro onde um motorista de terno e gravata nos esperava com um semblante solene e voltei a pensar melhor devido ao vento gelado do ar-condicionado. O Sr... *merda, como era mesmo o nome dele*? Era algo diferente, espanhol... Acosta talvez, enfim, ele não parava de falar sobre a honra que era me receber no *Roux-Beaumont* e se sabia sobre a surra que dei em Aiden há um pouco mais de um mês, não comentou.

Levantei a mão para que o Sr. Acosta parasse de falar e fui conferir como as minhas empresas estavam. O *Groupe Papillon*[3] *Holdings SA,* a holding que mantinha a Mineradora, parte dos hotéis e cassinos e algumas

---

[3] Borboleta traduzido do francês.

empresas de investimento que eu possuía, tinha sede na Suíça e, obviamente, havia meses que eu não dava as caras por lá. No entanto, antes que eu pudesse falar com Olivier Girard, o CEO da *Papillon*, o meu telefone tocou. Era o meu advogado.

— *Oh, s-senhor, Beaumont, não esperava que atendesse.*

— Então não deveria ter me telefonado. — Um silêncio sepulcral tomou conta da outra linha. Perdi a paciência. — Mas já que ligou, agora vira homem e dê logo a má notícia.

— *Bom, pensei que cairia na caixa postal. Como o senhor chegou tão rápido ao Brasil?*

Soltei o ar com força pelo nariz, por que esse homem estava na minha folha de pagamentos mesmo?

— Avião, Tony, eles costumam ser rápidos. Eu preciso falar com a Suíça ainda hoje, se você não tem nada importante...

— *Oh* — ele soltou o ar fazendo um lamento trêmulo. — *Ok, aconteceu uma tragédia, senhor. O Sr. Roux foi até a mídia e implicou a Beaumont Minerals em vários crimes, alguns bem sérios. Eu... as ações já estão em queda livre.*

Apertei o telefone até os nós dos meus dedos ficarem brancos, mas quando me dirigi a Dan, eu estava quase controlado.

— Dan, você já conseguiu marcar a minha reunião?

Ele engoliu em seco.

— Eu vou conseguir, senhor..., mas Sr. Beaumont, as notícias que estão chegando não são nada boas.

— Sim, Dan, eu sei, o que eu não sei é a hora da porra da minha reunião.

— Tudo bem, tudo bem — Dan respondeu nervoso, enfiando a cara do celular novamente.

Voltei a minha atenção para Tony.

— Reúna todo mundo, vá até onde você tiver que ir, venda a sua mãe se for necessário, mas eu quero a minha empresa fora dos noticiários, eu vou resolver essa merda.

Não esperei pela resposta e desliguei o telefone jogando-o no banco do carro, puto por não poder espancar Aiden de novo. O que aquele imbecil estava fazendo? Se ele manchasse a reputação da minha empresa onde o idiota era sócio, perderia bilhões de dólares. Segurei a minha vontade de ligar para ele e arranquei o telefone de Dan das mãos dele.

— Qual é o número pessoal de Bruno Vilela? Estou farto de esperar a incompetência de vocês acabar.

Dan desviou o olhar, e a minha vontade foi de descarregar a arma que nunca saía do meu coldre, todinha nele.

— Eu ainda não consegui, senhor, mas...

— Você tem ao menos o número do escritório?

— Sim... posso?

Tremendo um pouco, ele pediu licença e pegou o celular da minha mão, colocando o número que eu pedi.

— Eu não sei falar espanhol... — comentei, tapando o telefone.

— Não falamos espanhol aqui, Sr. Beaumont e sim português — o Sr. Acosta se intrometeu. — Ficarei feliz em ser o seu tradutor se precisar.

— Uhum... — murmurei até que uma voz feminina atendeu o telefone falando algo que não entendi uma palavra. Talvez ela tenha falado *EcoMiner*, mas não colocaria minha mão no fogo nisso.

— Boa noite, procuro o Sr. Vilela. — Dei a minha melhor entonação enquanto falava em um inglês pausado.

— *EcoMiner do Brasil, boa noite* — respondeu a mulher em um inglês claro e preciso. *Até que enfim algo deu certo!*

— Boa noite, querida. Eu poderia falar com o Sr. Bruno Vilela, por favor? — insisti.

— *Quem deseja falar?*

— Um velho amigo, Nicolas Beaumont.

Houve uma pausa momentânea.

— *Lamento, Sr. Beaumont, mas o Sr. Vilela está em uma reunião agora e não pode ser incomodado* — ela disse naquele tom de encerramento.

Dei um sorriso sutil e abaixei a voz, imprimindo uma intimidade no timbre, como se fôssemos dois estranhos prestes a nos conhecer em algum ambiente menos formal.

— Eu entendo, senhorita...?

— *Ellen.*

— Ellen, que nome lindo. Eu só precisava de um minuto do tempo dele. Será que você poderia me dizer onde ele está? Talvez eu possa esperar.

— *Sinto muito, Sr. Beaumont, mas o Sr. Vilela está mesmo indisponível no momento. Gostaria de deixar uma mensagem?*

— Oh, uma pena. Ellen. Eu realmente precisava falar com ele sobre um assunto urgente, de vital importância. Não sei se a senhorita notou o quanto ele estava preocupado e estressado essa tarde, eu tenho a solução *daquele* problema, entende? Você sabe quando ele estará disponível?

Homens como Vilela e eu vivíamos para nos estressar, eu só esperava que ela não percebesse o meu blefe.

— *Humm, eu não sei, Sr. Beaumont...* — murmurou, hesitante. — *Eu não deveria fornecer esse tipo de informação...*

— Por favor, me chame de Nicolas. Eu entendo a sua precaução, Bruno não poderia ter escolhido uma secretária melhor, mas veja o meu lado — falei suavemente, como se tivesse todo o tempo do mundo. — Eu só estou na cidade por esta noite e era importante encontrá-lo, o futuro dele na *EcoMiner* pode depender disso. Se pelo menos eu soubesse onde esperar...

Ellen hesitou, lutando internamente entre sua responsabilidade profissional e a minha persuasão, mas quando deu uma risadinha seguida de um suspiro, respirei aliviado, daria certo.

— *Bem, ele pode estar... no Libens...*

Foi sutil, mas ela disse o nome *Libens* um tom mais baixo.

— *Libens,* minha querida?

Ela limpou a garganta e prosseguiu:

— *Sim, o Libens é um bar exclusivo no Observatório Lounge, no Belvedere. Mas, por favor, não mencione que soube por mim.*

— Meus lábios estão selados, Ellen. Agradeço muito a sua ajuda. Tenha uma encantadora noite.

Desliguei e, enquanto devolvia o aparelho a Dan, sem disfarçar a minha decepção com sua ineficácia, me direcionei ao Sr. Acosta.

— Sr. Acosta...

— Meu nome é... — Assim que os seus olhos encontraram os meus, ele parou de falar.

Dei ordens para todos saírem do carro assim que o brasileiro me explicou o que e onde era esse *Libens.* Eu queria chegar lá sozinho, ser apenas um cliente casual. E enquanto eu seguia as instruções do GPS, formei um plano que faria Bruno Vilela comer na minha mão.

O calor sufocante da tarde estava lentamente sendo substituído por uma brisa agradável conforme a noite caía. Desci do carro, onde um manobrista prontamente me atendeu e observei um grande letreiro cintilante e meio ridículo. O nome *Libens* brilhava de maneira provocante, insinuando promessas veladas. Sorri por dentro e entendi o porquê Vilela não queria que ninguém soubesse onde estava.

Com uma respiração profunda e cheio de curiosidade, dobrei as mangas da camisa branca até os cotovelos e adentrei o espaço. Quer dizer, tentei. Um leão de chácara mal-encarado que não falava um inglês decente tentou me dissuadir e só foi convencido a me deixar entrar depois de muito convencimento em forma de dólares.

Pisquei algumas vezes até me acostumar com a escuridão do lugar e me surpreendi com um ambiente suntuoso. Lustres elegantes, sofás de veludo e uma atmosfera de luxo refinado decoravam um grande salão.

Uma mocinha de cabelos encaracolados sorriu em minha direção e não entendi uma palavra que saiu de sua boca. Peguei o meu telefone, procurei uma foto de Bruno Vilela e o virei para a mulher. Ela sorriu, apontando para um ambiente mais escuro e os meus olhos, acostumados a avaliar rapidamente qualquer local, encontraram o meu alvo sem demora. Ele estava sentado ao redor de uma mesa com um homem mais jovem e uma loirinha charmosa com cara de boba.

Respirei fundo, absorvendo o aroma amadeirado misturado com um sutil toque de adrenalina no ambiente. Sentei-me ao lado de sua mesa e, ao levantar a mão exibindo uma nota de 100 dólares entre os dedos, um garçom se aproximou quase imediatamente.

— Em inglês, por favor — eu disse antes que ele me cumprimentasse.

— No que posso ajudar, senhor? — O garçom tinha baixa estatura e olhos escuros que transmitiam um ar de seriedade.

— Estou pensando em um tinto, algo realmente especial.

Com um sorriso amigável, ele se inclinou.

— Recomendo o *Château Lafite Rothschild,* saída direta de *Pauillac, Bordeaux*, 2009. Muito bem equilibrado, com aromas ricos e uma textura aveludada.

Inclinei levemente a cabeça e franzi os lábios.

— Não, algo mais elegante.

— *Romanée-Conti*? — sugeriu.

Estreitei os olhos pensativo.

— *Romanée-Conti Grand Cru?* — perguntei, e ele sorriu confirmando a disponibilidade.

— Ano 2013... — Neguei com a cabeça, fazendo um gesto que indicava para baixo. — 2009... 2005...

— Isso, 2005.

— Sim, senhor — respondeu animado. — É uma excelente safra, trarei sua garrafa imediatamente.

— Não, o vinho você entregue naquela mesa ali. — Apontei para Bruno Vilela.

— E quem eu digo que mandou?

Abri um sorriso lento.

— Não diga nada.

— Tudo bem e para o senhor?

— Vocês têm *Stolichnaya Elit*? — Arrisquei a minha marca de vodca preferida, mas era bastante improvável que tivessem.

— Não, senhor. Mas temos *Grey Goose, Beluga*...

— Ótimo, pra mim traga uma Beluga *Gold Line*... e deixe a garrafa.

O garçom saiu e eu esperei. Não demorou muito, todos olharam para a mesa onde eu tomava a minha vodca sem pressa. O jovem que os acompanhava se levantou primeiro.

— Eu... Ahn...

Levantei-me e pedi para que ele me acompanhasse, acenei outra nota de 100 dólares e o garçom voltou praticamente no mesmo segundo.

— Traga um copo para o meu mais novo amigo... Como você se chama, meu jovem?

— Victor..., mas é que...

— Venha, não seja tímido, eu que estou convidando.

Ele deu de ombros e se sentou comigo. Em pouco tempo, os garçons e algumas dançarinas do *Libens* já nos rodeavam, esquecendo os outros clientes. Victor se divertia e bebia comigo como se fôssemos amigos há anos, eu estava ensinando a ele como os russos tratavam a vodca. Não demorou muito, o próprio Bruno Vilela se encaminhou com um olhar curioso e um meio sorriso em nossa direção. Levantei-me imediatamente com um sorriso amplo, dei um tapinha em seu ombro e o ignorei prontamente, indo em direção à sua mesa.

— Que absurdo deixar uma coisinha linda como você sozinha aqui. — Inclinei sobre a cadeira, e ela sorriu, corando e passando a mão pelos cabelos, aceitando o meu convite.

Passei por Bruno que estava se sentindo perdido entre uma mesa e outra e mostrei mais uma nota para o garçom que quase se estapeou com os outros e veio me atender.

— Mais uma garrafa para o meu amigo Bruno, continue trazendo o melhor.

Nós nos sentamos e Bruno trocou de lugar com a mocinha que se chamava Amanda e, como imaginei, não era a sua esposa.

Ignorando a pergunta nos olhos de Bruno que me encarava sem entender nada, sorri, atraindo a atenção da mesa.

— Então, Victor, continuando... — eu disse.

— Pare, por favor, minhas costas estão doendo de tanto rir... — Ele levantou uma mão e se dirigiu a Vilela. — Bruno você tem que ouvir isso, vai, Nicolas, conte do começo.

— Ok, ok. — Virei uma dose da vodca e o garçom prontamente colocou outra, também querendo ouvir minhas histórias. — Isso aconteceu quando tentei comprar um cachorro no Tartaristão.

Os rostos se viraram, intrigados.

— O quê? Onde fica isso? — Amanda perguntou.

Esfreguei o peito, bem acima da tatuagem de borboleta. Era raro eu pensar ou falar sobre a época com Ekaterina.

— É uma província da Rússia, há muitos e muitos anos, eu conheci alguém que era de lá e ela cismou um dia que queria um cachorro. E mesmo eu sendo russo, nunca falei tártaro direito.

— Minha nossa, você é Russo de verdade? Pensei que eles fossem mais loiros — Victor falou.

— Né? Acho que a gente vê filmes demais — Amanda comentou.

Eu fui encontrado ainda bebê enrolado em um cobertor na frente de uma catedral em Moscou, então provavelmente era sim, Russo. Mas isso não vinha ao caso para os meus propósitos, apenas sorri e concordei. Bruno se manifestou:

— Deixem-no contar a história.

Dei uma olhada discreta para Fábio, o garçom que agora me orbitava e entendia os mínimos gestos que eu fazia, e ele encheu a taça de Bruno e de Amanda que ainda tomavam o vinho.

— Bom — continuei —, nesse dia fui audaciosamente até um mercado local e apontei para um belo cão siberiano, tentando me comunicar com o vendedor.

— Sim...

Parei por um momento, revivendo a memória.

— Em vez de dizer algo em tártaro que traduziria como 'Eu quero comprar este cachorro', acabei dizendo algo que soou muito parecido, mas que significava 'Eu quero cozinhar este cachorro'. E quanto mais o vendedor negava, mais eu insistia.

As risadas soaram ao redor da mesa. Ekaterina havia ficado apaixonada pelo cão e eu não sairia de lá sem ele.

Bruno riu, balançando a cabeça trazendo-me de volta ao presente.

— E então, o que aconteceu?

Ri com ele, tentando não me afetar com as memórias.

— O vendedor ficou horrorizado! Ele me pegou pelo braço, me empurrou para longe do cachorro e começou a gritar. Demorou alguns minutos e a ajuda das pessoas que passavam por ali para esclarecer o mal-entendido. No final, não só comprei o cachorro, mas também ganhei uma longa aula sobre tártaro.

Apesar de estar rindo com todos na mesa, esfreguei de novo o peito, tomando um grande gole de vodca. Demorei anos para sair do buraco no qual me enfiei assim que ela morreu, e uma parte de mim ainda estava lá. Quando a conversa acalmou, Bruno me encarou com as pálpebras semicerradas.

— Ok, isso é tudo muito engraçado, mas por que um russo que não sabe falar tártaro, está me pagando garrafas de vinho em um bar de cavalheiros em Belo Horizonte?

Abri um sorriso frio e pousei o copo sobre a mesa.

— Eu prefiro ter as minhas reuniões assim, Vilela, bem informais. Essa é uma ótima maneira de começar a parceria entre a *Beaumont Minerals* e a *EcoMiner*, você não acha?

— Oh, merda! Nicolas... russo, eu devia ter desconfiado... Nicolas Beaumont!

— Pensei que Beaumont fosse um sobrenome francês — Victor comentou.

— Essa história é longa demais para eu contar aqui — eu disse, fechando involuntariamente os punhos com a bile subindo pela garganta só por lembrar de Olga Beaumont.

— Eu não vou fazer negócios com você, Beaumont. A sua reputação te precede, a *EcoMiner* está passando por um momento horrível no Brasil. Nossas ordens são para manter tudo dentro dos bons costumes.

— Bons costumes? — Ri ironicamente, apontando para Amanda e ao redor do bar.

— No final dessa semana, quando eu for receber o prêmio de empresa do ano em Ouro Preto, não vou levar Amandinha aqui comigo. Eu tenho família, estabilidade, nenhum escândalo público e nunca fui preso. Infelizmente, não posso arcar com o marketing negativo que uma fusão com a *Beaumont Minerals* traria no mercado financeiro.

Eu sabia que não seria fácil. Engoli em seco a vontade de chamá-lo de hipócrita de bosta e toquei na tela do meu celular, abrindo as fotos que Dan e eu levantamos de algumas atividades que com certeza Bruno gostaria de manter em segredo.

— Esse negócio branco no seu nariz enquanto você se diverte com seu amigo Romero Parisi é o quê? — comentei casualmente, enquanto Victor disfarçava uma risada. — Talvez se eu colocar a foto na internet e nos jornais a gente descubra.

Vilela grunhiu, mas se manteve firme.

— Isso não quer dizer nada, ninguém vai se importar com um empresário de meia-idade se excedendo em um bar.

— Hm, talvez. Ou talvez a Interpol se importe muito com quem conhece o paradeiro de Romero Parisi, você sabe muito bem quem é ele e sabe que eu sei quem ele é. Então vamos cortar o papo furado e conversar como dois adultos aqui.

Romero era um dos maiores traficantes de pedras preciosas do mundo, um homem muito perigoso que já tive o desprazer de cruzar algumas vezes quando ele fazia negócios com Aiden. Nunca o deixei chegar perto da minha empresa, mas aparentemente não era assim com a *EcoMiner*.

Bruno suspirou, abaixou a cabeça e só depois voltou a me encarar.

— Eu pessoalmente não tenho nada contra você, Beaumont. Mas as ações da sua empresa estão em queda livre na bolsa de valores. A briga com o seu sócio e agora os escândalos das minas em Botsuana. E se pelo menos a sua imagem pessoal não fosse tão fria... Faça o seu melhor com a *Interpol,* mas a *EcoMiner* simplesmente não pode...

Estreitei os olhos e o interrompi, levantando rapidamente a mão. Sua voz tremia e ele não me olhava nos olhos, estava sim, com medo de ser implicado pessoalmente com Romero Parisi, mas eu entendia suas preocupações com conselhos e investidores. Uma ideia ousada passou pela minha cabeça, eu não sairia sem essa fusão.

— Eu não sou frio, sou reservado. É uma mentira deslavada a acusação de Botsuana e a *Beaumont Minerals* tem como provar. O desentendimento com o meu sócio...

Vilela soltou uma lufada de ar.

— Desentendimento? Você tem quase dois metros de altura, Beaumont. O pobre coitado do Aiden Roux tem mais de 60 anos... Eu vi o que você fez, os vídeos circularam até aqui, ninguém me contou. Você é um homem perigoso, frio, desapegado de quaisquer valores. A imagem da *EcoMiner* no Brasil está por um fio, pagamos fortunas para o governo local apenas para nos mantermos. Eu simplesmente não posso anunciar uma fusão com uma empresa com a imagem pior que a nossa.

Aiden, pobre coitado. Se Vilela achava que eu era perigoso, poderia multiplicar esse perigo por milhões quando se tratava de Aiden Roux. Mas isso não era relevante naquele momento. Abaixei a cabeça e fiz o meu melhor para passar a imagem que precisava em meu semblante.

— Você precisa entender, Bruno. Eu não fiz aquilo por maldade, nem por vontade. A minha noiva... ela... — Fiz uma pausa, fingindo ter que tomar coragem para falar e observei satisfeito que todos ao redor da mesa se inclinaram para frente. — Ela havia acabado de sofrer um aborto espontâneo, eu tinha acabado de receber a notícia. Estávamos tão felizes com a chegada de um bebê, nosso primeiro bebê. Ela estava arrasada, eu estava arrasado e simplesmente perdi o controle. Não me orgulho disso, mas não tenho vergonha de admitir, quem me conhece de verdade sabe que sou um homem sensível e que levo os valores familiares muito a sério.

Amanda me encarava com lágrimas nos olhos, Victor só faltou me abraçar, mas Bruno era mais parecido comigo do que com eles. Endireitou a postura no encosto da cadeira e me encarou no fundo dos olhos. Eu o encarei de volta e não pestanejei. Não era difícil mostrar meu sofrimento, eu o sentia de verdade, apenas o momento do ocorrido era inverídico.

— Noiva? Você nunca apareceu em público com ninguém.

— Credo, Bruno... — Amanda falou algo parecido com isso e depois várias coisas em português que não entendi.

— Eu não sou uma celebridade, sou um simples dono de empresas. Minha vida pessoal é muito reservada. — Tomei mais um gole da Vodca e joguei todas as cartas na mesa, era agora ou nunca. — Não sou esse monstro frio que você pensa e a imagem da minha empresa vai melhorar depois de algumas reformas e com o marketing correto, você sabe disso. Mas não se engane, não me queira como inimigo, Vilela. Você sabe que essa fusão é o melhor para as duas empresas. Eu vou dominar o mundo e estou te chamando para se juntar a mim.

— Hum, sei... — disse, desconfiado. — E você veio até o Brasil só me falar isso?

— Claro que não. A minha noiva... a família dela é daqui; nada melhor que a família para curar uma tristeza tão grande.

Victor deu uns tapinhas no meu ombro, e Amanda enxugou uma lágrima, olhando feio para Bruno, que respirou fundo. Estava pronto para dar sua resposta final, e eu prendi a respiração.

— Tudo bem, Beaumont, nós podemos conversar. — Eu quase comemorei ali mesmo, podia finalmente ir embora do Brasil e nem daria tempo de notarem em Nova York que eu saíra... — Nessa sexta eu vou até Ouro Preto receber um prêmio e todo mundo que é alguém importante nesse meio vai estar lá. Leve a sua noiva e depois do evento, nós vamos nos sentar e definir como vai se dar essa fusão e como vamos anunciar isso para o mundo de forma inteligente.

Levei minha bebida aos lábios sem esboçar nenhuma reação a fim de ganhar tempo. Bruno estava me dando um "vou pagar para ver" e eu sabia que não tinha escolha naquela situação, eu precisava transformar um blefe em realidade em menos de 48 horas.

— O meu assistente entrará em contato com você, mande as instruções para essa festa por ele. Estou encantado com o convite e tenho certeza de que minha noiva também vai adorar.

Vilela inclinou levemente a cabeça em concordância e chamou o garçom. Eu sorri para ele e tomei mais uma dose pensando em como eu encontraria uma noiva brasileira em menos de dois dias.

CAPÍTULO 4

Julia

Uma mulher se levantou e saiu logo na primeira parada. Pedi licença e me sentei no banco, encostando a cabeça na janela. As árvores e os prédios modernos com fachadas de vidro iam sendo lentamente substituídos por calçadas irregulares, buracos e muros pichados. Com o balanço do ônibus embalando o meu cansaço, acabei fechando os olhos, sonhando com paisagens diferentes.

Entre um solavanco e outro, o meu salão veio todinho à minha mente, parecia tão real que eu poderia tocá-lo. Valentina era louca por borboletas, e eu adorava a ideia de incorporá-las na decoração do salão. Borboletas significam mudança, transformação e era o que eu iria proporcionar para as clientes. Eu amava trabalhar com estética. Era um ramo que ia muito além da vaidade. Eu me sentia exultante quando as clientes saíam do Espaço Márcia Medeiros com um belo sorriso proporcionado por algo que fiz... E seria ainda mais incrível quando fosse tudo do meu jeito, como sempre sonhei. Estava me imaginando de pé, com Valentina ao meu lado em frente a um letreiro lindo que brilhava *Blue Butterfly*... ou talvez *Pink Butterfly*, quando levei um cutucão.

— Ô moça, eu estou falando com você!

— Uai... — respondi, abrindo os olhos lentamente e dando de cara com um terreno baldio. O ônibus devia ter parado em um semáforo. — Comigo?

— É! Você sabe se esse ônibus passa na porta do shopping?

Olhei de relance pela janela ainda meio perdida e esfreguei as pálpebras.

— Shopping? Aqui na Pedreira?

— Não, né, na volta. — A mulher me encarou mais atentamente. Ela tinha olhos escuros e segurava uma bolsa com as alças descascando. — Você tá bem, moça?

— Sim... acho que eu cochilei. Onde estamos?

— Quase no ponto final, se não me engano — respondeu, olhando por cima do meu ombro.

Levantei-me de uma vez. Que merda, eu teria que andar um monte até chegar à casa da Penha! Virei-me para a mulher.

— Esse ônibus para no shopping sim, é só você não descer no ponto final. — Ergui a cabeça e falei mais alto enquanto ia até perto do motorista: — Moço, você não pode parar para eu descer aqui?

— Ah, não! Eu só posso parar nos pontos.

— Mas já é de noite! Eu vou ter que andar um monte, você não volta por essa rua.

Ele soltou um grunhido.

— E você estava fazendo o quê que não desceu?

— Uai eu peguei no sono, acontece com qualquer um, eu trabalho muito, sabia?

— Todo mundo trabalha...

— Mas gente, não tem ninguém na rua, é só parar rapidinho. Deixa de ser ruim um dia na sua vida e faz um favor para alguém!

Algumas pessoas deram uma risadinha e a mulher que estava sentada ao meu lado se levantou para intervir. Logo todo mundo no ônibus tinha uma opinião formada e o motorista foi ficando cada vez sem paciência. De repente, ele freou sem avisar, e eu quase caí.

— Ei, seu barbeiro sem noção! — xinguei.

— Desce logo, sua encrenqueira, se eu voltar a andar faço questão de te levar para a garagem da empresa!

— Grosso! — retruquei, mas já me encaminhando para a porta que ele abriu, não queria demorar para pegar a Vavá. Antes de descer, me dirigi para as pessoas que me ajudaram. — Obrigada, gente, boa noite.

— Imagina, minha filha, boa noite, fica com Deus!

— Se cuida. Toma cuidado; esse lado de cá é mais perigoso.

Agradeci aos passageiros mais uma vez e desci sentindo algo estranho. Eu sonhava tanto em ir embora daqui que às vezes esquecia o lado bom. Eu sabia que esse tipo de calor humano jamais encontraria em outro país. Eu já tinha pesquisado na internet todo tipo de prós e contras e, isso, era algo que os brasileiros lá fora reclamavam muito: a falta do nosso calor humano, dessa camaradagem que só existia aqui.

Apertei o passo e virei a esquina, respirando fundo. Pelos meus cálculos, teria que caminhar por mais de meia hora até chegar à Penha. *Que dia interminável!,* pensei. Minha cabeça fervia pensando na minha mãe esbanjando todo nosso dinheiro em barzinho caro na Savassi. Desde que começou a morar lá em casa, há mais ou menos um mês, não vi o tal do Zane levantar um dedo para procurar um emprego. Ele falava um português bem precário e dizia que se sentia muito traumatizado para trabalhar.

Mas para beber em bar da moda, não. Bufei e esfreguei a testa. Havia dias em que era mais difícil acreditar que tudo daria certo.

Eu só queria uma vida tranquila, simples. Poder trabalhar sem ter que matar um leão por dia, para ter apenas o básico. Quem eu estava enganando? Dependendo do mês nem o básico eu conseguia prover. Vavá precisava de um plano de saúde, uma educação melhor... Ela era tão inteligente para sua idade. Consegui ensiná-la a ler em português e inglês praticamente sozinha, antes das tias da creche.

Às vezes me sentia culpada, eu deveria desistir de ir embora e tentar economizar o que pudesse para pagar uma boa escola para ela em Belo Horizonte mesmo, parar de sonhar com salões bem decorados, em ter o meu próprio carro, uma casa confortável, andar bem-vestida..., mas eu simplesmente não conseguia. Mamãe dizia que eu nasci com o olho maior do que a barriga e não me conformava com nada. Talvez fosse verdade. Mas por que eu me conformaria?

Enquanto caminhava, sentia uma dor persistente nas minhas costas, estava morta de sono. Virei uma esquina e meu coração disparou quando me deparei com o grupo que sempre se aglomerava na porta da casa do Juninho. Era de conhecimento geral no bairro que eles estavam envolvidos com drogas, mas o medo impedia qualquer um de denunciá-los. Eu não gostava do jeito que me olhavam, mas cumprimentei todo mundo como se fôssemos velhos amigos e me preparei para atravessar a rua, era melhor não dar muita chance para interações. Mesmo assim um deles me chamou:

— Ei, Julia, que dia você vai me dar uma chance de te levar no baile da quebrada?

Franzi a testa e me virei para trás, pensando no que dizer para não soar muito mal-educada, quando um carro, vindo do nada, freou abruptamente bem à minha frente, com o som estridente dos pneus raspando no asfalto. Eu me assustei tanto que gritei e caí no chão. Foi muito rápido, mas eu podia jurar que vi toda a minha vida passando diante dos meus olhos.

Apesar de estar tremendo, percebi pelo canto do olho os meninos do Juninho se levantando. Ao mesmo tempo, um homem saiu do carro. Eu estava pronta para soltar um xingamento, mas o que vi me deixou totalmente sem palavras. Ninguém era tão bonito daquele jeito, simplesmente não era. Vestido com uma camisa branca de botões e calça preta, sua estatura impressionava. Era tão alto que, mesmo sentada no meio da rua, tive que levantar completamente a cabeça para vê-lo. Seu corpo era esguio, mas musculoso. Sua pele tinha um tom dourado único. Tudo nele era diferente de qualquer coisa que eu já tinha visto. Seu rosto era perfeito: nariz grande e reto, lábios cheios e bem moldados, maxilar bem definido. E aqueles olhos...

Misericórdia... será que eu morri no atropelamento?

Passos lentos e elegantes se aproximavam, e minha atenção se fixou nos sapatos que pareciam caríssimos. Em um piscar de olhos, seu rosto impecável estava diante do meu. O aroma era intoxicante: masculino, amadeirado, irresistível. Um calafrio percorreu todo o meu corpo quando sua voz, em inglês, alcançou os meus ouvidos. Contudo, assim que entendi as suas palavras, toda a magia se foi.

— Por que você estava parada no meio da rua? — perguntou, rígido como se me repreendesse. Seu sotaque era diferente, o que tornava suas palavras quase exóticas, exigindo minha total atenção para entender o que dizia. Com nosso rosto tão próximo, fui hipnotizada por um par de olhos de um verde-acinzentado bem claros. Antes que eu pudesse responder, seus lábios franziram em uma linha fina como se estivesse tentando controlar alguma irritação. — Mas isso é simplesmente perfeito, essa tampinha nunca vai me entender.

— Tampinha é o seu passado! — respondi furiosa em inglês. — Que tipo de pessoa atropela alguém e ainda xinga a vítima?

Arregalou os olhos por um breve segundo e sua voz soou ainda mais irritada.

— Vítima, você?

— Ué, fui eu que te atropelei por acaso e esqueci? — retruquei.

Seus olhos se aqueceram e minha boca ficou subitamente seca.

— O carro chegou a bater em você? Se machucou?

— Não, não pegou em mim, eu caí pelo susto.

— Hm — foi quase um grunhido. Ele pegou o meu pulso e, de novo, o meu corpo se estremeceu com um calafrio forte, como se um fosse um choque. Tentei retirar a mão, mas ele segurou com mais força. — Quietinha, deixa eu ver se você está mesmo bem.

Sua voz saiu como um sussurro e o calafrio foi parar no meu peito, acelerando as batidas do meu coração. Quando tentei puxar a mão mais uma vez, o Juninho em pessoa apareceu ao nosso lado. Todos na sua turma andavam armados e não faziam questão de esconder isso. Olhei rapidamente para o carro que o homem estava: era caro, importado. Isso não ia acabar bem. Pensei rápido e peguei o rosto do estrangeiro com as duas mãos, obrigando-o a me olhar.

— Cala a boca e concorda com tudo eu disser, você é meu primo e estava procurando a minha casa.

Ele franziu a testa por um segundo e tive medo de que não entendesse o meu inglês.

— Eu não preciso que...

— O que eu disse sobre calar a boca? Anda me ajude a levantar, rápido!

Nesse momento, o Juninho chegou bem perto de nós.

— Precisa de ajuda, Julia? O que esse babaca tava falando com você?

O homem pegou o meu cotovelo e minha cintura colocando-me de pé com uma pegada firme que me desconcertou por um segundo. Quando voltei a prestar atenção, Juninho e ele se encaravam com ódio no olhar. O estrangeiro podia ser alto, pelo menos uma cabeça mais alto que Juninho, e todos ali, mas eu não mexeria com aquele pessoal. Fiquei sabendo sobre coisas pavorosas que eles fizeram com inimigos e pessoas pegas roubando no bairro. Não sabia quem aquele homem era, mas eu jamais deixaria de ajudar alguém em uma situação como essa.

— Muito obrigada, Juninho, mas não precisa se preocupar... eu... é... — Por que a mente dá um branco quando a gente mais precisa dela? Eu não conseguia inventar um nome, então usei o meu romance preferido. — Edward! É, Ed, estava procurando justamente a minha casa. Olha só que coincidência bizarra, mas eu caí pelo susto mesmo, estou ótima.

— Edward? — Juninho perguntou.

O estrangeiro ainda o encarava de uma maneira muito estranha, e eu o segurei pelo braço. Nossos olhos se encontraram por um breve segundo e, mais uma vez, o meu coração acelerou. Ignorei essa sensação estranha e o puxei com mais força, mas eu era realmente muito pequena perto dele, ele teria que ir por livre e espontânea vontade. Sorrindo, fixei o meu olhar e o chamei:

— Vamos, Ed, sua tia vai morrer de rir quando souber que você quase me atropelou. — Ele fez uma expressão ainda mais contrariada, e eu perdi a paciência. Abaixei o meu tom e falei bastante irritada, rezando para que nenhum deles ali falasse inglês: — Entra nessa desgraça de carro, agora, ou eles vão me matar também se souberem que menti.

— Você é sempre nervosinha assim? — zombou como se não estivéssemos diante de uma gangue armada olhando de cara feia para nós.

Eu o ignorei prontamente e fui até o lado do passageiro, sorrindo como se nada no mundo me preocupasse.

— Tchau! Brigada, hein, gente? Dá um beijo na sua mãe, Juninho, fica com Deus! — Acenei para todos e entrei no carro do estrangeiro que eu nunca tinha visto em toda a minha vida.

Nicolas

O cheiro que vinha do cabelo dela me desconcentrava. Eu não sabia onde eu estava, não entendia a lógica do trânsito daquela cidade, se é que havia um. O GPS só serviu para me deixar mais confuso. Pelo estado daquele bairro, eu esperava que o *Roux-Beaumont* não ficasse nem perto dali. Apertei o volante com força e acelerei sem saber para onde ir. Eu estava puto e nem sabia direito o porquê. Nunca tive a necessidade de provar nada para ninguém, mas o fato daquela tampinha em forma de gente achar que deveria me proteger de um bando de imbecis que nem sabia segurar uma arma me irritou.

Respirei fundo e me irritei mais. O cheiro dela tinha algo diferente... eu não queria nada diferente, e ainda tinha a maneira como a sua língua ficava entre os dentes em determinadas palavras. Era tão... adorável. Soltei um grunhido de desgosto e ela olhou para mim. Eu não queria olhar para ela, já tinha visto a curva dos seus seios marcada na blusa apertada e preferia não olhar de novo. Parei o carro.

— Você mora por aqui?

— Por que você quer saber? — respondeu, sua voz era tão feminina, macia, aveludada.

Bufei.

— Porque eu não vou te deixar sozinha no meio da rua à noite. Pelo pouco que vi, sei que não bate bem da cabeça.

Ela abriu a boca, fazendo um "oh" e eu tive uma súbita vontade de rir.

— Mas é um abusado mesmo! Primeiro, me atropela, depois eu te salvo de uma morte terrível, me chama de tampinha e agora de doida?

— Eu não te xinguei, senhorita. Você é mesmo baixinha, quase não te vi parada no meio da porra da rua fazendo Deus sabe lá o quê!

— Eu não sou baixinha nada, qualquer pessoa fica pequena perto de você, tenho tamanho normal. E eu não estava parada na rua, quem em sã consciência vem dirigindo tão rápido dentro de um bairro?

— Não sei se deu para notar, mas não sou daqui, estava procurando o meu hotel.

— Hm e que hotel é esse?

— Você não pode me falar onde mora, mas quer saber do meu hotel?

Ela suspirou e falou um monte de palavras em português.

— Ok, vamos começar de novo. Meu nome é Julia e eu não guardo rancor. Eu te desculpo por quase ter me matado e por não saber dirigir direito. De nada por ter salvado a sua vida, imagina, fiz o que qualquer um faria. — Ela olhou em volta, parecia preocupada. — Não tenho orgulho de dizer isso, mas esse bairro é bem violento, eu moro a algumas ruas daqui e vou aceitar a sua carona até lá, é o mínimo que você pode fazer depois de tentar me matar, eu sou jovem demais para morrer, sabia?

Eu estava impressionado. Era um fluxo contínuo de palavras, sem parar ao menos para tomar fôlego. A contragosto analisei-a mais uma vez e ela tinha razão: era jovem, jovem até demais, não devia ter mais que 23 anos. Liguei o carro novamente, seguindo as instruções confusas que forneceu sobre seu endereço.

— E aí? — perguntou impaciente depois de alguns segundos. O que ela tinha contra o silêncio?

— E aí o quê?

— Não vai me dizer quem é? Vou continuar te chamando de Edward então.

Eu realmente não queria conversar com ela, tinha algo de íntimo em tudo o que saía de sua boca.

— Nicolas — respondi simplesmente.

— Ni co las — disse devagar, separando as sílabas e algo dentro de mim se retorceu.

— Já estamos chegando na sua casa, tampinha?

— Ridículo um homem do seu tamanho ficar provocando os outros. E sim, é aquela casa da porta amarela.

Estacionei e olhei para o lugar em que ela apontou. A casa era desoladora, me lembrava o lugar onde eu cresci. Uma estranha mistura de sentimentos me atingiu. Ela parecia uma garota tão... jovem, vibrante... tão linda. Nada em sua essência combinava com aquele casebre sombrio e sua porta amarela desbotada.

— Obrigada, Nicolas — agradeceu com a mão na maçaneta. — Espero que você encontre logo o seu hotel sem atropelar mais ninguém.

Meu corpo reagiu sozinho quando a vi saindo do meu carro... e para sempre da minha vida.

— Espera! — ordenei, segurando o seu pulso. Ela virou a cabeça como se fosse em câmera lenta. Seus longos cabelos exalaram o perfume em meu rosto. Respirei fundo. — Eu tenho uma proposta para você, Julia.

Suas bochechas coraram e ela desviou o olhar. No entanto, quando se recompôs, fechou a cara.

— Não!

— Não o quê?

— Minha resposta para qualquer coisa pervertida que você estiver pensando é não.

Bom, se eu não estava pensando em nada pervertido antes, definitivamente pensei naquele momento. Ela era sexy demais para poder falar a palavra "pervertido" e sair impune.

— Você nem ouviu a minha proposta, tampinha. Por que acha que vai ser pervertido? A não ser que você queira que seja, daí eu posso te fazer esse favor.

— Você é mesmo um... ridículo! — exclamou indignada e dessa vez não me contive, gargalhei. — Se enxerga, tá? Favor...

Ela emendou várias frases em português que não entendi, mas pelo tom, eu sabia que estava sendo xingado por gerações.

— Você pode se acalmar e me ouvir? — questionei.

Sem dizer nada, estreitou os olhos. Eles eram lindos, grandes e curiosos. Tinham uma cor amendoada que contrastava com o bronzeado de sua pele e com os longos cabelos escuros que caíam lisos pelas costas até a cintura. Imaginei a minha mão em volta daquela cinturinha fina e precisei me concentrar no que dizer:

— Eu preciso ir em uma reunião importante nessa sexta-feira, em uma cidade chamada... Ouro...

— Ouro Preto? — ela completou.

— Isso, esse nome aí mesmo. E eu preciso, digamos, levar uma noiva comigo.

Ela fechou ainda mais a cara.

— Você precisa de uma acompanhante em uma reunião de negócios?

— Exatamente, eu posso te recompensar muito bem. O que você acha de 10 mil dólares? — Cada palavra que eu dava, ela ficava ainda mais indignada, e eu, mais perdido. Será que achou baixo o preço? — Talvez 20 mil?

Ela grunhiu e voltou a colocar a mão na maçaneta.

— Não sei de onde você veio, mas deveria respeitar mais as mulheres daqui. Se quer tanto uma profissional, vá atrás de uma.

— Profissional? Do que você está falando, mulher?

— De nada, sua vida não é da minha conta. A minha resposta é não, não aceito sua proposta pervertida.

Agarrei o seu cotovelo e aproximei a minha boca da sua. Apenas milímetros me separavam de saber como seria o seu gosto.

— Quando eu quiser algo pervertido de você, Julia, não pretendo pagar por isso, mas agora realmente preciso de uma acompanhante.

Sua respiração vinha de todos os lugares, como se ela fosse uma mocinha inexperiente. Sempre fui um homem de grandes apetites, e aquela tampinha estava despertando algo em mim que há tempos eu não colocava para fora.

— A minha resposta continua não. Olha só, eu não sou boba, tá? Ninguém sai distribuindo 20 mil dólares assim do nada. Eu assisto "Sobrevivendo na Turquia", meu filho.

Eu estava completamente perdido.

— Sobrevivendo onde? Eu não sou turco.

Ela passou a mão nos cabelos.

— Eu não quero saber. Abre essa porta, quero ir embora agora!

Seu medo misturado com desejo fez o meu pau latejar até doer. Imaginei aquela boca atrevida em volta dele... e abri a porta. Era melhor assim. Eu gostava de tudo sob o meu controle e aquela doida tinha um quê de incontrolável, eu não precisava dessa dor de cabeça.

— Tudo bem, senhorita, Julia, foi um prazer quase atropelar você.

Sua respiração ainda era pesada, meu pau pulsava de desejo.

— Ok, senhor Nicolas, o prazer foi meu por ter salvado a sua vida.

Sorri e a deixei pensar assim. Esperei que ela entrasse na casa onde uma mulher com um coque abriu a porta e uma menininha minúscula usando uma fantasia que parecia uma asa de borboleta pulou nela. Minha garganta fechou e eu esfreguei o meu peito, enquanto arrancava com o carro dali de qualquer maneira.

Eu me sentia muito bem sozinho há anos. Havia um vazio gostoso em meu peito que eu queria que continuasse assim, vazio.

CAPÍTULO 5

Julia

O estrangeiro de rosto marcante e quadrado, puxava o meu braço e sussurrava em meu ouvido as perversões que desejava fazer comigo. Sua voz profunda lentamente se suavizava enquanto chamava o meu nome sem parar. De repente, ele me deu um cutucão.

— Acorda, Julia!

Levantei-me sobressaltada, com o coração na boca e uma estranha umidade entre as pernas. Minha mãe me encarava com um sorriso travesso.

— Quem é o bacana que te trouxe em casa hoje à noite?

Valentina se remexeu na cama ao ouvir nossas vozes. Ainda grogue de sono e com o estômago revirado, fiz um gesto para sairmos do quarto.

— Credo, que sono, quantas horas são? — perguntei, desviando deliberadamente o assunto. *Como ela poderia já saber da carona com o estrangeiro? Que povinho fofoqueiro!*

— Sei lá, deve ser quase meia-noite.

Olhei para o relógio branco com uns patos desenhados em amarelo ao lado da geladeira: eram mais de 1h da manhã. Meus olhos ardiam de sono, e apesar do frio que fazia dentro de casa, era melhor tomar um banho antes de cair na cama de novo. Virei-me para a minha mãe que ria para a tela do celular.

— Peguei a Vavá na Penha e nem vi mais nada. Troquei a roupa dela e dormi também.

— O quarto dela costuma ser o mais quentinho, tá frio demais esse ano — comentou despreocupada enquanto digitava sem parar.

— Mãe, amanhã...

Ela me interrompeu, quase grudando a tela do telefone na minha cara.

— Você precisa relaxar, Julinha. Deixa de ser careta só um dia na sua vida e vamos nesse bar que o Zane me levou, só nós duas. Sambei até me acabar.

Suspirei, cansada demais para ter paciência.

— Eu também queria sambar até me acabar, mas tudo custa dinheiro, sabia? Ultimamente prefiro ganhar algum do que gastar à toa. — Franzi a testa e peguei o celular da mão dela. Pela decoração, o bar não era dos mais baratos. — Quanto custou essa brincadeira aqui?

Ela revirou os olhos, dando de ombros.

— Não faço a mínima ideia. Sou uma princesa, minha filha, acha mesmo que eu pago conta de bar?

— Você é impossível, dona Joice. A plebeia aqui vai dormir que o meu dia amanhã promete ser apocalíptico.

Fui para o banheiro e liguei o chuveiro. Deixei a água quente cair pelo meu corpo e por pouco não dormi em pé atrás das cortinas de plástico. Sempre que eu fechava os olhos, o rosto de Nicolas aparecia em minha mente. Ele era tão bonito, tão grande... Minha mãe entrou abruptamente no banheiro, falando sobre o Zane e o rosto do estrangeiro bonitão sumiu, sendo substituído por uma pontada de preocupação. Eu não ia com a cara daquele homem.

— Menina — ela abaixou a voz, colocando a cabeça pela cortina — Zane pediu pra eu não falar com ninguém, mas você é a minha Julinha, não é ninguém...

Completamente acordada, tirei a cabeça debaixo da água.

— Se ele pediu para não falar, não deve ser coisa boa, né?

— Meu Deus, que implicância eterna! É por isso mesmo que ele pediu, você não sabe disfarçar quando não gosta de alguém.

— Uhum... pega a toalha aí para mim e desembucha logo, eu realmente preciso dormir.

— Você não deveria desperdiçar a sua juventude trabalhando tanto. Morro de desgosto de te ver cansada assim o tempo todo, sabia?

— Ah, pronto — respondi, tirando a touca de plástico da cabeça. — Eu posso te ensinar a fazer unha. Se trabalharmos juntas, ganharemos mais e você não vai precisar ter pena de mim.

Ela fez o sinal da cruz.

— Deus que me livre, é incrível como você não aprendeu nada comigo..., mas então, Juju, o Zane tá descolando um negócio top pra gente não ter que trabalhar nunca mais.

Meu coração disparou.

— A gente?

— Sim... ele vai montar numa grana boa, parece que conseguiu fazer a segurança de um ricaço aí.

— Quem é esse cara para fazer segurança para gente rica, mãe? Acorda! Eles contratam empresa conhecida, não qualquer um.

— Como você ficou metida depois que decidiu ir para esses Estados Unidos, hein? Zane disse que era muito bem de vida em Botsuana, seja lá onde isso for.

Botsuana... Será que ele era de lá? E como ele sabia falar português? E o mais importante, por que minha mãe não estava fazendo essas perguntas? Amarrei a toalha no corpo e segurei o seu rosto. Às vezes, ela parecia uma adolescente deslumbrada.

— Eu só falo assim porque me preocupo com Valentina. Nós não conhecemos esse homem e...

— Eu conheço sim. *Você* não conhece, porque tá de implicância e nariz em pé.

Suspirei, era incrível como aos 36 anos de idade ela não via as coisas como eram. Uma ideia se formou em minha cabeça e eu fui me acalmando. Minha avó, Rose Barboza, morava em Santa Bárbara, era pertinho de BH. Ela e mamãe não se davam bem e não conversavam há anos. Vovó não aprovava eu ter vindo morar com minha mãe, mas Santa Bárbara era minúsculo, eu nunca teria juntado o dinheiro que precisava para o visto trabalhando lá. No entanto, em vista de tudo o que vinha acontecendo, seria melhor levar a Vavá para ficar com ela. Como eu não queria uma discussão, não disse nada naquele momento, minha mãe saberia eventualmente.

— Tudo bem, mãe. Só toma cuidado, só isso que estou pedindo. E por favor, nada de sair amanhã até eu chegar. Tenho que ir naquela entrevista que te falei e não quero a Valentina na casa dos outros.

— Tá bom, eu te espero. E eu sempre tomei cuidado, sou quinze anos mais velha que você e muito mais vivida, acha que eu daria mole a essa altura da minha vida?

Balancei a cabeça sem ter o que dizer e fui para a minha cama. Adormeci rapidinho e, dessa vez, não voltei a sonhar com o bonitão de olhar perigoso.

Eu quase passei mal de ansiedade o dia todo no salão, esperando a hora em que eu poderia correr até o *Libens,* no entanto, faltando alguns minutos para as 6h da tarde, Márcia apareceu com uma amiga. Meu coração disparou quando ela abriu a porta e apontou em minha direção.

— Julia, minha querida, eu disse para a Rafa que você era a melhor manicure de BH e ela não quer acreditar em mim, pode uma coisa dessas?

Dei um sorriso amarelo e, sem querer, olhei para o relógio.

— Parece que a sua "melhor" manicure não ficou muito feliz com a nossa chegada, Márcia. — A mulher fez um sinal de aspas com os dedos ao dizer a palavra melhor.

Minha chefe franziu a testa. Em vez de sorrir e dizer que estava encantada em fazer as unhas da madame, apontei para os dedos do pé da mulher e soltei:

— Não é isso, mas vai dar um trabalhão trabalhar nesse joanete e eu preciso muito chegar em um lugar antes de fechar.

Meu rosto esquentou de arrependimento no momento que percebi o que eu havia feito. Algumas meninas disfarçaram um riso e eu vi, sem poder fazer nada, o meu emprego indo pelo ralo enquanto a tal Rafa me encarava indignada.

— Vai deixar essa pobretona falar assim comigo, Márcia?

Eu já estava nervosa com a situação e ser chamada de pobretona, não ajudou muito.

— Ei, pera lá também, a senhora não precisa me humilhar, não falei por mal, eu só não gosto de fazer a unha correndo.

Dramatizando mais do que a situação pedia, a mulher pediu um copo d'água e garantiu que me impediria de trabalhar em qualquer salão do Belvedere. Ainda fui ingênua de olhar para Márcia em busca de ajuda, mas ela me chamou com um inclinar de pescoço para um canto.

— Não esperava isso logo de você, Julia. Você tem noção de quem Rafaela é?

— Eu não disse por mal, Márcia, é que eu fiquei ansiosa o dia todo por causa da entrevista naquela agência nova, ontem não deu para ir. Você sabe quanto já investi nesse visto? Por que é tão importante quem essa mulher é?

Márcia inclinou para frente e sussurrou:

— Ela é Rafaela Andrade Faria!

Minha garganta fechou de nervoso, eu nunca mais trabalharia com estética em BH.

— Andrade Faria, daqueles salões famosos?

— Sim, mulher. A filha dela é influencer, tem milhões de seguidores, não posso me dar ao luxo de me indispor com elas. Me desculpa, Julia, mas minhas mãos estão atadas.

Saí do salão demitida e arrasada, me repreendendo por não pensar antes de falar. Eu tinha um dinheiro guardado para as passagens e me virar no Canadá por um curto período, mas era contado e, no momento, minhas últimas economias. Sem esse emprego teria que mexer nele. Quase desisti de ir até a agência. Até a minha mãe dizia que ter um salão em Nova York era um sonho maior do que as pernas. E provavelmente era, eu não conseguia nem manter um emprego em Belo Horizonte onde eu conhecia todo mundo, que dirá na cidade mais importante do planeta!

Não! Eu não tinha chegado até aqui para desistir. Segurando as lágrimas que ardiam em meus olhos e a vontade de me esconder em casa, levantei os ombros e decidi que nada estava perdido ainda, essa entrevista poderia ser a minha última chance. Peguei um ônibus que ia para o Observatório Lounge e recostei a cabeça no banco. Mesmo sendo a hora do *rush*, o transporte público para essa área da cidade nunca lotava. À medida que me aproximava do destino, ficava menos desesperada e mais esperançosa. Minha avó sempre dizia que tudo acontecia por um motivo. Esse *Libens* não apareceu na minha vida à toa. Talvez no próximo mês eu já estivesse sentindo frio no Canadá e rindo de toda essa situação.

Entrei na agência com esse misto de esperança e desespero. O lugar era tão incrivelmente chique que por pouco não desisti de vez, eu jamais teria condições de pagar a taxa deles. Olhei para as minhas botas que contrastavam com o porcelanato brilhante e, estava a ponto de ir implorar para Márcia me aceitar de volta, quando um homem simpático e sorridente se aproximou.

— Boa noite, posso ajudar?

— Será que pode? — rebati, me sentindo meio perdida.

Ele deu uma risadinha.

— Se você não me falar o que deseja não tenho como saber, mas ficaria feliz em ajudar se eu puder. Meu nome é Fábio, a senhora quer uma mesa?

Mesa? Será que eu tinha entrado no lugar errado? Olhei mais atentamente ao meu redor e era mesmo parecido com um bar. *Uai eu tinha certeza de que o letreiro brilhava com o nome Libens.*

— Bom, é que a Patrícia da agência mandou eu vir aqui para uma entrevista.

Ele franziu a testa como se fizesse esforço para entender o que eu dizia.

— Agência... de empregos?

— Não, moço, de visto.

— Aaaah! A *STB*! — Ele me deu uma avaliada de cima a baixo e sorriu discretamente. — Pode me acompanhar por favor, vou avisar ao Sr. Adriano que você chegou.

— Ahn, ok, obrigada... eu acho.

Segui o Fábio, passando por uma porta de correr mega estilosa, e *uau,* o lugar era tipo um cenário de filme. O chão brilhante refletia luzes de um candelabro todo trabalhado que eu só tinha visto antes em fotos do *Pinterest.*

A vibe do lugar era de puro luxo. Tinha umas poltronas que pareciam superconfortáveis, e deu para imaginar aquelas meninas de *Instagram* ali, tomando um drink chique. Falando em drink, tinha gente por todo lado com taças brilhantes nas mãos, todos com aquele look "sou ricaço e dono do mundo". Além de tudo isso, havia um cheiro delicioso no ar. Meio floral, meio chique, como aqueles perfumes importados que a gente testa no *Shopping* e depois fica sonhando em ter.

Tentei manter a pose, mas por dentro eu estava meio *o que estou fazendo aqui?* Parecia muito um lugar que Márcia e as "Andrade Faria de joanete" frequentariam e eu só queria conseguir segurar minha língua dessa vez.

Fábio parou em frente a uma porta mais discreta e pediu com um gesto para que eu me sentasse em um sofá. Antes que eu conseguisse abrir a revista que peguei, ele voltou.

— Esta é a sala do Sr. Adriano Gutierrez. Fique à vontade.

— Obrigada.

Quando abri a porta, meu queixo caiu. Minha nossa... que sala linda! Tinha uma mesa de madeira escura, poltronas da moda e prateleiras com livros que provavelmente custavam o salário de uma vida inteira. Um homem de óculos e com entradas acentuadas no cabelo se levantou de trás da mesa com um sorriso profissional.

— Julia, certo? Prazer, sou o Adriano Gutierrez — ele cumprimentou, estendendo a mão.

Tentei parecer tranquila, mas meu interior gritava: "Julia é a sua última chance respira e pensa antes de falar!". Cumprimentei-o de volta, tentando soar despreocupada. Mas eu não me sentia despreocupada, na verdade, estava confusa e intimidada, a ponto de entrar em pânico, e isso não era bom, minha língua ficava soltinha quando eu estava nesse humor. Antes de me sentar, comentei:

— Não sei se estou no lugar certo...

— Foi a Patrícia da *Green STB* que te mandou, não foi? Por favor, fique à vontade.

— Sim, foi ela, mas... — Olhei ao redor — aqui parece um bar, não uma agência de viagens.

Ele se recostou na poltrona e me analisou por alguns segundos antes de perguntar:

— Ela não adiantou nada sobre a nossa proposta?

— Não. Quer dizer, eu tive o visto para o Canadá negado, sabe. Daí ela disse que talvez eu conseguisse entrar nos Estados Unidos com vocês, mas não estou entendendo nada. Se for coisa de coiote, esquece. Eu sou nova, mas assisti América pelo globo play uma vez.

Ele jogou a cabeça para trás e gargalhou.

— Não, menina, não é coisa de coiote, fique tranquila. Respondendo a uma de suas perguntas, o *Libens* é muito mais que um bar. É como se fôssemos um cardápio de luxo para bilionários do mundo todo, bem no coração da capital mineira.

Franzi a testa o máximo que meus músculos permitiram.

— Cardápio? E quem vai ser a refeição? — Arregalei os olhos, entendendo — *ou não* — o que era aquele lugar. — Eu? Misericórdia, isso aqui é um puteiro?

O Sr. Adriano gargalhou mais uma vez, mas os seus olhos se endureceram quando me respondeu:

— Não fale assim, que termo chulo! Vou te explicar como funciona a nossa proposta e você vai ver que não tem nada a ver com isso.

— Aham, sei... — murmurei cautelosa, segurando a bolsa no colo com força como se de alguma forma ela pudesse me proteger.

Ele limpou a garganta e impôs a voz.

— Uma vez por ano, organizamos um leilão com mulheres cuidadosamente selecionadas, como você, que desejam se mudar para outros países. Nossos clientes, interessados em uma esposa temporária, dão lances nas candidatas de seu interesse. Nós retemos 60% desse valor e vocês formalizam um contrato legítimo de casamento. Isso lhe dá a oportunidade de ganhar dinheiro, conseguir um *green card* e a chance de fisgar um marido milionário de uma forma mais permanente, se for do seu desejo. Pelo que Patrícia me disse sobre sua situação, pode ser uma ótima oportunidade. Infelizmente, não posso garantir que dariam lances em você, até por causa do seu filho, né?

Eu nem piscava, estava tão chocada com a naturalidade com que tudo aquilo saía da boca dele, que o respondi no automático:

— Irmã... ela não é minha filha, mas...

— Aah, então ficou muito melhor. Não vou mentir dizendo que vai ser fácil, mas você é linda, muito gostosa, tem aquele ar meio inocente que há tempos não vejo por aqui, não vejo procedimentos estéticos aparentes... com a produção certa podemos criar um ar virginal ao seu redor e talvez eles esqueçam a sua irmã.

Minha nossa, era mesmo um puteiro! Levantei-me e ele se levantou também. Eu me sentia arrasada, entendi ali que nunca sairia do Brasil.

— Ahn... muito obrigada por essa oportunidade, mas vou ter que recusar, Sr. Adriano. Estou muito nova para me casar.

Fui irônica, mas ele riu mais uma vez.

— O contrato padrão é de um ano, raro durar mais que isso. Se seguir todos os protocolos e cumprir à risca o acordo, ao final desse ano você estará livre, rica e ainda jovem. O pagamento pelo cumprimento do contrato é de um milhão de dólares.

Sentei-me novamente. Um milhão de dólares ao alcance das minhas mãos. O *Pink Butterfly* brotou à minha frente, totalmente pronto e decorado, lotado de clientes; por muito pouco eu não disse sim. Então, ao lado do salão cor-de-rosa e feliz, imaginei um apartamento tipo aqueles da moda que mais parecem uma loja; todo cinza, com um homem feio, grosso e ranzinza me esperando para as piores perversões. Lembrei-me do bonitão falando de perversões e esfreguei os olhos. *Que caos de merda.*

Engoli a vontade de chorar, sonhei tanto com *o meu salão* que, naquele momento, eu me sentia de luto.

— Me parece, Sr. Adriano, que esse um milhão de dólares sairia caro demais no fim das contas. Não posso aceitar sua proposta, mas obrigada pelo seu tempo.

Ele inclinou o pescoço enquanto pegava um cartão e escreveu um número no verso.

— Olha, tem bastante tempo que não vejo nada como você por aqui e acredito que conseguiria um lance bem alto, mesmo com a sua irmã tendo que ir junto. Se fosse virgem então..., mas um homem só pode sonhar.

Corei e tentei disfarçar o quanto fiquei indignada com aquela fala sem noção. O fato de eu ser mesmo virgem deixava tudo pior, *quem era virgem aos 21 anos de idade?*

— Eu não...

— Por favorzinho, não diga mais nada, apenas guarde o meu cartão. O leilão deste ano vai acontecer na sexta-feira da próxima semana, me ligue a qualquer hora do dia ou da noite se mudar de ideia, ok?

Neguei com a cabeça e recebi uma expressão meio entediada de volta. O Sr. Adriano fez aquela cara de *já vi essa cena antes* quando eu disse que não mudaria de ideia, mas nem me importei. Saí disparada dali sem me preocupar em ser elegante. Meu estômago doía e o meu peito parecia pesar uma tonelada enquanto eu andava pelos corredores bem decorados do

Libens rumo à saída. O meu salão nunca seria uma realidade, eu nunca conseguiria pagar a educação de qualidade que Valentina precisava, nunca sairia do atraso de vida que era o meu bairro, a não ser para voltar para Santa Bárbara. Eu não era forte o suficiente para obrigar a minha mãe a não gastar nosso dinheiro com besteira e não podia pagar um aluguel e olhar a Valentina sozinha longe dela...

Soltei o ar com força pelas narinas, estava difícil me conformar com a situação. Talvez esse meu sonho não fosse realmente um sonho e sim uma fuga, mas independente de qualquer coisa, ele acabava aqui. Nem era por moralismo que não entraria em um casamento por dinheiro. Eu simplesmente não seria capaz de me vender, era capaz até desse homem me matar enquanto eu dormia. Ô sina... *por que Deus me fez pobre e com princípios?*

— A senhora estava falando comigo?

— Quê?

O garçom Fábio, que me recebeu quando cheguei, apareceu do nada em minha frente. Eu nem percebi que falava sozinha.

— Está pálida — ele disse, segurando a minha mão que puxei de volta com força. — Aceita uma água?

Uma água naquele lugar deveria custar um dia inteiro de trabalho, então recusei.

— Não, muito obrigada de qualquer forma... eu preciso mesmo ir.

Saí praticamente correndo do bar e pensei ter ouvido alguém me chamar, mas não olhei para trás. Respirei fundo assim que me vi ao ar livre e olhei meio perdida para a rua deserta. Poucos ônibus passavam por ali e eu só pensava em chegar em casa o mais rápido possível. Queria abraçar a minha borboletinha sem pressa e passar um final de semana inteirinho com ela na casa da nossa avó, bem grudadinhas, para recuperar as energias e focar no que realmente importava: arrumar um trabalho.

Porém, o universo parecia ter outros planos para mim. Justo quando peguei meu celular para chamar um Uber, uma moto surgiu do nada à minha frente. Logo fui cercada por dois homens usando capacetes pretos. Um deles me apontou uma arma.

— Caladinha, tia, caladinha. Só passa o telefone e a senha, o telefone a senha.

Não sei o que deu em mim, provavelmente já estava de saco cheio daquele dia de bosta e, mesmo me lembrando de todas as reportagens que mandavam não reagir a um assalto, eu simplesmente empurrei o cara armado. *Sim, você não leu errado, eu empurrei um assaltante armado, com toda força que eu tinha.*

— Não vou te passar nada! Você tem noção de quantos meses eu tive que trabalhar para pagar essa merda?

Pela viseira do capacete, notei que o assaltante que eu havia empurrado, arregalou os olhos, mas logo se recompôs. Do nada, o outro homem me sacudiu com força pelo braço e, ao me soltar, perdi o equilíbrio e caí entre o meio fio e o asfalto, batendo em cheio o joelho no chão. A partir daí, tudo aconteceu muito rápido. O assaltante com a arma direcionou o cano da pistola para o meu rosto e, em menos de 24 horas, a minha vida inteira passou diante dos olhos, *de novo*.

Cerrei as pálpebras à espera do disparo, lamentando não poder ver minha irmã novamente. Contudo, o tiro não aconteceu. Ouvindo um baque, rapidamente reabri meus olhos e vi um homem de terno torcendo o pulso do assaltante, que soltou a arma gritando de dor. Sem hesitar, o homem de terno retirou o capacete do criminoso e desferiu um golpe certeiro, fazendo-o desmaiar.

Em choque, observei o outro bandido subir na moto e correr, deixando o amigo desacordado no asfalto. E, antes de processar o ocorrido, o homem de terno se aproximou, e eu o reconheci. Seus olhos verdes — antes tão frios — agora exibiam calor e preocupação. Mesmo sem entender completamente o que estava acontecendo, e me sentindo mais viva do que nunca, segurei o seu rosto com firmeza e o beijei.

CAPÍTULO 6

Nicolas

As mãos delicadas que seguravam o meu rosto, queimavam a minha pele como ferro em brasa. Eu sabia que esse tipo de comportamento era comum em vítimas de trauma, mas eu não estava esperando uma reação tão visceral do meu corpo ao dela. Todos os meus sentidos vibravam, exultantes, como se dissessem que estávamos finalmente vivos mais uma vez.

Os seus lábios eram cheios, carnudos e possuíam um gosto irresistível de bala de maçã. Eu não era gentil com uma mulher há tantos anos... Todos os meus instintos diziam-me para agarrar com força os seus cabelos e tomar posse da sua boca, do seu corpo... Fazê-la esquecer o que aconteceu aqui gritando de prazer dentro do meu carro. No entanto, o sentimento que sobrepunha todos os outros era uma intensa vontade de protegê-la, e tinha sido assim desde a primeira vez que a vi.

Lutando contra esses sentimentos contraditórios, retirei suavemente as suas mãos do meu rosto e sussurrei em seu ouvido:

— Eu sei que sou irresistível, tampinha, mas estamos fazendo um belo show na porta do bar.

Ela piscou os olhos por alguns segundos e depois os arregalou, ficando ainda mais sensual ao abrir a boca em um "oh" de indignação.

— Mas é um cretino mesmo! Não sei o que me deu, devo ter enlouquecido, eu jamais te beijaria!

Seu rosto foi tingido por um vermelho vivo e o meu pau endureceu de uma só vez, levando uma onda de choque por toda a minha espinha.

— É a segunda vez que eu salvo a sua vida, me beijar é o mínimo. Você deveria ser mais grata.

Ela bufou revirando os olhos e se levantou de repente, mas assim que tentou firmar a perna não conseguiu e caiu nos meus braços. Respirei fundo para sentir o cheiro dos seus cabelos e decidi que não era necessário lutar contra o desejo que sentia por ela, eu a teria em minha cama o mais rápido que eu pudesse.

— Ai... esse filho da puta acabou com o meu joelho — choramingou de dor e então endureceu o olhar e tentou sair dos meus braços. — Segunda vez? Você quase me matou ontem! Aposto que foi essa aura sombria que me seguiu até aqui. Aliás... — Arregalou os olhos escuros mais uma vez e virou o rosto para a porta do bar. Um leão de chácara vinha em nossa direção, enquanto alguns curiosos começavam a se aglomerar. — O que você estava fazendo aí dentro, esse lugar é um puteiro, sabia?

Segurando-me para não cair na gargalhada, fiz uma expressão chocada, levando as duas mãos até a boca.

— Mentira! Não acredito que fui tão enganado pensando que era apenas um bar inocente. E o que uma senhorita como você fazia num... puteiro?

Ela franziu a testa.

— Você está zoando com a minha cara, né? Mas que dia abençoado...

— Jamais faria isso, tampinha.

Ela abriu a boca para reclamar, mas fomos interrompidos por várias pessoas conversando em português ao mesmo tempo. Julia começou a contar o que aconteceu, eu acho, gesticulando muito e, mais uma vez, me impressionei com a sua capacidade de falar tanto e tão rápido sem ao menos parar para respirar. Alguém de dentro do bar levou água com açúcar para ela, e eu conversei com o segurança que assegurou que resolveria a situação discretamente. Achamos melhor eu não ser envolvido com a polícia local.

Voltei até onde Julia estava e observei vários homens se oferecendo para ajudá-la, estreitei os olhos e, a passos largos, abri caminho entre eles.

— Vamos embora, tampinha, quero ver qual foi o estrago nesse joelho.

— Eu acho que...

— Não precisa — um bunda mole calvo e de óculos falou comigo em inglês —, eu já me ofereci para levá-la em casa.

Respondi com um olhar frio e peguei Julia no colo. Segui em direção ao estacionamento, onde o meu carro estava, sem dizer uma palavra.

— Ei, o que foi isso? — ela perguntou, enquanto nos afastávamos da pequena aglomeração.

— Eu vou cuidar de você — respondi simplesmente.

Dessa vez eu não estava tentando dirigir por essas ruas confusas sozinho, um dos motoristas do hotel me esperava e abriu a porta de trás do veículo ao me ver.

— Ahn, eu só ralei o joelho e o Sr. Adriano ia me levar em casa — Julia mencionou com a respiração entrecortada.

Estreitei os olhos e a coloquei no chão apoiada no carro... *a porra que ia*.

— Quer mesmo um frequentador de puteiro levando-a em casa? — provoquei.

— Ele não é frequentador, parece que é o dono... na verdade, o frequentador é você, estava fazendo o que aqui, hein? Me seguindo para tentar me matar de novo?

— É o último lugar que eu esperava te encontrar, tampinha, apesar de só estar aqui por culpa sua.

— Minha culpa? Não viaja... — Ela apoiou a perna machucada no chão e se desequilibrou novamente. — Ai... era só o que me faltava, como vou pegar um ônibus assim?

Praticamente a empurrei para dentro do carro.

— Larga de ser orgulhosa e entra logo aí.

Bufando ela entrou ficando o mais longe de mim possível.

— Você pode me levar para casa então? — perguntou, desviando o olhar do meu.

— Posso, mas não agora. Como eu disse, vou cuidar do seu joelho.

— E você é médico por acaso?

Olhei para o rasgo em sua calça jeans onde a pele à mostra inchava e sangrava e fui imediatamente transportado no tempo, em meio ao gelo siberiano. *Mantenha a calma, localize a articulação e faça uma tração firme e controlada,* pude ouvir o sargento Sorokin gritando em meus ouvidos, como se eu ainda estivesse naquele maldito campo de treinamento.

— Talvez eu tenha sido, em outra vida.

Ela apertou os olhos e sorriu, parecendo extremamente jovem. Uma pontada de culpa varreu o meu corpo por só pensar em rasgar suas roupas e possuí-la como um animal.

— Do jeito que você se acha é bem capaz de querer me convencer que se lembra das suas vidas passadas.

Soltei o ar pelo nariz.

— Infelizmente, tampinha, tenho lembranças vívidas de todas as minhas vidas passadas.

Ainda sorrindo, relaxou os braços e encostando a cabeça na poltrona do carro, respondeu:

— Infelizmente? Quem dera eu ter memórias das minhas vidas passadas!

Esfreguei o lugar onde estava a minha tatuagem e segurei a vontade de tocar os seus cabelos. Meu telefone vibrou no bolso e me distraí com o trabalho. Eu contratara uma agência de relações públicas para estancar a sangria que Aiden causou nas ações do Grupo *Papilon* e havia muito o que fazer. Julia também logo enfiou a cara no próprio celular e, antes que percebêssemos, já estávamos quase chegando à sede do *Roux-Beaumont*.

Julia

Nicolas era uma incógnita gigante em minha cabeça naquele momento. Eu sei que costumo falar demais, mas aquela não tinha sido uma dessas vezes. Após nossa conversa sobre outras vidas, ele ergueu uma barreira de frieza tão intensa que cheguei a me sentir gelada por dentro.

Peguei o meu telefone e mandei uma mensagem para a minha mãe dizendo que não sabia a hora que voltaria para casa e que era para ela não ousar sair e deixar a Valentina. Ela me mandou uma foto assando uma carne no nosso quintal com o idiota do Zane e algumas de suas amigas, inclusive a Penha. Bufei, involuntariamente, e Nicolas ergueu uma sobrancelha.

— Algo errado, tampinha?

Bufei mais uma vez.

— Tantas coisas, principalmente esse apelido ridículo.

— Eu não sei o seu sobrenome para me referir a você da forma que deseja.

— Pois é Barboza e o seu?

— Beaumont.

— Muito prazer, Sr. Beaumont e não me chame mais de tampinha.

— Anotado, Srta. Barboza. — Aquiesceu enquanto abaixava a cabeça e voltava a dar atenção para o celular.

Olhei pela janela e reconheci o local. Estávamos entrando em Lourdes, um bairro refinado da cidade, e uma nova preocupação brotou em minha mente.

— Nicolas, para onde você está me levando mesmo?

Ele estava tão absurdamente sexy concentrado em mandar mensagens com o cenho franzido e o maxilar tensionado, que por alguns segundos me esqueci de qualquer coisa fora daquele carro. Quando ele ergueu a cabeça e me olhou diretamente com uma expressão de homem de negócios estampada no rosto, o meu coração falhou uma batida.

— Para o meu hotel, lá tem tudo o que precisamos.

O quarto do hotel onde ele estava hospedado ficava onde? No Mater Dei?[4] Soltei uma risada sem querer, e ele estreitou os olhos, fazendo uma pergunta muda.

— Nada não, é que eu lembrei de outra coisa.

Ele não insistiu e o riso desapareceu de meus lábios. Voltei a rolar o meu feed do *Instagram*. Era evidente a atração que sentia por ele, mesmo com a grande diferença de idade entre nós. No entanto, estava enganado se pensasse que me impressionaria com carro caro e hotel chique. Quer dizer... não havia por que mentir para mim mesma, eu estava completamente impressionada com ele, principalmente com a facilidade que derrubou aquele assaltante armado. Mas, embora fosse atraente, alto e claramente forte — tendo até mesmo salvado a minha vida —, Nicolas era estranho, muito frio e se achava demais e eu não tinha a menor intenção de perder a minha virgindade assim. Queria que, quando acontecesse, fosse repleto de paixão e intensidade. Talvez fosse melhor se eu...

— Consegue descer sozinha, Srta. Barboza? — Nicolas perguntou e o meu fluxo de pensamentos foi interrompido.

Nem percebi que o carro havia parado, estava entretida pensando nele e assistindo aos vídeos que minha mãe postou nos stories da Vavá dançando. Olhei ao nosso redor e não pude evitar um arrepio de alerta na espinha. Estávamos em um estacionamento e apesar de sentir uma estranha familiaridade com o estrangeiro, eu realmente não o conhecia. *O que eu estou fazendo aqui, meu Deus!* Pensei entrelaçando a minha mão na dele.

---

[4] Hospital referência na capital mineira.

Assim que pisei no chão, uma dor lancinante percorreu a minha perna inteira e eu gemi.

— Não sei. Acho que ainda não melhorou — reclamei.

Nicolas fitou-me com um olhar penetrante e envolveu minha cintura com suas mãos. Sustentei o fôlego, e ele notou.

— Eu não vou te morder, Julia. A não ser que peça. — Ele era tão alto que precisava se inclinar para falar em meu ouvido.

— Ui! — gritei quando ele me pegou no colo de repente. Meu coração batia por todo o meu corpo. Era muito estranha a sensação que me percorria quando ele falava o meu nome com aquele sotaque diferente. Eu não era uma expert, porém, ele não parecia americano.

Interpretando de forma errada o tremor em meu corpo, ele disse:

— Não precisa se assustar, eu estou aqui, aqueles homens não vão chegar perto de você de novo.

Segurei as lágrimas que vieram aos meus olhos e pousei minha cabeça em seu peito enquanto íamos em direção a um elevador. Eu não me lembrava de ninguém cuidando de mim antes, ou me protegendo. Aprendi a me virar cedo demais e a cuidar da minha mãe e da casa. Eu não reclamava disso, amava a minha independência, saber que eu podia me virar em qualquer situação. No entanto, ali, segura nos braços enormes daquele homem depois do dia que eu tive, alguma coisa profunda me atingiu e eu não gostei.

— Pois é — firmei a voz. — Eles não vão voltar e você vai ficar com dor nas costas me segurando desse jeito. Homens da sua idade não podem carregar peso.

— Peso? — grunhiu. — Você não pesa quase nada, *tampinha.*

— Ei! — Eu me debati em seu colo o que o fez me segurar com mais força.

— Nunca provoque uma pessoa se você não tiver certeza de que pode vencê-la.

Eu estava prestes a dizer que não tentava provocá-lo, quando a porta do elevador abriu e um homem magro de cabelos pretos e bem penteados, nitidamente atraente, interrompeu nosso caminho. Ele parecia muito agitado, alternando entre tirar e colocar os óculos no rosto como se fosse um tic nervoso.

— Senhor Beaumont, o Sr. Collet está desesperado, o agente de condicional...

— Agora não, Dan — Nicolas interrompeu cortante como o estalar de um chicote.

— Mas, senhor, é urgente...

— Nada é realmente urgente. Ainda mais vindo de Tony. Agora seja útil e abra a minha cobertura, se você não percebeu minhas mãos estão ocupadas.

Só então o homem nervoso olhou para mim, ele parecia ter um mundo de perguntas, mas se limitou a inclinar a cabeça e fazer o que Nicolas mandou. Assim que ele encostou um cartão em uma porta bonita e entramos, o meu queixo caiu. Sem que eu tivesse controle da minha língua, exclamei em português.

— Minha Nossa Senhora da riqueza, que porra é essa!?

Era como se eu tivesse sido teletransportada para outro mundo. O chão brilhava como um espelho, e eu mal podia acreditar no tamanho das janelas que mostravam a cidade inteira lá fora. Aquilo não era um quarto de hotel, parecia mais uma casa. Tinha um sofá tão macio quanto um monte de algodão e uma televisão com todas as polegadas do mundo. Os móveis de madeira clara em conjunto com a decoração, davam a impressão de estarmos em uma fazenda de luxo. Com ênfase para o luxo. Eu estava tão abismada com a opulência de tudo que via que nem prestei atenção na conversa de Nicolas com o homem. Quando voltei ao mundo real, Dan já se despedia, parecendo profundamente infeliz e preocupado. Fiquei com pena dele.

No entanto, antes que eu pudesse dizer alguma coisa, Nicolas me levou para um quarto ainda mais deslumbrante que a sala e eu me esqueci do que ia dizer. Com uma delicadeza surpreendente, ele me colocou na ponta de uma cama enorme. Aquilo não era nem *king size*, acredito que daria para a família inteira da Penha dormir ali com folga.

Nicolas se ajoelhou na minha frente, ficando, na verdade, com o rosto na altura do meu. Respirei fundo pensando que nunca tinha sentido um cheiro tão bom. Se eu tomasse coragem ainda pediria para ele deixar o perfume que usava comigo quando fosse embora só para eu poder cheirar de vez em quando.

— No que está pensando, Srta. Barboza? — perguntou com os olhos fixos nos meus.

Corei da cabeça aos pés, como se tivesse sido pega fazendo algo errado. Era engraçado o jeito que dizia o meu sobrenome, carregando o "r" do Barboza. Pensei em responder uma meia-verdade, não queria admitir que estava viajando no cheiro dele.

— Em muitas coisas ao mesmo tempo, mas principalmente em quem você é.

Ele tirou as botas dos meus pés.

— Não acho que isso seja relevante.

— Bom, eu estou na sua cama agora, é relevante para mim.

A sua mão era enorme, dava volta com folga na minha panturrilha e o meu corpo arrepiou todinho quando ele foi passando os dedos por cima da minha calça até chegar ao rasgo do joelho machucado.

— Hm... você vai precisar tirar isso aqui. — Apontou para minha calça.

Soltei uma risada nervosa e ele não sorriu comigo, aliás, estava sempre sisudo e sério. Tinha uma vibe pesada mesmo. Estremeci.

— Sem chance — afirmei.

Ele soltou o ar ruidosamente pelo nariz e, sem aviso, fez um rasgo enorme no jeans com um só movimento.

— Melhor assim? — questionou, olhando para mim.

— Claro que não, era a minha calça preferida.

Ele me encarou com uma expressão séria, daquelas que diziam não admitir reclamação e, com uma voz profunda e calma, ordenou:

— Você não está conseguindo pôr o pé no chão, garota, deixe-me ver isso.

Eu hesitei por um momento, mas a seriedade e determinação no seu olhar me fizeram ceder. Puxei a lateral da calça rasgada, expondo o joelho inchado e roxo.

Com dedos firmes, porém cuidadosos, ele limpou o machucado e tocou ao redor da área ferida, fazendo uma análise silenciosa. Cada toque era impessoal, mas uma poderosa faísca elétrica correu pela minha pele.

— Consegue mexer? — ele perguntou, ainda focado no joelho.

Tentei flexionar levemente, e uma onda de dor me atingiu.

— Ai! Acho que não — exclamei.

— Ouviu algum tipo de estalo quando caiu?

Tentei puxar pela memória, mas lembrar do cano da arma apontado em minha direção me deu calafrios.

— Olha, eu estava nervosa demais por causa da arma, mas não me lembro de sentir nem ouvir nenhum estalo.

Nicolas levantou os olhos e, por um breve segundo, julguei ver um lampejo de alívio.

— Acho que é apenas uma contusão. Vai doer, mas deve melhorar rapidamente. — Ele se levantou, mantendo o semblante sério. — O corte foi bem superficial, não será necessário curativo, mas você precisa descansar e tentar não forçar. Ok?

— Ok, Dr. Beaumont. — Fiz uma continência e uma risada escapou de meus lábios. — Então você é um médico famoso e veio a BH para uma conferência? — brinquei, tentando quebrar o gelo entre nós, mas ele parecia se sentir confortável no gelo.

— Não, eu não sou famoso e, apesar de ter treinamento médico, não sou um. — Seu maxilar tensionou, como se quisesse dizer mais coisas e só não sabia como.

— Que pena, se fosse famoso explicaria muita coisa.

Franziu a testa.

— Explicaria... que coisas?

— Ué, você não disse ontem que precisava de uma noiva para ir a uma festa? Aposto que era mentira... — eu poderia ter acabado a frase ali, mas a minha boca tinha mais vontade de falar que o meu cérebro de impedir. — Você só queria usar o meu corpinho para perversões.

Sem aviso, ele ajoelhou na minha frente novamente e agarrou os meus cabelos pela nuca com uma mão e segurou o meu queixo com a outra. Senti uma forte pontada de prazer no meio das pernas.

— Ah, Julia, eu poderia usar o seu corpo por dias...

Ele tirou a mão do meu queixo e aproximou o rosto lentamente do meu pescoço, sua respiração suave arrepiou o meu corpo com tanta intensidade que os meus mamilos doeram. Eu, que nunca parava de falar mesmo quando deveria, me vi subitamente muda, sabendo que deveria impedi-lo antes que fosse tarde demais. Contudo, eu não queria que ele parasse, eu realmente não tinha noção de que era possível sentir tanto prazer apenas com uma respirada no pescoço.

— Você não pode falar sobre perversões com essa boca gostosa e esperar sair impune daqui.

— O que você quer dizer com impune? — questionei com a respiração entrecortada.

Meu corpo parecia que entraria em colapso enquanto Nicolas descia o rosto em direção ao meu colo e sua mão subia pelo rasgo da minha calça. Seus dedos firmes e longos deixavam um rastro de prazer por onde passavam, arrepiando todos os meus poros. Quanto mais eles se aproximavam do meio das minhas coxas, mais eu ofegava e quanto mais eu ofegava, mais ele apertava os meus cabelos.

Ele colou o seu corpo no meu, seu tronco era duro, como uma parede de músculos, meus mamilos ainda estavam arrepiados, doendo sob o tecido do meu sutiã e se eu pudesse falar, pediria que os colocasse em sua boca. Com o seu quadril, abriu as minhas pernas com cuidado devido ao joelho e eu parei de respirar completamente quando seus dedos finalmente atingiram o alvo e ele afastou a minha calcinha para o lado.

Por pouco não gozei quando ele grunhiu ao acariciar a minha boceta nua. Além de mim, ninguém nunca havia encostado ali, e a sensação foi a melhor de todas. Um gemido gutural escapuliu da minha garganta e, fui transportada para o céu quando ele finalmente sorriu para mim. Nossos olhares fixaram um no outro e eu sorri também, louca para beijá-lo novamente. No entanto, ele me segurava no lugar com mãos de ferro e, como se o sorriso fosse um lapso, endureceu o rosto antes de sussurrar no meu ouvido:

— Qual perversão passou pela sua cabeça para deixar essa boceta tão molhadinha assim?

Eu não estava em condições de elaborar nenhuma frase de efeito.

— Nenhuma, eu não... eu não... oh, meu Deus...

— Shhh, quietinha, bem quietinha para mim, não pense em nada, Julia, só em mim.

Como se fosse possível pensar em outra coisa quando eu tinha um deus grego de dois metros no meio das minhas pernas. Ele era ágil, experiente e dominou o meu clitóris com uma rapidez impressionante. Eu suava, tremia e arrepiava inteira de prazer enquanto ele acariciava e massageava o meu nervo mais sensível com uma intimidade inquietante. *Que porra estava acontecendo comigo*? Eu tinha que parar logo com aquilo, mas não queria de jeito nenhum.

— Goza para mim antes de eu encher você inteirinha de porra, Julia.

— Misericórdia, não fala assim...

Ele largou os meus cabelos e agarrou o meu pescoço. Sua mão dava uma volta completa nele. Sem delicadeza, puxou o meu rosto até o dele e falou mais uma vez em meu ouvido:

— Não fala assim porque você não gosta... ou porque é uma putinha safada e quer mais?

Ainda segurando o meu pescoço, afastou-se do meu ouvido e cravou os olhos nos meus, observando-me atentamente. Eu não sabia o que responder, nenhum homem jamais havia falado comigo daquela forma suja, mas enquanto eu tentava entender alguma coisa, fechei os olhos e o meu corpo respondeu por mim. Meu clitóris esquentou e contraiu, irradiando uma onda de prazer que ondulou até em meus mamilos, passando pelo meu ventre e voltou.

— Eu quero ouvir você gozando, abra os olhos e geme gostoso para mim — Nicolas ordenou, seu tom era grave, delicioso.

Eu estava a ponto de responder sim senhor enquanto o meu corpo se contraía inteiro de prazer e, quando tudo parecia que explodiria dentro de mim, captei um movimento vindo da porta e soltei um grito.

— Sr. Beaumont, eu trouxe os remédios que...

Era Dan, entrando despreocupado, trazendo uma sacola nas mãos. Nicolas fez uma expressão assassina que me gelou por dentro e rosnou enquanto se levantava.

— Fique assim, linda e quietinha do jeito que você está, eu vou matar esse garoto e já volto.

CAPÍTULO 7

Julia

Nicolas saiu arrastando o pobre coitado do Dan pelo pescoço para fora do quarto e eu me perguntei como e por que me metia em tanta confusão. Ele disse que o meu joelho melhoraria logo e acreditei nele. Eu sei que não deveria, mas por algum motivo bizarro acreditava nele, mesmo com todo aquele ar misterioso que o rodeava.

Embora meu corpo inteiro implorasse para que eu esperasse Nicolas voltar, recobrei o juízo a tempo. Ele iria embora e nunca mais olharia para trás, enquanto eu estava aqui, querendo pedir o frasco do seu perfume, tudo por causa de um beijo.

Com certa dificuldade, calcei as botas e vi que não doía tanto assim para pisar como quando eu cheguei, apesar de ainda doer bastante. Minha calça estava ridícula, mas não havia nada que eu pudesse fazer. Mancando, fui me apoiando nas paredes e parei para descansar em um aparador. Havia uma bandeja cheia de amenidades e um cartão que dizia "O *Roux-Beaumont* quer saber a sua opinião..."

— Oh... — falei comigo mesma. — Então ele estava sendo literal quando disse "o meu hotel".

Assim que criei coragem para voltar a andar, Nicolas abriu a porta ainda com aquele olhar furioso que não suavizou ao me ver de pé.

— O que você está fazendo?

— Indo embora.

— A essa hora da noite e com o joelho assim? De jeito nenhum! Você precisa de analgésicos e repouso, vem aqui.

Ele fez menção que pegaria em minha mão, e eu dei um sutil passo para trás.

— Não. Eu não sei o que me deu mais cedo, mas eu não sou dessas. Acho melhor eu ir embora mesmo.

— Não é dessas o quê? Não toma remédio quando sente dor? — zombou suavizando o tom.

Acabei sorrindo e gemendo de dor ao mesmo tempo e, apesar dos meus protestos, ele me levou de volta até a cama. Assim que nos sentamos, disse:

— Como mencionei mais cedo, eu sei que sou irresistível, mas não precisa fazer essa cara de medo, prometo ser forte quando você me agarrar de novo.

— Ah, pronto! Te agarrei aquela vez porque achei que fosse morrer. Não queria partir sem experimentar como seria um beijo de verdade.

Aff. Eu devia fazer um curso sobre parar de falar. Meu rosto pegou fogo e evitei encontrar o olhar dele, que me observava com uma sobrancelha erguida.

— Um beijo de verdade?

Merda.

— Ah, que se foda, sim, eu sou a aberração que tem 21 anos e nunca beijou na boca direito, pronto, falei.

— Hm. — Um simples grunhido foi a sua única resposta que tive dele enquanto saía do quarto. Quando voltou trazia um copo de água e um remédio. — Confie em mim, é melhor tomar, amanhã você não deve sentir mais nada, mas essa noite ainda deve doer bastante.

Peguei o remédio e o engoli, pensando que ele poderia curar a vergonha que eu estava sentindo. Nicolas pegou o copo e o colocou em cima do aparador. Eu estava pensando em comentar ter descoberto o seu segredo, quando ele envolveu a minha cintura e me botou de pé.

— Ui... O que você está fazendo?

Não me respondeu de imediato. Ao invés disso, acariciou o meu rosto com as pontas dos dedos, bem devagar, fazendo movimentos suaves das minhas sobrancelhas até os lábios. Franzi o cenho, jogando o tronco para trás, mas ele se inclinou para baixo e sussurrou, segurando as minhas costas com firmeza:

— Estou te mostrando como é um beijo de verdade, tampinha. Não tenha medo, não vai ser pervertido... dessa vez.

Meu coração bateu com força entre as costelas e o meu clitóris doeu pelo tesão acumulado.

— Não vai nad...

Ele envolveu a minha cintura em seus braços e colidiu com os lábios nos meus, silenciando os meus protestos. Inalou com força enquanto tomava a minha boca como se lhe pertencesse, como se sempre tivesse lhe pertencido. Com um puxão firme, ele me trouxe mais para perto do seu corpo duro e forte. Gemi e me entreguei, sabendo que não estava mais no controle. Era um desejo forte demais para lutar contra. Sua língua entrou em minha boca explorando cada cantinho e os seus lábios cheios e macios não desgrudaram dos meus. Agarrei a sua nuca e aprofundei o beijo, sentindo aquele cheiro maravilhoso que só ele possuía. A umidade entre as minhas pernas ficava cada vez maior, e tentei esfregar minhas coxas uma na outra em busca de alívio.

Quando eu estava prestes a implorar por mais, Nicolas segurou os meus braços e nos separou. Eu demorei para abrir os olhos, minha respiração estava curta e ofegante e quando foquei o meu olhar, ele me encarava de volta com uma estranha expressão.

— Bom... agora que você sabe como é um beijo de verdade, já está pronta para fingir ser minha noiva no evento de amanhã.

Ainda meio abalada, tentei me concentrar no que ele dizia.

— Essa história de novo?

— Sim, senhorita, essa história de novo. Eu estava fechando um negócio quando tive que salvar a sua vida mais uma vez. Você me deve essa.

Subiu uma raiva intensa pela minha espinha ao imaginá-lo fechando negócio com alguma loira siliconada.

— Não te devo nada não, eu salvei a sua vida ontem e você a minha hoje, eu diria que estamos quites.

— Você acha mesmo que eu não daria conta daqueles idiotas? Faça-me o favor.

— Você é muito mal-agradecido, Sr. Beaumont. Da próxima vez não levanto um dedo, te deixo lá debaixo dos tiros.

— Pode deixar, só me diga que aceita ser a minha noiva. Será por uma noite apenas, depois eu te deixo em paz, prometo.

Ignorando a sensação ruim de ser deixada em paz por ele, sentei-me na cama de novo e perguntei:

— Ahn, você é mesmo dono desse hotel aqui?

— Sim, e de todos os outros *Roux-Beaumont* espalhados ao redor do mundo.

— Uau! Ok, só para deixar tudo bem claro — apontei ainda bastante desconfiada. — Você quer me pagar para fingir ser sua noiva em um jantar de negócios e só isso?

— Só isso.

— E eu não vou ser obrigada a participar de nada que eu não queira? Não é festa de sexo, nem troca de casais ou nenhuma bizarrice.

— Por Deus, mulher. — Ele me ofereceu mais um de seus raros sorrisos e despenteou os meus cabelos. O meu coração dançou no peito, que droga. — Essa cabecinha aqui só pensa nisso, é?

— Ah, tá, se você tivesse a vida que eu tenho, saberia que nada vem de graça. Não é todo dia que um cai um bonitão no seu colo te oferecendo... 100 mil dólares só para fingir ser sua noiva.

Ele estreitou os olhos e eu engoli em seco.

— Eu não te ofereci 100 mil dólares.

— Ofereceu sim — respondi e sustentei o seu olhar. O não eu já tinha, talvez eu estivesse buscando o "vai embora do meu hotel, sua mercenária", mas seria épico perder o emprego à tarde e terminar o dia com 100 mil dólares na conta.

— Você é terrível, tampinha — ele disse com um tom calmo e eu soltei todo o ar do peito de alívio. — Faz o quê da vida, além de enlouquecer as pessoas?

— Sou manicure... quer dizer era, fui mandada embora essa tarde com a promessa de que não conseguiria emprego em nenhum salão em BH.

Ele coçou o osso do nariz.

— Quem te demitiu é um idiota. Quer trabalhar para mim?

Joguei a cabeça para trás e apoiei as mãos no colchão gargalhando.

— Depois do que eu vi aqui? De jeito nenhum! O pobre coitado do Dan ainda está vivo?

— Está, mas não por muito tempo se você aceitar ser a minha assistente.

— Mais um motivo para eu não aceitar. Eu gosto de salvar vidas.

Ele me encarou por um tempo com uma intensidade que me desconcertou. Limpou a garganta esfregando o peito e então evitou o meu olhar.

— Bom, sinta-se em casa, eu preciso ver o que...

— Não, Nicolas — o interrompi. — Eu não posso dormir aqui.

— Nada vai acontecer, confie em mim, mas você precisa colocar a perna para cima e ficar de repouso, não posso deixar que vá.

— Eu prometo que coloco a perna para cima assim que chegar em casa, mas eu não posso mesmo ficar.

Ele fechou a cara e eu estremeci.

— Por quê? Tem alguém te esperando?

Abri um largo sorriso.

— Ah sim, você acertou em cheio!

— Hm. — Recebi o grunhido como resposta. Ele fazia isso sempre que não gostava de algo, mas não queria admitir.

Peguei o meu celular, procurei uma foto da Vavá e então apontei a tela do aparelho para ele.

— Ela se chama Valentina, tem quatro aninhos e é o amor da minha vida. Não gosto de dormir longe dela assim sem avisar.

Ele alongou o pescoço e deu de ombros, como se eu estivesse o entediando falando da Vavá. Guardei o celular pensando no que eu poderia fazer com os 100 mil dólares e calei a boca. Dessa vez eu calaria a boca, era quase meio milhão de reais pela cotação atual do dólar.

— Ok — ele disse simplesmente.

— Ok... eu posso ir?

— Vá logo, o meu motorista leva você. Dê a ele todas as suas informações e telefones. Esteja pronta às 6h da tarde. Eu não tolero atrasos.

— Sim, senhor — afirmei, e ele grunhiu mais uma vez enquanto me ajudava a ir até a garagem.

Tentei puxar pela memória, mas não consegui me lembrar de quando tive uma manhã livre, só para mim. Ainda não eram 9h da manhã e eu já estava me sentindo inquieta. Queria pelo menos limpar o quarto da minha irmã, mas prometi a Nicolas que manteria o joelho em repouso. Eu não sentia mais dor, mas não iria colocar 100 mil dólares a perder de jeito nenhum.

Comecei a ler um livro que há tempos estava na minha lista. Era um romance entre vizinhos e o mocinho, que se chamava Chad, deixava a vizinha, Hope, maluca. Valentina estava na creche — não quis faltar porque eles iriam plantar uma mudinha — e minha mãe não acordava antes do meio-dia, então eu passaria a minha manhã com os meus novos amigos, Chad e Hope. Toda hora que ele aparecia no livro, a imagem de Nicolas vinha à minha mente e lá pelo capítulo 15, Chad rasgou as roupas de Hope enquanto admitia que era louco por ela. Eu estava gritando por dentro quando ele a jogou em cima da cama e começou a lamber lá mesmo onde você está pensando, quando levei o maior susto da minha vida com o toque do meu telefone.

— A-alô? — atendi um tanto ofegante.

— *Você não está de repouso, Julia?* — A voz profunda e dominadora de Nicolas soou em meu ouvido. O meu tesão triplicou... *para que eu fui inventar de ler esse livro?*

— Bom dia, Nicolas, como você está? Eu estou bem, sem sentir dor, passei bem a noite sim, obrigada por perguntar.

— *O que eu realmente perguntei você não respondeu* — retrucou.

Revirei os olhos.

— Estou de repouso sim, não sei de onde tirou essas acusações, mas estou bem plena, deitada em minha cama lendo um livro.

— Ah!

— Ah o quê?

— *Entendi agora por que você atendeu toda ofegante.* — Ele fez uma pausa e continuou: — *Estava me imaginando no lugar do personagem principal?*

Obviamente, sem parar um segundo que fosse para pensar, respondi:

— Eita, sai pra lá, colocou um chip na minha cabeça, foi?

— *Eu sabia!* — exclamou em meio a uma gargalhada. — *Você é muito transparente, Srta. Barboza.*

Deus me mate agora, pensei enquanto ouvia o som de rua risada que acabou me contagiando.

— Mas o que é isso? O senhor está mesmo gargalhando, Sr. Beaumont? Preciso gravar esse evento raro.

— *De fato, é raro. Você é...*

— Maravilhosa — salientei.

— *Peculiar* — ele falou junto comigo.

— Sei... acho que posso viver com o peculiar.

Fez-se uma longa pausa e então ouvi sua voz profunda mais uma vez.

— *O que você acha de passar um dia no spa do meu hotel?*

Afastei o telefone do ouvido surtando. Eu daria um dedo para trabalhar num lugar desses, imagina frequentar que nem madame. *Obrigada por se lembrar da sua filha aqui, Jesus.*

— *Julia, você ainda está aí?*

Acalmei-me o máximo que consegui. Ainda podia ouvir a voz enjoada da Miss Joanete me chamando de pobretona, não queria passar essa impressão para Nicolas também. Ele era tão refinado, provavelmente nasceu em um berço de ouro cravejado de diamantes. Fiz a voz mais controlada possível e declarei:

— Você está preocupado que eu não pareça rica o suficiente para ser sua noiva, né?

— *Eu não disse isso...*

— Relaxa, eu posso fazer isso por você, desde que não afete o nosso acordo.

— *Ah, Srta. Barboza, eu vou acabar roubando você para mim* — Nicolas disse sem aviso e uma onda de choque poderosa me percorreu, eu ainda procurava o que dizer, quando ele completou: — *Para trabalhar para mim.*

Ainda abalada, respondi:

— Você sabe que não posso, estou com a vida daquele homem que trabalha pra você nas minhas mãos.

Mais uma longa pausa e o pouco calor que havia em sua voz segundos atrás desapareceu.

— *Bom, eu preciso ir, meu motorista chegará em alguns minutos.*

Nós nos despedimos e eu me levantei rapidamente da cama. Fui até o meu guarda-roupa, troquei de roupa e depois peguei um dinheiro que eu guardava para emergências em um fundo falso. Acordei minha mãe e coloquei 300 reais em sua mão, para usar como quisesse no final de semana, desde que me prometesse que olharia a Valentina.

— Oxe e aonde você vai? — questionou, enquanto se espreguiçava.

Eu não gostava de mentiras, mas minha mãe era complicada, se soubesse que eu estava prestes a ganhar tanto dinheiro seria capaz de contar para o bairro todo.

— Quem vai aonde? — Zane apareceu arrumando a roupa, e eu revirei os olhos. Às vezes eu esquecia que ele morava em casa, o ignorei e falei diretamente com minha mãe:

— Vai ter um evento muito importante em Ouro Preto essa noite e a minha chefe quer todo mundo lá do salão com a mão na massa, então não sei que horas eu volto, não precisa me esperar acordada.

— Tá bom, minha filha, vá despreocupada. Se der, traga alguma coisa de lá para a Vavá, ela fica tristinha sem você aqui.

— Pode deixar. — Afundei o joelho no colchão e dei um beijo nela.

Zane estava encostado na parede perto da janela e insinuou, olhando a rua.

— Aquele carrão ali é da sua chefe também?

— Que carrão? — Mamãe pulou da cama para olhar. — *Nú!*[5] Carrão mesmo.

---

5 Expressão tipicamente mineira que denota manifestação de alegria, de contentamento, de satisfação, se aprovação, de "eu gosto muito", de "isso é que é bom".

— Idêntico ao que a sua filha chegou ontem à noite, não é, Julia?

— Ó, tá querendo cuidar da minha vida sem pagar nenhum boleto, Zane? — rebati com um sorriso que não alcançava os olhos. — Bom, mãe, estou indo.

— Leva blusa, Ouro Preto nessa época congela — frisou. Enquanto eu ainda saía do seu quarto ouvi o Zane cochichar alguma coisa e então ela ergueu a voz: — Julia! Você já foi?

— Não! — gritei de volta da sala, procurando as minhas chaves. Assim que as achei voltei ao quarto dela. — O que foi?

Ela cruzou os olhos com os de Zane e pensou nas palavras antes de falar. Uma sensação ruim invadiu o meu peito.

— Domingo eu... eu vou ter que sair, você já vai ter voltado?

— Sim, se eu ficar fora vai ser só essa noite.

Pareceu aliviada e me abraçou.

— Ótimo então, vai com Deus. — Ela me apertou em seus braços um pouco mais. A sensação ruim me atingiu com força e lágrimas vieram aos meus olhos sem serem convidadas.

— Eu te amo, dona Joice, juízo, pelo amor de Deus. Vou tentar voltar assim que acabar o trabalho, ok?

— Eu também te amo, Julinha, vai dar tudo certo, você vai ver!

Zane se aproximou dizendo que queria um abraço também e por pouco não o mandei à merda. Saí do quarto da minha mãe antes que eu falasse demais, deixei um bilhetinho simples escrito em inglês para Valentina e respirei fundo quando o motorista abriu a porta de trás do carro importado.

Tinha que dar tudo certo nesse evento, pois eu já podia me ver dentro do meu salão, com aquele dinheiro eu realizaria o meu sonho de ser dona do meu próprio negócio, e um dia, eu conheceria Nova York, eu não tinha dúvidas quanto a isso.

Aquele era o meu dia de brilhar.

CAPÍTULO 8

Nicolas

Recostei-me na cadeira do escritório improvisado e observei a cidade brasileira através das janelas panorâmicas. Aiden Roux havia entrado em contato, e indo contra os conselhos dos meus advogados, ouvi o que ele tinha a dizer. Propus que desfizéssemos a nossa sociedade e ainda me disponibilizei a pagar uma indenização por tudo o que aconteceu, mas... ele estava atrás de sangue. Bati o celular em minha testa, pensativo. Eu conhecia Aiden há anos, mais de 30 anos, na verdade. Ele não era um homem sentimental, dado a arroubos passionais, mas virava outra pessoa quando o assunto eram os Stavros. Fez da vida de Valentine, sua irmã, e Konstantin Stavros um verdadeiro inferno quando percebeu que ela era mesmo apaixonada pelo marido.

Eu sempre desconfiei que houvesse algo obscuro no passado deles, mas depois da morte de Ekaterina a parte de mim que se importava, com o que fosse, foi embora com ela. Eu não estava particularmente orgulhoso disso, do homem que me tornei depois que fiz toda a cúpula da *Beaumont Minerals* pagar pelos seus erros, e porra, quem eu estava tentando enganar? Eu nunca estive preocupado em ser bom, eu não teria sobrevivido à vida que tive se o fosse, mas a intensidade do ódio contido na voz de Aiden ao fazer suas ameaças me preocupou. Ele não conhecia limites, e eu previa uma chuva de merda que respingaria em quem estivesse pela frente.

— Senhor? — Dan bateu à porta, forçando-me a voltar a atenção para os meus problemas do presente e, enquanto eu o mandava entrar, imaginei se não houvesse uma forma de me manter neutro na guerra entre Aiden e os Stavros. E eu sabia que havia, a resposta de todos os meus problemas estava em uma fusão com a *EcoMiner*. Aiden, o governo americano, ou quem fosse, jamais teria poder para me tocar quando eu dominasse as maiores reservas de minério do planeta.

— Senhor Beaumont, a senhorita Barboza já chegou.

— Ela foi direto para o spa? — perguntei, olhando para o meu relógio.

— Sim, senhor. O Sr. Goldstein acabou de chegar ao Brasil e deseja vê-lo, posso mandá-lo entrar?

Assenti com um gesto e Dan se retirou. Mandei Samuel Goldstein, o melhor ourives que já conheci, vir diretamente dos Estados Unidos com um pedido especial. Bruno Vilela e os membros do alto escalão da *EcoMiner* não eram idiotas. Esse noivado teria que parecer convincente, era a minha última chance de neutralizar Aiden e o seu círculo de merda.

— Nikolai! — Samuel exclamou com uma sobrancelha erguida. Seus olhos caíam vermelhos e cansados, mas eu sabia que estava feliz em me ver. — Fiz tudo ao meu alcance para deixar o anel exatamente como me pediu, mas um avião não é necessariamente o local mais apropriado para isso.

Assim como eu, Samuel também não gostava de conversa fiada e já foi logo me mostrando o anel que forjou enquanto vinha ao meu encontro. Nós nos conhecemos quando eu ainda era soldado privado da *Beaumont Minerals* e eu poderia dizer que ele era um dos poucos amigos que eu tinha, talvez o único.

— Desculpe-me pela urgência da situação, você sabe que vou te recompensar por isso — assegurei.

Ele balançou a mão no ar.

— Ah, por favor, não me insulte. Onde está a belezinha?

Levei a mão até o bolso interno do meu paletó, retirei um pequeno *pouch*[6] de veludo e depositei o seu conteúdo sobre a mesa. Os olhos de Samuel brilharam e ele prendeu a respiração. Era um raro diamante azul de uma das minhas minas na Sibéria, esse em específico, salvou a minha vida de uma bala e eu o carregava desde então.

— Deixe-me ver o anel — pedi. — Você acha que consegue terminar até o fim da tarde?

Ele pegou a joia ainda não finalizada de uma caixinha de couro e me entregou. Um sorriso me veio naturalmente aos lábios ao ver os quatro pequenos diamantes rosa incrustados na platina pura. Combinava com Julia, nas duas vezes que a vi, ela usava alguma peça cor-de-rosa. No arco do anel, Samuel o incrustou de diamantes brancos, minúsculos, como se fossem um caminho de brilhantes. Ele era um verdadeiro gênio, ninguém faria nada parecido em tão pouco tempo.

Com uma pinça, ele analisou o diamante azul por um tempo, seu rosto estava vermelho e os olhos brilhantes. Eu desconfiava que pedras raras eram as únicas coisas que realmente o excitava.

— Vou colocar um gancho mais alto — Samuel disse. — Quero a luz entrando por todos os cantos. Ah, Nikolai, devíamos colocar essa peça em um museu depois, é de longe o meu melhor trabalho.

Balancei a cabeça.

— Não. É um presente.

Ele revirou os olhos.

— Por Deus, você é um sentimental.

Já fui chamado de muita coisa, mas de sentimental foi a primeira vez.

---

6 Pequeno saco que é muito usado para armazenar joias e gemas preciosas.

— Só você, Goldstein, para achar isso de mim. Agora anota aí. Quero que você grave uma frase dentro dele.

Julia

Algumas horas depois...

Sentada na cadeira do spa, não consegui conter o sorriso que se espalhou pelo meu rosto. Se uma cadeira pudesse ser feita de nuvens, com certeza a sensação seria aquela. A tarde tinha sido uma experiência surreal. Primeiro, fui para um lugar chamado *Santuário do Ser*, que já de cara me fez sentir em outro mundo. Era tão tranquilo e cheiroso... como se tivesse saído do caos de Belo Horizonte e aterrissado em Bali ou algo do tipo. Cheirei o meu antebraço e gemi de prazer, havia todo tipo de óleo exótico em minha pele, o aroma era delicioso.

Peguei o meu celular e tirei uma selfie, queria postar algo do tipo: *Olha pra mim, sendo mimada em um spa cinco estrelas...,* mas era melhor não. Suspirei, me lembrando da massagem com pedras quentes. Nunca na vida imaginei que pedras poderiam ser tão reconfortantes. A parte da depilação não foi o ponto alto da tarde, mas em compensação a minha pele estava como seda.

— Senhora Julia. — Uma morena lindíssima com um coque bem-feito entrou e eu parei de sonhar acordada. — Deseja um chá, uma água saborizada?

— Ahn... vocês têm algo um pouco mais pesado? Eu não me importaria de relaxar um pouco a mente.

A mulher sorriu e balançou a cabeça.

— Certamente, acredito que a senhora vai amar a nossa Margarita de chá verde, só um momento.

Agradeci e voltei a sonhar acordada. Evitava que eu pensasse na noite pela frente. Eu não me considerava uma pessoa ignorante e muito menos mal-educada, mas não fazia ideia qual era o tipo de evento que Nicolas me levaria e estava entrando em pânico, pensando que poderia cometer uma gafe e botar tudo a perder. Além de tudo isso, eu passaria uma noite toda ao lado dele e não conseguia tirar o que aconteceu entre nós dos meus pensamentos.

A moça voltou com a Margarita e eu agradeci. Beberiquei o drink e *uau!* Estava perfeito, como todo o resto.

— Por favor, fique à vontade, Lola já está vindo para arrumar você.

— Lola? — Franzi a testa.

— Sim, Lola Almeida Prado, a estilista. O Sr. Beaumont exigiu apenas os melhores profissionais.

— Ah, claro, *essa* Lola. — Franzi a testa, gesticulando as mãos, fingindo saber quem era a tal Lola de que nunca ouvi falar.

Enquanto esperava, folheei uma revista de moda e uma reportagem me chamou atenção. Era a cobertura do casamento daquele cara Stavros: o mais rico do mundo que vivia aparecendo na TV e na internet. A revista fez uma reportagem de páginas e páginas para falar do vestido de noiva da esposa dele, e eu li tudo, encantada. Ela era linda, parecia uma princesa e usava um vestido estonteante. Olhei a foto dos dois abraçados em um jardim que parecia o éden e sorri. Eram perfeitos juntos. Lembro-me que eu o via na internet e o achava um gato, mas depois que conheci Nicolas provavelmente nunca mais acharia outro homem bonito, ninguém conseguiria superá-lo.

Soltei um longo suspiro e fechei os olhos.

— Pensando em mim mais uma vez, Srta. Barboza?

Levei um susto tão grande que quase caí da cadeira, poxa, o homem tinha um *timing*!

— Credo! Você não faz barulho para andar? Que coisa estranha.

— Eu ando como todo mundo, é a senhorita que está sempre com essa cabeça no mundo da lua — ele disse, batendo de leve o indicador no topo da minha cabeça e então estendeu a mão. — Venha comigo, quero te dar uma coisa.

Sorri e entrelacei os nossos dedos.

— Eba, presente! Eu quero.

— Sim, Julia, presente.

Nicolas ergueu uma sobrancelha e eu agarrei o seu braço, deitando a minha cabeça nele enquanto andávamos.

— Você é maravilhoso, Nico.

Ele enrijeceu o corpo inteiro e se afastou de mim, caminhando na minha na minha frente. Completamente sem graça pelo meu gesto impulsivo, tentei disfarçar:

— Não precisa ficar todo preocupado, mas se quer que as pessoas acreditem que eu sou sua noiva, precisamos mostrar intimidade, você não acha?

— Sim, tampinha, precisamos.

Rosnei, e ele deu de ombros parando em frente a um elevador dentro do spa. Não falamos mais nada até chegarmos a uma sala que mais parecia uma loja. Estava lotada de araras com vestidos de todas as cores. Soltei um longo "uau" sem me importar com o que iam achar, e andei pelo local, passando os dedos entre os cabides. Todas aquelas marcas chiques que a gente só ouve falar quando assiste ao tapete vermelho do Oscar ou às Kardashian estavam ali.

Nem percebi quando uma mulher vestida de laranja da cabeça aos pés entrou e começou a falar sobre as roupas com Nicolas. Um tempo depois ela se apresentou: era a tal Lola. Falamos um pouco, quer dizer, Nicolas falou sobre o evento e ela escolheu algumas peças. Eram tão lindas que dava vontade de chorar. Eu teria escolhido o preto cheio de brilhos, mas Nicolas foi direto em um azul.

— Ooh! Esse *Zuhair Murad* é a melhor escolha, definitivamente. Essa é uma peça exclusiva, não foi para nenhuma loja além da minha.

— Então está decidido, eu te vejo em alguns minutos, Julia.

— Está? Tudo bem, então, amor, tchauzinho.

Ele estreitou os olhos e saiu, sem dizer nada, deixando o seu perfume inebriante no ar. Sorri para a mulher que não parava de falar sobre o bom gosto do Sr. Beaumont. Acredito que se ele desse uma abertura ela o atacaria ali mesmo. Eu fiquei com raiva e depois ri por dentro por estar com raiva. Eu não deveria levar essa farsa tão a sério, ele não era o meu noivo de verdade e jamais seria. Devia ser exaustivo se apaixonar por alguém como ele, se os perdedores da vida como o Zane não eram fiéis, imagina um homem como Nicolas Beaumont.

— Então, senhora Julia? Pronta para deixar esse homem de queixo caído?

Não pude conter uma gargalhada pensando na expressão sempre impassível de Nicolas.

— Uma garota sempre pode sonhar, Lola. Vamos lá.

A equipe do spa havia feito as minhas unhas durante a tarde, restando só a maquiagem e os cabelos. Lola optou por deixar os meus cabelos caindo em ondas soltas pelas costas, com algumas mechas presas para trás para mostrar os brincos. E assim, na hora que ela mostrou os acessórios que combinariam com o vestido eu quase caí para trás. Olhei para os nomes das marcas em cima da mesa e as minhas mãos tremeram de nervoso.

Os brincos em gota com brilhantes e safiras azuis eram da *Tiffany & Co.* A pulseira de diamantes da *Cartier* e uma bolsa de mão elegante com incrustações de cristal da *Judith Leiber*. E estava tudo ali, como se fosse a coisa mais normal do mundo.

Lola Almeida Prado, pensando que eu era mesmo a noiva do Sr. Beaumont, rodeava os cabeleireiros e maquiadores, toda afetada e preocupada enquanto escolhia alguns anéis e pegava o vestido.

— Se achar que algo não está à sua altura, senhora Julia, é só nos avisar.

Eu estava de olhos fechados sendo maquiada e respondi sem mexer muito o rosto.

— Por favor me chame de Julia. Eu estou encantada com tudo, não se preocupe.

Pude ouvir um suspiro aliviado e me lembrei dos salões que já trabalhei. As clientes muito ricas eram difíceis de agradar e, geralmente, acabavam com o nosso dia.

— Lola vem aqui ver isso! — O maquiador se afastou com um sorriso meio bobo.

— Uau! — a estilista exclamou. — Há tempos eu não tinha uma cliente tão linda quanto você. Vem, vamos colocar esse vestido, parece que você saiu de uma mina de diamante, como brilha!

Eu vestia apenas o roupão do spa e até a lingerie que me deram era de alta-costura. Vesti primeiro um corpete branco que se ajustou ao meu corpo como uma carícia. No meu quadril havia uma cinta liga que prendia meias de cor fumê. O vestido de um tom de azul mais claro que se assemelhava ao brilho de um diamante era deslumbrante. Eu nunca tinha sentido nada como aquela seda, tocava a pele de uma maneira diferente das roupas comuns, era como se fosse líquida e escorria em camadas até uma cauda suntuosa. Uma sobreposição de tule bordado com cristais *Swarovski* e lantejoulas cobriam os braços e as costas. Na frente, um acentuado decote V vinha como a cereja do bolo.

Eu não conseguia parar de me olhar. Lembrei-me do vestido que comprei no camelô para a minha formatura do ensino médio e por pouco não chorei de emoção. Lola e os seus profissionais prenderam a respiração, esperando por alguma reação minha. Olhei para eles e depois novamente para o espelho e, não ia adiantar eu me fazer de rica, eu estava muito emocionada.

— Jesus, Maria e José, eu pareço uma princesa!

Todos rimos, mas fomos interrompidos por uma voz grossa e imponente que vinha da porta.

— Ainda não, *Kroshka.* Está faltando um anel.

Enquanto eu tentava entender o que diabos seria *Kroshka* e porque o meu corpo estava todo arrepiado, Lola dizia que todos os acessórios já estavam comigo, menos os sapatos. Nicolas apenas agradeceu os serviços e os dispensou. Eu girei para me despedir e foi então que o vi... todo o ar foi expulso do meu peito e um tórrido calor subiu pelas minhas veias, espalhando-se sem controle por cada célula do meu corpo, como um incêndio. Nicolas me fitava intensamente, o verde dos seus olhos substituídos por uma escuridão brilhante. Se Lola disse alguma coisa ao sair não me lembro, tudo ao meu redor havia desaparecido. Apenas aquele monumento de homem em um smoking sob medida que me olhava como se eu fosse a única pessoa no mundo, existia.

— Ahn... Anel? — consegui balbuciar a primeira coisa que me veio à mente.

— Nós somos noivos, esqueceu? Você precisa de um anel de noivado.

— Claro, é verdade.

Como um felino elegante ele foi se aproximando de onde eu estava e, sem querer, andei para trás até encostar no espelho.

— Esse evento é muito importante para mim, e eu preciso que eles acreditem que você é a minha noiva — afirmou, segurando com o polegar e o indicador o meu queixo, fazendo com o que os nossos olhos se encontrassem.

— Você pode confiar em mim, vai dar certo. — Minha voz saiu como um sussurro, eu estava meio abalada e nem sabia o porquê.

— Eu tenho que fechar um importante acordo comercial com um homem que vai estar nesse local com a família. Por um acaso eu disse a ele que a minha noiva havia acabado de perder um bebê e somos muito reservados quanto a isso. Viemos para o Brasil, pois sua família é daqui. Tudo bem até aqui?

Muito consciente de sua mão no meu rosto, apenas balancei a cabeça, concordando. Não queria dizer que estava entrando em pânico, com medo de não saber o que dizer no meio de um monte de ricaços. A minha sorte era que eu costumava me sair bem em situações sociais.

Ele ainda me encarou por um bom tempo com uma expressão estranha e, de repente, me soltou, dando um passo para trás. Eu finalmente pude respirar normalmente até que ele tirou o anel mais maravilhoso que existia em todo o planeta do bolso e minhas pernas falharam.

— Meu Deus! Esse é o nosso anel de noivado?

— Sim, mandei fazer especialmente para você.

Sorri.

— Imagino o evento que foi você de joelhos me pedindo em casamento — eu disse. — No topo do *Rockfeller Center*, o meu lugar favorito de Manhattan. Você disse coisas lindas para mim e todo mundo ao nosso redor aplaudiu. Depois ainda ganhamos um champanhe naquele restaurante que tem lá...

— O *Rainbow Room*?

— Isso, foi uma noite inesquecível! Eu... — Ele terminou de colocar o anel no meu dedo e esqueci o que ia dizer. Uma pedra azul, quase branca, praticamente da cor do vestido brilhava tanto, mas tanto que eu me sentia hipnotizada. — Minha nossa, Nicolas, isso é tão lindo. Que pedra é essa, safira?

— Esse, minha cara, é um diamante azul, que eu mandei extrair da minha mina em Mirny, na Sibéria, especialmente para o nosso noivado.

— Você me ama tanto assim? — perguntei em tom de brincadeira. Eu sabia que tudo aquilo era de mentira, mas meu coração batia cada vez mais acelerado no peito.

Ele estreitou os olhos e me respondeu sério, sisudo como sempre:

— Desesperadamente, *Kroshka.*

— Então eu sou a mulher mais feliz do mundo... ahn... o que é *Kroshka,* hein? Eu quero um apelido para você também!

Um esboço de um sorriso passou pelo seu rosto perfeito e, antes que ele pudesse responder, Dan apareceu apressado e resfolegante, dizendo que o helicóptero nos esperava no terraço. Nicolas o dispensou e segurou em minha cintura com firmeza, colocando-me sentada em um *puff* da moda. Ele pegou os sapatos que Lola havia escolhido e se ajoelhou na minha frente. Corei, lembrando-me do que aconteceu na última vez que estivemos nessa posição, e tentei disfarçar a onda de prazer que me atingiu entre as pernas. Devagar, Nicolas colocou os sapatos nos meus pés e então, elegante como sempre, se levantou, estendendo o braço para que eu me apoiasse.

— Vamos? — Assenti e passei minha mão em seus braços, me sentindo a Cinderela com medo da meia-noite. Estava tudo tão perfeito que eu queria me lembrar de cada segundo. — Você acha que o seu joelho vai aguentar os saltos?

— Acho que sim... Se eu não precisar ficar em pé por muito tempo...

— Prometo ser o mais breve que eu puder.

Sorri e um impulso acariciei o seu rosto, como se o conhecesse há anos.

— Mas eu não tenho o noivo mais cavalheiro do mundo?

Nicolas afastou-se de mim e entramos no elevador. Ele colocou as mãos no bolso e encostou na parede. Eu o encarei, sentindo uma pontada em meu baixo ventre, ele era lindo demais, nem parecia de verdade. Assim que chegamos ao terraço eu tremi de frio, e ele imediatamente tirou o casaco chique que usava em cima do smoking e o colocou em mim. Olhei para o tanto de empregados, para o enorme helicóptero preto que girava as hélices e olhei para o anel, lembrando-me de uma coisa.

— Você disse lá embaixo minha mina! O que você realmente faz da vida, Nicolas? Vai que alguém pergunta e eu não sei o que responder!

Ele me encarou e realmente sorriu dessa vez.

— Eu sou o dono de todos os diamantes do mundo, Julia. Diga a eles isso.

CAPÍTULO 9

Nicolas

Uma brisa fresca e revigorante me atingiu assim que desci do helicóptero, no terraço da casa de eventos da *EcoMiner*. Seria um jantar de gala para premiar as subsidiárias mais lucrativas e mostrar a todos quem era quem na hierarquia das coisas.

— Misericórdia, que frio! Eu não vou sobreviver até de madrugada. — Julia estremeceu, encolhendo o corpo.

— Frio? Agora que finalmente fez um clima ameno.

Enquanto Julia tremia ao meu lado, puxei-a para mim, envolvendo-a com meu casaco. Seus braços se enrolaram em minha cintura, enquanto ela aninhava a cabeça em meu peito. O perfume viciante que emanava de seus cabelos me envolveu, e por um breve instante, um raro conforto se apossou de mim. Eu poderia ter permanecido assim, imerso em sua essência, por toda a eternidade. Mas quando a limusine chegou para nos levar ao salão de festas, um estranho alívio inundou meu peito, como se o destino estivesse me dando uma pausa antes de mergulhar mais profundamente em águas turbulentas.

Estava cada vez mais difícil ficar perto da senhorita Barboza e me manter indiferente. Sua presença era como um ímã que eu lutava para resistir. E eu odiava admitir que estava começando a gostar dessa proximidade mais do que deveria.

Assim que chegamos ao salão de eventos, um anfitrião simpático nos levou até a mesa reservada e gostei de saber que Bruno Vilela havia me colocado ao seu lado. Ele não era um idiota, sabia que uma fusão com a BM era o melhor no momento e, se fosse esperto como imaginei que fosse, saberia que eu não estava blefando. Eu não hesitaria em colocá-lo na mira da Interpol pela sua associação com Romero Parisi.

— O senhor Beaumont e a senhorita Barboza — o anfitrião anunciou.

— Nicolas, que prazer finalmente conhecê-lo pessoalmente. — Bruno estendeu a mão, que prontamente apertei. Nossos olhares se encontraram e ele sustentou o sorriso. Dei um imperceptível aceno, mostrando que o seu segredo estava seguro comigo. Nunca nos encontramos antes e ponto final.

— O prazer é meu, Bruno. Permita-me apresentar Julia, minha noiva.

— Oh, mas que surpresa agradável, muito prazer, minha jovem! — Ele beijou a mão dela.

— O prazer é todo meu — Julia o cumprimentou de volta com uma voz doce e a energia radiante de sempre.

— Deixe-me apresentá-los, essa mulher deslumbrante ao meu lado é a minha esposa, Amanda, e este homem de barba e uma cabeça mais alto que eu, meu filho, Leonardo.

Tossi para disfarçar uma expressão zombeteira que me veio naturalmente ao rosto. Vilela era mesmo peculiar: exigia que eu fosse um homem "de família" enquanto mantinha uma amante com o mesmo nome da esposa. Amanda Vilela, por sua vez, parecia uma mulher elegante e consciente de seu status.

Vilela apontou os nossos lugares e nos sentamos, a mesa era redonda e eu fiquei entre Julia e ele. Leonardo, o filho deles, se sentou ao lado de Julia e Amanda ao lado do marido. O garçom apareceu e eu ia pedir uma vodca para mim quando Vilela me interrompeu.

— Nicolas, meu caro, você ainda não tomou uma das nossas cachaças?

Inclinei-me para frente sem saber se eu tinha entendido direito.

— Uma o quê?

Julia pegou em minha mão e sorriu. Era muito estranho como tudo ficava em paz quando ela sorria.

— Cachaça, querido, a bebida preferida dos brasileiros, lembra que mamãe tentou te oferecer, mas você recusou porque estava sem motorista?

Vilela deu uma sonora risada, e Amanda se pronunciou:

— Você consegue segurar o seu de beber e dirigir? Tento há anos com Bruno, mas ele nunca me ouve.

Julia acariciou o meu rosto, lançando-me um longo olhar apaixonado e falou algo em português que fez todos na mesa rirem e Amanda suspirar. Devolvi o olhar e entrelacei as nossas mãos como se fosse algo corriqueiro, enquanto ela ainda conversava com Amanda e Leonardo, e eu com Bruno.

Ele ainda estava um pouco relutante, parecia esconder alguma informação, todavia, apesar de ter violado uma condicional e viajado até aqui apenas para obter esse maldito contrato, eu só conseguia focar nas risadas de Julia que ficavam cada vez mais altas de acordo com o que Leonardo Vilela dizia. Um sentimento amargo e territorial se instalou em meu peito. Eu não gostava da forma como o jovem Vilela olhava para Julia, mas me esforcei para manter a compostura. Não havia motivo para me sentir tão possessivo sobre essa mulher, nada disso era real e não nos veríamos mais depois disso.

Bruno continuava a falar sobre as perspectivas de negócios e as futuras parcerias que poderíamos formar, mas minha atenção estava dividida. Desde o momento que a vi saindo daquela sala brilhando como o mais fino diamante eu me sentia abalado, algo havia mudado dentro de mim, eu apenas não sabia bem o quê.

— Sabe, Nicolas, creio que já vi o suficiente do que precisava e os meus acionistas aqui presentes também. Eu fui convidado para um evento inusitado nos Hamptons e estarei em Nova York no próximo mês. O que você acha de irmos conversando até lá? — Bruno me perguntou, tirando-me momentaneamente de meus pensamentos.

— Soa como uma excelente ideia — respondi, sorrindo. — Mas...

Houve uma mudança sutil no ar. *Algo estava para acontecer.*

A conversa foi abruptamente interrompida quando as luzes diminuíram e um apresentador, vestido de terno preto e gravata borboleta, apareceu no palco.

— Senhoras e senhores — começou ele, com uma voz teatral —, em honra aos maravilhosos sucessos que alcançamos este ano na indústria da mineração, decidimos adicionar um pouco de mágica à noite! A *EcoMiner* acredita que a magia não está apenas nas pedras que extraímos, mas também nas experiências que criamos. Por isso, para celebrar, trouxemos um dos mágicos mais renomados do Brasil!

O público começou a aplaudir e murmurar entre si com expectativa. Houve um murmúrio, e um homem de capa vistosa e chapéu alto entrou sob os holofotes. Seus primeiros truques eram simples, mas logo evoluíram, tornando-se cada vez mais intrigantes. A sensação de que algo estava errado se tornou ainda mais forte.

De relance, notei Julia, os olhos fixos no palco, fascinada pelo espetáculo. Seu sorriso iluminava tudo e, quando ela piscou ao virar o rosto em minha direção, eu soube o que estava errado: eu quis desesperadamente que fosse real. Contrariando as minhas ações habituais, aproximei o meu corpo do seu e pousei a cabeça na curva do seu pescoço.

— Nicolas... — repreendeu-me com uma risadinha baixa. — Isso faz cócegas.

Passei os dedos pelo seu braço arrepiado.

— Você sabe... depois de uma certa idade, cócegas tem outro nome — cochichei em seu ouvido.

— Meu Deus, para com isso — gemeu. — O mágico está olhando para cá.

E de fato estava. O homem olhava para as mesas e então, solicitou uma voluntária. Não sei como aconteceu, mas num minuto Julia estava abraçada a mim e no seguinte o mágico a escolheu para subir ao palco.

Todos aplaudiram enquanto ela sorria e subia as escadas com a ajuda do homem. Os saltos altíssimos que usava deixavam o seu jeito de andar ainda mais provocante. Prendi a respiração quando o mágico a apresentou tecendo elogios e a abraçando mais tempo que o necessário.

Julia não possuía uma gota de timidez no corpo e entrou na brincadeira como se tivesse nascido para isso. Ela era tão linda...

— Meu Deus... — Vilela riu alto ao meu lado. — Quando você me disse que estava noivo eu não acreditei, mas agora vendo essa sua cara de bobo olhando para ela... Não é que essa história sem pé nem cabeça era verdade?

Eu não estava com cara de bobo, talvez um pouco abalado com algo que eu não conseguia pôr em palavras. Não era só pela beleza que Julia impactava, ela era tão... sensual, tão autêntica. Analisei rapidamente o salão e percebi que não era o único a me sentir assim. Ela causava esse efeito em todos os homens, eles a olhavam fascinados. Minha garganta apertou e eu estalei o pescoço, não gostei nada disso.

No entanto, antes que eu me levantasse e a tirasse de lá, o mágico a soltou perguntando se ela estava pronta para desaparecer. Concordando, ela gargalhou e o show prosseguiu. O mágico a conduziu a um truque em que Julia deveria entrar numa grande caixa. Meu coração acelerou. Havia algo que não se encaixava.

Com um sorriso carismático e um olhar confiante, o mágico indicou uma caixa de madeira ornamentada que estava no centro do palco. A caixa era grande o suficiente para abrigar uma pessoa e estava decorada com desenhos intricados, que refletiam luzes em padrões hipnóticos.

— Um de meus truques mais desafiadores — anunciou, seus olhos fixos no público. Ele abriu a porta da caixa, permitindo que todos vissem seu interior vazio.

Gentilmente ajudou Julia a entrar, e ela lançou-me um olhar sorridente, uma mistura de nervosismo e excitação. A porta foi fechada, e ele começou a entoar algumas palavras, fazendo gestos teatrais. O salão mergulhou em uma expectativa palpável, cada espectador à beira de seu assento.

Minha desconfiança cresceu ainda mais. Havia algo na forma como o mágico olhava para a caixa, algo em sua postura que não parecia certo. Foi como se, por um breve segundo, ele parecesse tão surpreso quanto a plateia. Ele girou a caixa, fez um gesto grandioso e, com um aceno dramático, abriu a porta.

O interior estava vazio. Julia não estava lá.

A audiência irrompeu em aplausos e admiração. Contudo, o que deveria ser um momento de fascínio tornou-se um de apreensão. Enquanto todos ao redor se maravilhavam com o truque, um alarme soava dentro de mim.

Ela não estava lá.

E a expressão do mágico, aquele breve lampejo de incerteza, agora fazia todo o sentido. Olhei ao redor, tentando entender onde ela poderia estar. Levantei-me rapidamente, com um calor subindo pelo pescoço. Eu precisava encontrá-la.

— Que maravilha! — Amanda dizia com um largo sorriso enquanto voltava a se sentar. — Essas festas costumavam ser tão entediantes, quem organizou a desse ano está de parabéns!

Ainda de pé e olhando fixamente para o palco — que agora se escondia por trás de uma cortina — perguntei:

— Como assim entediantes? Esse tipo de cena não é comum?

Bruno pigarreou e Amanda franziu a testa levemente, mas quando me respondeu já sorria mais uma vez. Eu sempre fui paranoico, mas não inventei aquela troca sutil de informações entre eles.

— Comum? Ah, quem dera. São discursos intermináveis com números, balanços semestrais e massagens no ego...

— Amanda... — Bruno chamou a sua atenção.

— O quê? Você sabe que eu detesto esses eventos.

— Sim, meu amor, eu sei, tem anos que eu sei — respondeu ele, soltando o ar, como se estivesse cansado. Erguendo o pescoço, dirigiu-se a mim. — Sente-se, Beaumont, eu acho que você não vai crescer mais.

Foi a minha vez de franzir a testa quando todos à mesa soltaram uma risada. Eles explicaram que era uma expressão regional, mas eu realmente não prestei mais atenção na conversa. Já era para Julia ter voltado àquela altura. Voltei a me sentar e encarei Vilela fixamente.

— Bruno, o que você está me escondendo? — perguntei em um tom de voz sério, porém baixo. Ninguém que me via de fora diria o quão nervoso eu estava.

— Não entendi — retrucou enquanto rodava o copo de cerveja em cima da mesa.

Inclinei o corpo, invadindo o espaço pessoal dele.

— Entendeu sim, já era para Julia ter voltado daquele palco e você está nervoso desde que chegamos.

— Uai. — Soltou o ar com força pelo nariz e olhou em direção a uma porta ao lado do palco. — Se você acha que eu não percebi que estou sendo chantageado aqui...

Uma sombra cobriu meu rosto e todo o meu humor desapareceu.

— Você não viu um milímetro do que eu sou capaz — interrompi, passando os olhos por Amanda e Leonardo que conversavam animados, alheios ao teor do que Bruno e eu discutíamos. — E para o bem de todo mundo aqui, eu realmente desejo que você nunca descubra.

— Ai, tá bom! — exclamou, engolindo em seco. — Eu falei para ele que não era uma boa ideia.

Estreitei os olhos, o queixo tensionado.

— Ele?

Bruno bebeu todo o conteúdo do copo e fez um gesto para trazerem mais. Quando me encarou, sua expressão era de puro desânimo.

— Na mesma noite que você e eu conversamos eu recebi uma ligação do seu sócio...

Meu sangue subiu todo para a cabeça e eu me levantei de uma só vez. A cadeira que eu estava sentado caiu fazendo um barulho considerável e chamando a atenção.

— Você está bem, cara? — Leonardo Vilela perguntou.

— Aconteceu alguma coisa, Bruno? Ele está pálido, coitadinho, vou pedir ao garçom uma água com gás. — Amanda se levantou.

Ignorando a todos e concentrado em Bruno, fiz um esforço sobre-humano para não o agarrar pelo colarinho.

— Aiden foi atrás de você?

— Sim, mas entenda, ele só queria resolver tudo pacificamente. E se você pensar bem é o melhor para todos nós. Isso até me fez decidir positivamente sobre o nosso acordo. Era para ser uma brincadeira, uma surpresa.

Abri um sorriso frio, e Bruno estremeceu.

— Eu estou definitivamente surpreso, Vilela. Onde ele está? — Apontei para a porta que ele não parava de olhar. — Ali?

Ele acenou com um gesto e eu me apressei pelo salão, afastando-me das pessoas. As risadas e conversas agora soavam distantes e abafadas, o único som vinha do meu coração acelerado. Eu não tinha o direito de colocar aquela... menina na mira de Aiden.

Em segundos que mais pareceram horas, alcancei o local. A maçaneta girou sob meus dedos e, ao abrir a porta, uma onda de alívio me envolveu assim que ouvi aquela risada gostosa e inconfundível.

— Mentira que ele fez isso? Nunca imaginaria. — Julia ria tranquila, como se falasse com um velho amigo.

Ela estava de costas para a porta, alheia à minha entrada. Aiden, por outro lado, tinha total consciência da minha presença. Seus olhos, gélidos e calculistas, avaliavam cada mudança da minha expressão. Não consegui ocultar o que transparecia em meu rosto ao ver Julia sã e salva: alívio. Aiden, com seu olhar astuto, certamente percebeu. Eu não tinha a mínima vontade de encerrar o que ainda nem havia começado, mas agora era a única opção.

Encarando Aiden fixamente nos olhos, chamei:

— Julia! Vamos embora.

— Ai! Que susto! — respondeu com a mão no peito, ainda trazendo um resquício de risada no olhar.

Sem perceber, eu também sorri só de olhar para ela e saber que estava tudo bem. Pensei as piores coisas ao ouvir Bruno dizer que Aiden estava aqui, eu sabia muito bem do que aquele homem era capaz. Nos quase trinta anos que nos conhecíamos eu vi coisas que preferia esquecer.

— Não quis te assustar, mas realmente precisamos ir embora.

— Oh! — Fez um olhar levemente desapontado, mas quando olhou para mim já sorria mais uma vez. — Eu vou me despedir das pessoas então...

Ela se virou para dar um beijo em Aiden, como os brasileiros fazem ao se despedir, mas eu fui mais rápido e a puxei pelo braço.

— Não será necessário, vamos!

Ela levantou os ombros como se pedisse desculpas para Aiden e franziu o cenho para mim, mas antes que pudesse dizer qualquer coisa, Aiden grunhiu:

— Nicolas! Não vai cumprimentar o seu velho amigo?

Soltei o ar pelo nariz.

— O que você quer? Eu não tenho tempo para joguinhos.

— Quanta paranoia! Isso é apenas um cumprimento, eu já te perdoei... — Ele olhou diretamente para Julia e sorriu. — Acho que o tempo na cadeia foi o suficiente para te fazer refletir.

Aiden era alto, mas eu era mais. Separei minha mão da de Julia e aproximei-me lentamente dele, até invadir o seu espaço pessoal.

— Você, mais do que ninguém, sabe do que eu sou capaz — sussurrei. — Não me provoque novamente.

— Aí é que está a nossa diferença, filho. Eu sei exatamente do que você é capaz. — Aiden estreitou os olhos e fez uma pausa dramática. — Não se preocupe com nada, eu vim ao Brasil para amarrar algumas pontas soltas, estou lançando um documentário na Netflix.

— Sério?! Que chique, nunca conheci um famoso antes! — Julia exclamou.

Aiden abriu um sorriso de triunfo, e eu soube que não iria gostar nem um pouco do que viria a seguir.

— Embora — grunhi para Julia. — Agora!

Ela franziu a testa.

— Ok... credo que falta de paciência. — Então estendeu a mão para Aiden sorrindo. — Foi um prazer te conhecer, mas preciso ir agora, o show de mágica foi sensacional e eu me diverti muito.

— Imagine, minha querida, entreter é o que eu faço de melhor, e olha — Aiden tirou uma espécie de panfleto do bolso — Não esqueça de conferir o meu documentário, acredito que também vai estrear na Netflix Brasil.

Seu sorriso murchou assim que ela pegou o panfleto e, como eu previa, aquilo não era nada bom.

— Oh! — Julia exclamou espantada, enquanto eu pegava aquela aberração da mão dela.

— Você é um idiota, Aiden, essa empresa também é sua.

O sorriso que ele me lançou foi de pura satisfação.

— Sim! Por isso que todos irão acreditar em mim! — Ele se aproximou de Julia que me olhava espantada sem entender nada, e tentou acariciar os seus cabelos. Segurei a mão dele com toda a minha força. Se Julia não estivesse ao meu lado eu quebraria aquele idiota inteiro.

— Tire essas mãos nojentas dela — avisei, enquanto eu a pegava pela mão, eu já tinha ficado tempo demais perto daquele infeliz. Olhei para o panfleto que tinha escrito "*Lapidados em Sangue, a verdadeira história da Beaumont Minerals revelada*" em uma arte toda elaborada e o embolei, jogando-o ao chão. — Você sabe muito bem que nada disso me atinge, nem que você consiga enganar o mundo inteiro e tome todas as minhas empresas...

Ele sorriu pensativo, e eu me virei para ir embora, mas antes que saíssemos pela porta, Aiden correu e entrou na nossa frente. Com os olhos fixos na minha mão entrelaçada na de Julia, rebateu:

— Você é tão decepcionante quanto todo o resto, *Nikolai* — ele disse a mim em russo. — Não será difícil encontrar algo que realmente te atinja.

E sem dizer mais nada, ele virou as costas e foi embora.

CAPÍTULO 10

Julia

Havia muitas perguntas em minha cabeça, no entanto, eu não tinha absolutamente nada a ver com a vida de Nicolas, ele só estava me pagando — uma pequena fortuna por sinal — para fingir ser a sua noiva, então eu tentei calar a minha boca. Mas eu sendo eu, não foi por muito tempo.

— Vocês puxaram o cabelo um do outro no recreio da escola?

Ele pareceu ser sugado de um algum lugar dentro de si mesmo e me olhou como se me visse pela primeira vez.

— Eu não entendi o que isso significa.

Sua resposta foi tão séria que eu ri sem querer. Nicolas estreitou ainda mais os olhos e senti um negocinho estranho na barriga. Seus olhares eram sempre intensos. *Como alguém podia ser tão bonito?* Às vezes ele parecia que era até de mentira.

— É que aquele moço é bem simpático, mas tinha uma energia estranha entre vocês.

Estávamos nos encaminhando de volta à nossa mesa, contudo, Nicolas parou de andar de repente e me encarou ainda mais sisudo que de costume.

— A única pessoa simpática desse lugar é você, Julia.

Corei da cabeça aos pés e nenhum tipo de resposta veio à mente. Chamar alguém de simpático podia significar literalmente qualquer coisa.

— Oh... Obrigada? — respondi meio sem graça e ele inclinou a cabeça, no entanto quando se preparou para voltar a andar, segurei o seu braço. — Não, peraí... o que isso quer dizer, hein?

Ele acariciou os meus cabelos, e eu sorri, contudo, foi o tempo de ele abrir a boca e o meu sorriso morrer.

— Quer dizer que eu cometi um erro trazendo você aqui, esse não é o seu lugar.

— Sei... — Desviei o olhar e respirei fundo, tentando desesperadamente não levar para o coração como grosseria.

— Julia, eu...

— Ah, o meu casal preferido está aqui. — Bruno Vilela apareceu, e eu nunca soube o que Nicolas diria. — Venha, Nicolas, mandei pedir uma vodca especial só para você. Estou me sentindo dormente, mas confesso que já fiz reuniões mais difíceis que essa em pior estado.

Como se fosse de repente outra pessoa, Nicolas riu alto e deu um tapinha no ombro de Bruno.

— Por que eu não duvido nem um pouco disso?

Eles riram mais um pouco e concordaram em discutir alguns negócios pendentes. Bruno insistiu que falassem em particular e os dois homens me acompanharam de volta à mesa. Pelo pouco que entendi da breve conversa, tinha alguma coisa a ver com Aiden, o amigo do mágico. Enquanto eu pensava em tudo isso, Nicolas me pegou de surpresa pela cintura e eu perdi o fôlego.

Que merda! Eu parecia uma adolescente idiota perto da celebridade favorita. Não era à toa que ele achava que eu não pertencia àquele lugar refinado... eu não pertencia mesmo. Arrepiada da cabeça aos pés, tentei sorrir como se estivesse muito acostumada a ter um noivo gostoso desses me abraçando a todo momento.

— Meu Deus, amor. Estamos em público, você sabe que eu sou tímida — disfarcei.

Foi uma risada geral em volta da mesa. Aparentemente era impossível eu ser tímida. Entrei na brincadeira e expliquei que para certas coisas eu era sim, e Amanda Vilela riu ainda mais. Nicolas me encarava com um olhar intenso e meio curioso, pois conversei em português, mas não me perguntou nada. Sem aviso, ele girou sobre o meu corpo e me deu um daqueles beijos de cinema. Minha cabeça ainda rodava quando ele me levantou de volta e, por pouco não entendi o que sussurrou no meu ouvido:

— Espere uns dez minutos e mande me chamar.

Assim que ele se virou para ir embora, puxei-o pelo braço. Nossos olhares se encontraram e no dele havia uma pontinha de surpresa. Não saberia dizer por que fiz isso, talvez tenha ficado presa à personagem, mas quando percebi eu já estava me pendurando em seu pescoço e acariciando o seu rosto enquanto esfregava o meu nariz do dele.

— Vou sentir a sua falta, amor. Até logo.

Foi sutil, mas a sua expressão fechou inteira, seu olhar se tornou severo como se ele me avisasse que eu estava passando dos limites, mas não me importei. Nicolas era grande, sério, bravo... presenciei com os meus próprios olhos ele derrubar um bandido armado como se não fosse nada, mas por algum motivo — provavelmente falta de noção — ele não me metia um pingo de medo. Eu achava engraçado o jeito que ele levava tudo a ferro e fogo.

Sem conseguir resistir, sorri e fiz o gesto de coração com as mãos e me sentei ao lado de Leonardo e Amanda. Um garçom se aproximou e perguntou se eu aceitava uma taça de vinho. Eu era muito fraca para beber, mas não quis perder a oportunidade de saber como eram esses vinhos de gente rica e aceitei.

— Vocês não estão há muito tempo juntos, né? — Amanda perguntou, soltando um longo suspiro.

— Por que diz isso? — Tomei um gole do meu vinho para ganhar tempo enquanto me lembrava dos detalhes que combinei com Nicolas, o gosto era melhor do que imaginei.

— Sou muito observadora, sabe? Eu vivo falando que deveria ter sido psicóloga, não é, Leo? — Entretido no celular, o filho dela só concordou com um aceno e Amanda continuou: — Enfim, o jeito que vocês se olham... é incrível! Parece que acabaram de se apaixonar e ainda estão naquela fase do encantamento.

— Aah, isso! — rebati como se soubesse do que ela estava falando com propriedade. — É que sou assim mesmo, emocionada com tudo.

— Emocionada eu não diria, espontânea sim, mas a pessoa que não percebeu o que o atingiu foi ele, minha querida. Aquele homem está de quatro por você.

— É o mínimo — Leonardo interveio, guardando o celular. — Basta ter olhos para ficar de quatro por você, Julia.

Franzi o cenho ignorando a cantada de Leonardo e quase estraguei tudo rindo alto da imagem de Nicolas de quatro por alguém. Estremeci levemente com a possibilidade de me apaixonar por aquele muro de gelo. Ele era extremamente refinado e cavalheiro, até um pouco engraçado, mas a impressão que ele me passava era a de estar a quilômetros de distância de qualquer possibilidade de conexão emocional sincera. E isso o tornava extremamente perigoso porque se apaixonar por ele parecia fácil demais.

Tomei mais um generoso gole do vinho e me preparei para atuar. Queria tirar essas ideias da minha imaginação, ele logo estaria a milhares de quilômetros "reais" de mim.

— Nós nos aproximamos muito depois de... — Abaixei a cabeça, fingindo limpar uma lágrima. Eu não estava acostumada a mentir e comecei a me sentir um pouco perdida, mas foi só imaginar algo acontecendo a Valentina que voltei rapidinho à personagem. Leonardo tirou um lenço do bolso e passou o braço em volta do meu ombro. — Obrigada, é tão difícil para mim falar disso.

— Tudo bem, Julia, você não precisa falar se não quiser — apontou ele.

— Conheço vocês há tão pouco tempo e já me sinto tão próxima!

Limpei mais uma lágrima, pensando que ganharia um emprego na Globo se algum diretor me visse naquele momento, era uma pena não ter nenhum por perto. Respirei fundo, tentando me ater ao que dizia, não era hora de divagar.

— Eu também! — Amanda concordou. — Isso é coisa de santo, sabe, quando bate é assim.

Sorri entre as lágrimas falsas e "me abri", tentando lembrar os detalhes discutidos com Nicolas. Quando vi eu estava atuando mesmo, chorava e tremia enquanto relatava a perda do nosso bebê imaginário. Tentei não me sentir culpada, mas estava difícil, era errado manipular os sentimentos das pessoas daquela forma. Então quando me levantei e simplesmente fingi um desmaio caindo nos braços de Leonardo foi até um alívio. Senti-me mal de verdade por mentir com algo tão pesado e sério.

Eu nunca tinha desmaiado antes e não sabia muito bem o que fazer, então fiquei quieta lá, de olho fechado ouvindo um monte de gente se aglomerar à minha volta. Meu coração disparou quando Leonardo disse que ia me levar ao médico. *E se o médico soubesse que fingi?*

Eu estava a ponto de abrir os olhos quando senti o cheiro dele, sabia que era Nicolas se aproximando antes mesmo de ouvir sua voz. Era inconfundível.

— O que você está fazendo? — perguntou, com a voz gelada, um segundo antes de pegar em minha mão. Leonardo havia me deitado no chão e eu acho que colocou o próprio paletó embaixo da minha cabeça. — Julia... *Kroshka...* Acorde!

— É melhor chamar um médico! — alguém falou.

— Não é possível não ter um médico em um evento desses! — Amanda acusou.

— E isso seria culpa minha, por quê? — Bruno se defendeu.

— Uai, você não é o fodão que sabia organizar tudo?

— Parem! — Leonardo disse. — Ela precisa respirar.

Eu tive que segurar o riso quando ouvi Nicolas grunhir, mas todos fomos interrompidos por um silêncio que tomou conta do salão: alguém diferente se aproximava. Foi muito estranho, era como se a simples presença daquela pessoa tivesse o poder de gelar o ambiente inteiro. Ele se dirigiu a Nicolas em inglês:

— Ora, ora... agora eu entendi essa súbita paixão, Nikolai. Você gosta das suas mulheres assim... doentes.

Por estar de olho fechado, os meus sentidos estavam mais aguçados e eu pude sentir o impacto que aquelas palavras tiveram em Nicolas dentro de mim. A dor dele era como algo vivo e ela me atingiu em cheio. Sem pensar, eu "acordei"; entrelacei os meus braços em sua nuca e o envolvi. Apertei ainda mais os meus braços em volta dele e deitei minha cabeça na curva do seu pescoço, pensando que se eu pudesse, jamais o soltaria.

— Ah, graças a Deus! — algumas pessoas disseram em português.

— Some daqui, Aiden. Se eu for para cima de você agora eu não vou parar antes de matar.

O corpo de Nicolas tremia de raiva contida e, mais uma vez, eu não tive medo... na verdade, eu só queria que sua dor fosse embora. Eu não sabia o que havia acontecido, mas eu sentia.

— Nicolas, volta para mim, por favor... — sussurrei no ouvido dele.

Ele finalmente parou de prestar atenção naquele homem e, para alegria do meu estômago, olhou para mim sorrindo.

— Eu não fui embora, *Kroshka.*

Sorri de volta, com o significado das suas palavras ecoando. Ele não havia ido embora... *ainda.* Respirei fundo e perguntei:

— O que é *Kroshka?*

— É o mais próximo que temos de "tampinha" em russo.

Eu o empurrei de brincadeira.

— Não acredito numa coisa dessas, eu quase morrendo nesse chão e você me chamando de tampinha!

— Ufa! — Amanda colocou a mão sobre o peito. — Ela está realmente bem.

— Tem certeza, meu amor? — Nicolas perguntou com a voz séria e grave e por um segundo eu perdi a linha do meu pensamento. Fechei os olhos tentando me acostumar com a ideia de que dali a algumas horas eu não o veria nunca mais.

Ele segurou com força em minha cintura e me levantou, exatamente como fez quando eu machuquei o meu joelho.

— Sim... estou — respondi. Parecer atordoada era bom. — Em um minuto eu estava conversando, no outro caí dura no chão. Se não fosse Leonardo me segurar...

— Imagina, Julia — ele disse meio sem graça.

— Hm, obrigado — Nicolas agradeceu, seco.

— Minha nossa, só isso? — indaguei um tanto indignada. — Ele salva a vida da sua noiva e você só diz isso?

Nicolas me fulminou com os olhos, mas eu não baixei os meus. Por fim, ele respirou fundo e se dirigiu a Leonardo mais uma vez.

— Muito obrigado. — Revirei os olhos, e ele falou diretamente comigo: — Vamos embora, Julia? Acho melhor pedir um médico para te examinar de qualquer forma.

Aiden ainda nos observava com uma expressão de fascinação, e eu estremeci, havia muita história ali pelo visto. Nicolas não desviou os olhos dele por um bom tempo, mas foi só isso. Aiden desistiu de provocar e se afastou. Mais aliviada, despedi-me de Amanda como se fôssemos velhas amigas, de Bruno Vilela e de Leonardo como se fizéssemos esse tipo de coisa há anos.

— Se for passar mais tempo no Brasil... — ele disse em português, me estendendo um cartão — e precisar de alguma coisa, me liga!

Nicolas largou minha cintura e pegou o celular. Sem dizer mais uma palavra caminhou até a saída. Eu me senti um pouco perdida, mas ele logo soltou um "Julia!" e voltou a andar, falando no telefone. Dei tchau para o povo e fui atrás dele, tentando ser uma pessoa mais madura e melhor do que eu realmente era.

São 100 mil dólares, Julia, não reais, dólares. Foda-se se ele é grosso. Cala a boca, Julia.

A minha vontade era fingir um desmaio de novo só de desaforo. Mas o bom senso prevaleceu e eu fiquei na minha. Pelo menos ele lembrou que estava um frio do cão e colocou o seu paletó em mim, mesmo sem falar mais nada comigo durante o trajeto até o hotel.

CAPÍTULO 11

Julia

A viagem de volta a Belo Horizonte foi, digamos, estranha. Havia uma tensão no ar que não estava lá quando viemos até Ouro Preto. Nicolas permaneceu com a cara enfiada no celular durante todo o tempo. Estava muito mais fechado e sisudo que o normal, e eu resolvi que me manter calada era a melhor opção.

Contudo, caí na besteira de erguer a cabeça e dei de cara com ele me olhando fixamente. Meu coração disparou tanto que o meu peito doeu. Eu relutava em admitir, mas a verdade era que Nicolas mexia muito comigo. Ele era deslumbrante, tinha anéis de diamante dando sopa no bolso, e eu nunca havia sido tratada daquela forma por homem nenhum em minha vida. Ele me fazia sentir como se eu fosse uma princesa. Eu podia não ser idiota, mas não era de ferro e, mesmo sabendo que ele devia manter esse tratamento com todo mundo, não conseguia evitar as reações do meu corpo quando ele estava perto.

— O que foi? — perguntei.

Nenhuma resposta.

— Eu, hein, coisa estranha encarar os outros assim.

Seu olhar era intenso, como se me estudasse. Tentei outra abordagem.

— Você não vai aprender nada por telepatia. Se quiser saber alguma coisa, pergunte.

— Ok — disse ele sem perder tempo. — O que Leonardo Vilela queria com você?

Franzi a testa.

— Como assim o que ele queria comigo? — questionei. Nicolas estreitou ainda mais os olhos. — Ele só estava sendo legal, as pessoas daqui são assim, gostam de fazer amizade.

— Ah, claro. — Riu ironicamente. — Amizade.

— É um conceito tão estranho para você? Talvez seja algo de cultura também, nós brasileiros somos assim.

— Pessoas como os Vilela são iguais em qualquer lugar, tampinha. A única amizade que eles têm é ao dinheiro. Não se engane, aquele menino não quer a sua amizade.

— Eu sei que não tenho dinheiro, Nicolas. Eu não estava pensando em aceitar o convite dele para ir ao Minas Tênis. Então se era essa a sua preocupação...

Ele ainda me encarou por algum tempo com uma expressão de quem ainda queria dizer mais coisas, mas não disse. Não insisti no assunto e cruzei os braços enquanto observava o céu escuro e cheio de neblina de Ouro Pretto nos envolver.

Eu teria um salão para chamar de meu em pouco tempo e, logo Valentina e eu, poderíamos sair da casa da minha mãe. Isso era mais importante para mim do que qualquer coisa, inclusive, o meu ego, ou os meus sentimentos... Eu deixaria de ser uma "maria ninguém" nessa selva de pedras e logo esqueceria o quanto o estrangeiro bonitão me deixou abalada.

Ele ainda me encarava quando pousamos e, assim que deixamos o barulho das hélices para trás eu não aguentei mais.

— Qual é o seu problema, hein? — perguntei assim que ele apertou o botão para chamar o elevador.

Estreitando os olhos ele me fitou por um tempo antes de responder:

— O meu problema? Em relação ao quê? Não entendi.

— É realmente tão impossível assim alguém querer ser meu amigo? Pensei que nós dois fôssemos amigos. — Bufei e cruzei os braços, falando que estava entalado desde o helicóptero.

O elevador chegou e entramos. O seu cheiro intoxicante me envolveu com um abraço. Cerrei as pálpebras, com medo de respirar fundo demais e me mover, não queria tocar em sua pele. Infelizmente todo o meu esforço foi em vão. Quando voltei a enxergar, Nicolas avançava sobre mim.

— Pois você é o meu problema, *Kroshka*. Se soubesse o que penso em fazer toda vez que olho para você, não me chamaria de amigo.

Eu estava cercada, fechei os olhos mais uma vez e inalei o ar à minha volta profundamente. Ele grunhiu.

— Agora quem não entendeu fui eu — balbuciei.

— Entendeu sim — afirmou, cravando os seus lindos olhos verdes nos meus e o tempo parou.

Meu corpo parecia ter sido atingido por um meteoro. Todos os meus sentidos pulsavam vivos, aguçados. A energia implacável que emanava dele, refletia dentro da minha alma. Seria tão fácil apenas inclinar para frente e deixar que ele fizesse o que bem entendesse com o meu corpo! Mas e depois? O que eu faria com a massa confusa que se tornaria o meu coração?

Ele deu mais um passo em minha direção e inclinou-se lentamente até o meu rosto. Cada segundo era uma tortura. Apertando a minha cintura, passou os lábios pelos poros arrepiados do meu pescoço e, de repente, eu flutuava no céu. Meus mamilos eriçaram, doloridos e uma onda de tesão que terminava — ou começava? — bem no meio das minhas pernas parecia intensa demais para ser suportada.

— Deus me ajude — deixei escapar.

Ele segurou o meu pescoço com firmeza e me encarou intensamente.

— Eu peguei você, Julia, ninguém pode te ajudar agora.

Não tive forças para detê-lo quando seus lábios atacaram os meus. O meu clitóris latejava com tanta ferocidade que minhas pernas não se firmavam mais no chão. Seu beijo não pedia nada, ele tomava. Eu gemia de olhos fechados, tão fora de mim, que só percebi que não estávamos mais no elevador porque Nicolas praticamente chutou a porta da sua cobertura. Assim que a fechou ele tirou as mãos da minha cintura e deu um passo para trás.

— Você é linda, Julia, tão linda.

— Nicolas... eu... — Era difícil respirar, muito difícil. Eu só queria pular em sua cintura e arrancar aquele terno no dente.

Havia um calor avassalador saindo de dentro do meu peito. Eu usava o paletó que havia colocado em mim em Ouro Preto e o tirei de qualquer jeito enquanto tentava completar o meu pensamento.

Mas não foi possível. Nicolas estava por todo o meu corpo, segurando minha cintura com desespero enquanto respirava profundamente em meu pescoço, transformando-me em uma massa de sensações.

— Problema... seu nome deveria ser problema, *Kroshka.* — Repetia sem parar enquanto beijava minha boca, meu rosto, meu pescoço, meu colo.

— O que isso quer dizer?

Ele agarrou os meus cabelos pela nuca e me encarou de uma forma que fez um estrago no meu ventre. Eu entendi sem que ele precisasse falar.

Sim, aquilo era mesmo um problema.

— Eu não quero pensar nisso agora, Julia, você quer?

Eu queria?

— Não, Nicolas, eu não quero pensar — respondi, e ele rosnou mordendo o meu ombro. No entanto, assim que encostou no fecho do vestido eu usei a última parte do meu cérebro que não estava sonhando em vê-lo sem camisa e coloquei a mão em seu peito —, mas você prometeu.

Com um esforço, ele franziu o cenho e deu um passo para trás.

— Prometi... o quê?

Tomei um fôlego, minha respiração inteira tremia.

— Que eu não ia ser obrigada a nada — respondi estufando o peito, torcendo para a minha voz sair mais confiante de como eu realmente me sentia.

Ele alongou o pescoço e sem dizer nada foi até um barzinho. Pegou uma garrafinha de vodca e me ofereceu uma. Recusei com um gesto e só então ele falou:

— Você está se sentindo obrigada por causa do dinheiro?

— Acho melhor eu aceitar um desses — falei, apontando para o bar. — Você é sempre tão direto assim?

Ele abriu uma garrafinha igual à que tomava e me ofereceu.

— E tem outra maneira de viver? — ressaltou.

— Várias — rebati, virando o conteúdo da garrafa na boca e me arrependendo amargamente. — Misericórdia! O que tem nesse negócio? Soda cáustica? Água, pelo amor de Deus.

Balançando a cabeça ele abriu um armário que eu jamais chutaria que era um frigobar e me deu uma água mineral. Tomei quase a garrafa toda, sentindo a minha bochecha quente e dormente pelo álcool.

— Você é perigosamente impetuosa, *Kroshka*.

— Você vai me chamar de baixinha até o fim, né?

Ele deu de ombros e a pergunta pairou meio indigesta no ar.

Aquele era o fim.

Nicolas era um homem fechado e difícil de decifrar, mas ele parecia não querer que chegássemos ao fim também. Contudo, ele tinha razão, o dinheiro estragou tudo. Eu não saberia lidar com o fato de me sentir vendida depois que ele fosse embora.

— Bom — continuei —, eu não diria que sou impetuosa. Impetuoso é quem pode escolher não ser. Se eu não enfrentar a vida de frente eu nunca vou realizar os meus sonhos.

Ele inclinou a cabeça como se concordasse.

— Pode ser, mas você poderia enfrentar um pouco menos de frente.

— Sei... para você que nasceu em berço de ouro é fácil falar.

Ele virou outra garrafa da "soda cáustica" disfarçada de vodca.

— Eu nasci em berço de ouro agora?

Apontei para a suíte deslumbrante que estávamos.

— Ninguém coloca o nome na fachada de um lugar desses nascendo mal.

— Você ficaria surpresa.

— Enfim, eu só quis dizer que você já realizou os seus sonhos e pode ter tudo o que quiser... apesar de que você derrubou um cara armado com um capacete, né? Depois a doida sou eu.

Ele tomou mais uma garrafa de uma só vez. Eu estava oficialmente impressionada.

— Eu sabia muito bem que estava fazendo quando derrubei aquele homem, não foi uma ação impensada. Você não faz a mínima ideia de quem eu sou, Julia, e está aqui sozinha comigo dentro do meu hotel.

— Eu não deveria estar? — indaguei, tentando entender o que ele quis dizer com aquilo.

Ele se levantou e caminhou lentamente até mim. Sim, devia ser proibido alguém ser tão bonito, e tão sexy... Deus, por que ele era tão alto?

— Depende. Talvez a impressão que eu tive de você esteja errada. Mas é raro eu errar.

Gargalhei, jogando a cabeça para trás.

— Ok, senhor perfeição. E que impressão foi essa?

Ele parou na minha frente e acariciou os meus cabelos, deixando o meu corpo em chamas novamente.

— A de que você é um ponto de luz no meio de uma estrada escura e desolada.

Meu coração disparou. Sem saber o que responder, peguei a garrafinha da mão dele e virei o que ainda tinha.

— Deus... que negócio ruim.

Ele riu. Meu coração dançava quando ele ria.

— Quer mais?

— Ah, que se foda, quero. — Esperei-o voltar com a garrafinha do mal, tomei um pouco e continuei: — Eu não sei nada sobre ser ponto de luz, Nicolas. Deveria ter medo de você, eu sei, mas simplesmente não tenho. Porém, o medo vem toda vez que vejo o seu sorriso, sinto um terror inexplicável de me apaixonar...

— Seja impetuosa e corajosa o quanto você quiser, *Kroshka*, mas não se apaixone por mim e nem por caras como eu.

— Se eu não me apaixonar por você, por quem mais seria?

Arrependi-me enquanto ainda falava. *Merda, eu não deveria ter bebido.* Levantei depressa e toda a suíte rodou ao meu redor, a queda parecia inevitável. Mas eu não caí. Os braços de Nicolas eram fortes e rápidos.

— Acho que você já bebeu demais, Julia, me dá isso aqui — ordenou, tirando a garrafinha do demônio da minha mão.

Comecei a rir pensando que um trem caro daqueles *chapava* do mesmo jeito que corote. Tentei me desvencilhar dos braços dele, seu cheiro estava me matando de tesão, mas tropecei no vestido e quase caí. Ele me amparou mais uma vez.

— Você é o meu herói, sabia?

— Estou longe de ser um herói, tampinha.

Soltei uma risada.

— Tampinha é uma palavra engraçada. — Olhei dentro dos seus olhos... ele era tão transparente! Por que eu o achei difícil de decifrar? — Você gosta de ser o vilão, eu sei, mas vai ter que se contentar em ser o herói. Você é o meu herói, Nicolas Beaumont.

— Tá bom, agora vem aqui. — Sua voz estava quase afetuosa e me guiou até o sofá mais confortável que me sentei na vida. — Tome toda essa água, eu vou fazer um café.

Agarrei a sua mão.

— Ah, não! Eu detesto café, sabia? Fica aqui comigo, seu cheiro é tão bom. Aliás, que perfume é esse, hein? Eu poderia passar o dia cheirando ele. Minha nossa, eu sei que vou me arrepender de falar isso pela manhã, mas eu queria tanto perder a minha virgindade com você, Nicolas... se você soubesse... só que eu não sou tão impetuosa quanto você pensa... Não vou conseguir me encarar se eu sentir que me vendi. Aff eu sou uma idiota.

Ele encostou a testa na minha.

— Shhh... toma a sua água, tampinha. Eu não deveria ter deixado você beber, está se confundindo toda.

— É. — Recostei a cabeça no ombro dele. — Pera... me confundindo com o quê?

— Você tem uma filha de quatro anos, Julia. — Seu tom tinha uma ligeira reprovação.

— Eu? — Solucei. — Tá doido? Nunca tive filhos, Valentina é a minha irmã — solucei de novo — se bem que filho do coração também é filho.

Entreguei a garrafa de água a ele que me encarava fixamente, como se me visse pela primeira vez. Sorri, passando os dedos no seu rosto e encostei de novo a cabeça em seu ombro. Meus olhos tornavam-se cada vez mais pesados, mas infelizmente a minha língua não.

— Nicolas...

— Sim, tampinha.

— Qual seria o sonho de um homem que pode ter o que quiser?

— Pelo visto eu não posso, *Kroshka.*

Seu cheiro era tão bom... nem me lembrava mais porque criei a regra ridícula de não poder dar para ele, eu o queria tanto naquele momento. Eu só precisava descansar os meus olhos por um segundo.

— Claro que pode — murmurei.

Ele segurou o meu queixo.

— Se eu pudesse, você seria minha.

Soltei uma risada.

— Oh, mas isso seria tão simples. Você só precisaria abrir o seu coração e me deixar entrar.

Sem soltar o meu queixo, exclamou:

— Ah, Srta. Barboza... seria mesmo, simples! Agora vamos, vou te colocar na cama.

Tentei me levantar, mas estava difícil. Pedi a Nicolas que me deixasse ali no sofá, porém, ele me pegou no colo e me levou até o quarto. Eu acho que o senti tirando as minhas joias e o sapato, mas naquele momento eu não poderia mais dizer o que era de verdade ou fruto da minha imaginação. Então quando ele beijou de leve os meus lábios e disse: *Adeus, minha pequena, eu não tenho mais um coração para te deixar entrar, mas em muitos anos essa foi a primeira vez que desejei ter.*

Eu nunca soube se foi ou não real.

CAPÍTULO 12

Julia

Assim que abri os olhos, entendi o porquê vodca de rico era cara e corote barato. A sensação de desejar estar morto quando você acorda depois de um porre de corote não estava ali. Eu me sentia muito bem, aliás bem até demais. Eu não sabia que camas poderiam ser tão confortáveis. Provavelmente a cama dos anjos era assim.

Infelizmente não poderia dizer que escapei da ressaca moral. Eu não me lembrava exatamente de tudo o que eu disse, mas havia coisas pavorosas como "eu quero dar para você, mas sou virgem".

Coloquei o travesseiro no rosto, gritando "por que" dentro dele, até a vergonha passar e resolvi me levantar, ansiosa com a expectativa de vê-lo pela última vez. Pediria o clássico "desculpa qualquer coisa" e seguiria com a minha vida, mas assim que me levantei da cama, fui surpreendida com flores, uma bandeja com comida e um bilhete escrito à mão em uma mesa no centro do quarto. Ao lado dele havia um envelope contendo um cartão preto gravado com o meu nome.

O seu dinheiro está nesta conta, o vestido e o anel são um presente. Nosso noivado foi breve, porém inesquecível. Deixo os meus números pessoais com você. Não posso ser seu amigo, mas se precisar de um herói, estou a um voo de distância, a qualquer hora do dia. Não tenha pressa de ir embora, todos os funcionários do Roux-Beaumont estão à sua disposição, peça o que quiser.

Nicolas Beaumont

Talvez você não se lembre, mas o frasco do perfume foi um pedido seu.

Olhei para a mesa e tinha um vidro lindo de tampa preta, com a base também preta escrito "Creed Aventus" com duas linhas formando um laço. Era lindo e forte como ele e me lembrava uma garrafinha de vodca. Mais a cara dele, impossível. Rindo abri a tampinha e o aroma rebateu em uma onda de prazer que acabou bem entre as minhas pernas. Tampei depressa o perfume, eu não precisava ficar sonhando com aquele macho perfeito.

Havia um sentimento agridoce em mim, com certeza sentiria a falta dele, mas a expectativa de abrir o meu próprio salão falava mais alto. Talvez em alguns anos eu conseguisse conhecer Nova York com o dinheiro do meu trabalho. Quem sabe não desse para ligar para Nicolas quando estivesse lá?

Suspirei, forçando-me a parar de sonhar. Tomei um café da manhã divino e um banho ainda mais gostoso e tirei o anel para guardar. Jamais andaria com aquilo no meu bairro. Rodei a joia entre os dedos e então reparei que havia algo escrito. Forcei os olhos para ler, mas infelizmente não entendi nada, não estava em português nem em inglês. Será que aquilo era russo? A frase parecia algo como: *За всё, во всём.*

Peguei o meu celular para tirar uma foto, talvez desse para traduzir a frase pelo google, mas ele vibrou em minhas mãos. Era a Penha.

— Alô? — atendi.

— *Ô Zuia... eu quero ir pra casa. Minha boneca ficou lá e Penen não quer abrir.* — A voz gostosinha da Valentina soou nos meus ouvidos. Ela ainda não conseguia pronunciar o som do J no meu nome.

— Mas...

— *Eu quero abrir sim, sua conversada, mas não tenho a chave!* — Escutei a voz da Penha ao fundo.

Valentina caiu na risada, ela adorava o jeitão da Penha.

— Vavá — chamei. — Ô Vavá!

— *Oi.*

— Cadê a mamãe?

— *Foi comprar pão!* — disse e caiu na risada novamente.

— *Me dá isso aqui, menina.* — Ouvi a Penha mais uma vez. — *Oi, Julia, tudo bem? Sua mãe disse que você ia trabalhar em Ouro Preto.*

— Tudo bem sim, eu já voltei para BH. Onde minha mãe foi? Ela disse que ia me esperar — comentei.

— *Então, você sabe como a Joice é. Ontem à tarde ela disse que ia sair rapidinho com o Zane e voltava logo. Eles devem ter achado algum churrasco por aí.*

Apertei o telefone até os meus dedos doerem. Várias lembranças horríveis da minha infância vindo à tona. Por bastante tempo eu tive minha avó, mas depois que nos mudamos para Belo Horizonte eu passava dias sozinha em casa, às vezes trancada. Nem sempre ela se lembrava de comprar comida. Era só um homem novo aparecer que esquecia de qualquer coisa.

— Eu estou no Lourdes[7], mas em minutos eu estou aí, acho que vou chamar um Uber.

---

[7] Bairro de Belo Horizonte.

— Tá bom, minha filha. Se bem que Vavazinha já se distraiu com outra coisa, mas ela tava chorando tanto por causa da boneca, não gosto de ver essa menina chorar, ela já passa por tanta coisa!

— Não, imagina, você fez bem. Mas eu vou resolver isso de uma vez por todas, Penha. Não dá mais para morar com minha mãe, não quero que a Valentina cresça assim, vou levar ela para Santa Bárbara e assim que eu puder eu trago ela de volta.

— Você sabe que adoro a sua mãe e odeio me meter na vida dos outros, mas se eu fosse você fazia isso mesmo. Vá viver sua vida, você é trabalhadeira, merece mais do que sustentar as maluquices da Joice. Você tá vindo agora?

Olhei para o vestido em cima da cama, o envelope com a tal conta, o perfume dele... o meu coração, ficou pequenininho. Se eu fosse chique como Marcia Medeiros, a minha ex-chefe, talvez eu tivesse uma chance, mas um dia eu ainda seria. E conquistaria o mundo.

— Estou sim, Penha, obrigada por tudo, viu?

— Não me agradeça, queria poder fazer mais.

Nós nos despedimos e desligamos. Coloquei o vestido dentro da capa que ele veio, o cartão do banco e o perfume na minha bolsa e guardei o anel dentro do meu sutiã, eu o guardaria para sempre. *O meu anel de noivado,* pensei, sorrindo.

Dei uma última olhada para o quarto e segurei as lágrimas, eu tinha muita coisa para resolver, não havia tempo em minha vida para sofrer por algo que nunca teria sido possível de qualquer forma.

Nicolas

Dois dias depois...

Eu poderia ter ficado mais tempo no Brasil, mas não vi sentido em adiar o inevitável. Eu me importei com aquela garota o suficiente para sumir da vida dela antes que fosse tarde demais. Julia não merecia ser arrastada para o centro da mira de Aiden, pois se ele queria uma guerra eu não recuaria. Durante anos eu o assisti construir o que ele achava ser uma rede sólida de poder e influência. Eu sabia como ele pensava, como agia, os seus métodos favoritos. Aiden não me impressionava, nunca me impressionou. Era dramático, truculento e obsessivo, mas eu não podia ter fraquezas agora e Julia definitivamente seria uma que Aiden exploraria.

O motorista parou o meu carro em frente ao *Roux-Beaumont New York* e um Dan mais ansioso que o normal abriu a porta antes que o motorista tivesse a chance de descer.

— Senhor Beaumont, fez boa viagem? — perguntou, olhando nervoso para os lados.

Dan voltou para Nova York um dia antes de mim para ver se Aiden apareceria por aqui, enquanto eu pousei em Vegas. Os meus cassinos não podiam ficar abandonados e a verdade era que eu senti falta do lugar. Eu gostava demais de gerenciar os cassinos, mas essa maldita condicional já estava dando nos nervos.

Para neutralizar Aiden enquanto eu não podia estar por lá pessoalmente, deixei Roman King, um conhecido de longa data, dono da outra metade de Vagas que não pertencia a mim, a par da situação. Ele disse que cuidaria de tudo. Roman e Trevor, seu irmão gêmeo, tinham um longo histórico com Aiden e eles sempre se odiaram.

Soltei o ar pelo nariz, lamentando não ter sido preso na Rússia, eu não teria passado um dia na cadeia de lá.

— Sim, Dan, correu tudo bem. E como estão as coisas por aqui? Pela sua cara o apocalipse chegou mais cedo.

— Aconteceram muitas coisas enquanto o senhor esteve fora, mas como exigiu não ser incomodado...

Bufei enquanto entrava no hotel. Eu precisei de um tempo assim que cheguei do Brasil. O meu breve encontro com a Srta. Barboza me deixou nervoso, sem foco, distraído. Eu não confiava em mim sem estar 100% tranquilo e focado, era melhor passar um ou dois dias sozinho, malhando, trepando, bebendo, tirando esse... *sentimento* de dentro de mim e voltando a ser eu mesmo. O mundo poderia esperar para acabar depois.

Dan tentava me colocar a par dos assuntos enquanto eu era recebido pelos funcionários com acenos e sorrisos, eles me adoravam, eu deixava os gerentes malucos. Eu preferia saber como tudo realmente funcionava conversando com camareiras, porteiros e recepcionistas do que em reuniões intermináveis com gente que só vivia na teoria.

Atravessei o hall, mas assim que me encaminhei até o elevador privativo que levava à cobertura, Dan soltou um grasnado.

— Fala logo, porra. Todo dia essa merda de gaguejar antes de dar má notícia. Eu juro que vocês vão acabar me fazendo morar na cadeia para sempre.

— É que Tony ligou, o senhor faltou ao primeiro *check-in* com o agente da condicional. E a não ser que o senhor vá ao próximo encontro que será daqui a... — ele conferiu o relógio — uma hora, eles virão para cá.

— Quem vem pra cá, Tony?

— Sim, senhor, junto com o seu agente, faz parte do acordo ter reuniões semanais com um grupo de controle de raiva. Se o senhor não comparecer, sua condicional pode ser revogada.

Levantei uma sobrancelha, e Dan engoliu em seco.

— O que vocês estavam fazendo que não resolveram essa merda ainda?

— Senhor... é o departamento de justiça dos Estados Unidos, o que sugere que eu faça?

— Pense, Dan, eu sugiro que você pense. Mais alguma coisa que exija a minha atenção imediata?

— Sim. O Sr. Stavros deseja uma reunião o mais rápido possível, posso marcar?

— Qual Stavros?

— Ahn... — Dan franziu a testa, procurando algo no celular. — Philip Stavros, senhor.

— Hum, interessante. Bom, eu já cheguei, mande-o vir aqui amanhã.

— O convite foi solicitado para o senhor ir até o Grupo Stavros em Lower Manhattan, posso marcar para amanhã? O aviso era de urgência, senhor.

— Ah, claro, eu não tenho mais o que fazer do que ir ao banco daquele idiota ver o que ele quer. Apenas ignore, Dan. Eu não bati em Aiden por causa de nenhum Stavros e não quero saber o que eles têm para falar.

Dan coçou a cabeça.

— Bom, o senhor o encontrará de qualquer forma. Foi convidado formalmente para o batizado dos gêmeos Eric e Amelia Stavros.

Joguei os braços para o ar, com um vinco profundo na testa.

— Você andou comendo cocô, Dan? — Ele negou com um gesto de cabeça. — O que eu tenho a ver com isso?

— Não sei, mas o Sr. Bruno Vilela já ligou várias vezes para o seu telefone dizendo que está empolgado para ver o senhor e a sua noiva novamente, e que aguarda ansioso para a festa dos Stavros do qual ele também foi convidado.

— Você não pode estar falando sério.

— Eu jamais sonharia em brincar com o senhor. Mas os advogados responsáveis pelos contratos da fusão com a *EcoMiner* voltaram de mãos vazias, Vilela disse que só assina depois do batizado. — Sua voz foi morrendo no final da frase.

O mundo podia, sim, acabar sem a minha presença. Eu pensei já ter resolvido essa merda de fusão. Respirei fundo.

— Ok, tudo bem, uma coisa de cada vez. Ligue para Julia, veja o que vai ser necessário para trazê-la até aqui, dê o que ela quiser.

— Tudo bem, senhor. E quanto ao agente de condicional?

— Eu tenho alguma opção?

— Bom... — Dan coçou a cabeça novamente.

— Então faça o que já deveria estar pronto. Todo mundo tem um ponto fraco. Família, namorada, dinheiro... Esse agente de condicional é só uma pessoa, ache o dele. Se eu tiver que voltar em um grupo de ajuda, Dan, você e eu teremos uma conversa séria.

Voltei até o carro com uma sensação ruim oprimindo o meu peito. Eu não queria Julia aqui, perto de Aiden... perto de mim. Sei bem o esforço que precisei fazer para não a agarrar pelo pescoço e só soltar quando gritasse exausta que me pertencia naquela noite do jantar, ou de como foi difícil deixá-la dormindo na cobertura do hotel e ir embora para sempre da sua vida.

Mas a verdade, era que eu jamais mudaria, nem por ela. Eu não queria ninguém pertencendo a mim, estava muito bem sozinho.

Mesmo tomado por um enorme desejo de partir, ergui os ombros, e atravessei o grande pátio sem vida do centro comunitário do departamento de justiça de Nova York.

A sala de paredes descascadas já estava cheia quando entrei. Várias cabeças viraram ao mesmo tempo em minha direção e as reações foram praticamente as mesmas. Todos nós sabíamos que eu não pertencia àquele lugar. No centro do círculo, uma mulher jovem e bonita com cabelos loiros e óculos de aro redondo, se apresentou como Dra. Felicity Warren. Meneei a cabeça e me sentei, pegando o meu celular. Havia inúmeros e-mails a serem respondidos para os advogados da mineradora. Os rumores acerca do documentário que Aiden andava anunciando pegou a todos de surpresa.

A jovem loira pegou uma caixa preta que estava ao lado dela e impôs a voz.

— Vamos começar pegando um objeto dessa caixa e compartilhando algo que nos irritou esta semana.

Bufei internamente e voltei a responder aos meus e-mails enquanto a primeira pessoa se levantava. Era um chaveiro, um bibelô, um isqueiro... Itens comuns, cada um contendo uma história mais idiota que a outra.

Um jovem pegou um relógio de bolso antigo e disse:

— Minha namorada me deixou esperando por horas em um restaurante. Ela nem se desculpou.

A mulher ao meu lado escolheu um espelho quebrado.

— Fui demitida ontem. Olhei no espelho esta manhã e mal reconheci a pessoa olhando de volta.

Quando a caixa veio até mim, ignorei.

— O senhor precisa participar — a Dra. Felicity afirmou.

Levantei o indicador por um segundo e terminei de mandar uma instrução para Olivier, na Suíça. A mulher pigarreou e eu guardei o celular. Peguei uns dados que estavam na caixa.

— Bom, essa semana fui forçado a vir para um circo terapêutico, onde aparentemente jogamos dados para decidir quem aqui é o mais patético.

— Nossa, que grosseria.

— Será que ele é bravo assim na cama também?

Felicity Warren foi a única que não se abalou.

— Sem julgamentos, pessoal, somos livres para nos expressar aqui. E o que os dados dizem sobre a sua vida, senhor? — perguntou, tirando os óculos e fixando sua atenção toda em mim.

Com um sorriso cínico, respondi:

— Parece que, não importa como os dados caiam, estou destinado a jogar um jogo que não escolhi, mas que eu sempre vencerei no final. Então nada disso me preocupa.

Algumas risadas abafadas ecoaram pela sala, enquanto a mulher continuava imperturbável.

— Às vezes...

Meu telefone vibrou, era uma mensagem de Dan escrita em letras maiúsculas: ME LIGUE URGENTE.

Levantei-me da cadeira e ergui a mão, interrompendo a sua fala.

— Eu adoraria saber qual a pérola de sabedoria que iria sair de sua boca agora, senhorita psicóloga, mas o meu cachorro precisa ir ao dentista, até breve.

Com leve senso de satisfação ao vê-la ficar vermelha e tremer de raiva enquanto congelava um sorriso falso, saí do local. Quando atravessei os portões e entrei no meu carro, o grupo da derrota já havia sido esquecido. Dei instruções para o motorista e liguei para Dan.

— Senhor, é sobre a senhorita Julia.

— Sim?

— Não consegui encontrá-la em lugar algum.

Por que eu estava com aquela sensação ruim? Havia algo errado que eu não estava conseguindo ver. Julia realmente tinha esse poder de me distrair. E ela ia continuar, por mais perigoso que fosse mantê-la ao meu lado, Vilela me deixou sem opções.

— Ok, Dan, eu preciso ver isso de perto, não precisa desfazer as minhas malas, diga ao piloto que estamos voltando para o Brasil.

CAPÍTULO 13

Julia

— Oh, minha filha, fica até o final da semana, eu me preocupo tanto com você sozinha naquela cidade perigosa. É cada coisa que vejo no jornal!

— Eu já falei para senhora parar de ver essas coisas, eles só dão notícia ruim — respondi à minha avó enquanto terminava de enxugar a louça.

Estava na casa da minha avó em Santa Bárbara, no interior de Minas. Toda vez que dava um pulo por aqui, rolava aquela faxina básica e eu deixava tudo nos trinques. Ainda iria trazê-la para morar comigo e proporcionar a vida que ela sempre mereceu. Minha vó ralou muito na roça e trabalhando para outras famílias desde cedo. Estava mais do que na hora dela relaxar e curtir.

— Tô velha, mas não tô morta, Jú. Gosto de me manter informada.

Eu ri balançando a cabeça. Vovó era teimosa como ela só. Nisso as três gerações de mulheres Barboza haviam vindo iguais. A Valentina era um anjinho em forma de criança, sendo, portanto, a única a não carregar esse bendito gene da família.

— Sei, mas eu realmente não posso ficar, vó. Eu... — hesitei na hora de mentir, mas era necessário — eu consegui um bom dinheiro do meu acordo no salão e acho que consigo montar alguma coisa bem legal, estou só esperando a resposta do moço aqui.

— Não tô gostando disso, minha filha, quem é esse homem? Você o conhece pelo menos?

Minha avó não gostava de nada que era feito pela internet.

— Relaxa, dona Rose, meu Deus! Onde a Vavá está? Eu sei que ela é quieta, mas estou achando silêncio demais.

— Foi levar a boneca pra brincar com os pintinhos. Deixa a menina, Ju, aposto que não tem nada disso para ela na casa da sua mãe.

Notei uma sombra passando pelos seus olhos ao mencionar a minha mãe, elas brigaram há anos e nunca mais se falaram. Eu não a julgava, estava quase fazendo o mesmo para falar a verdade.

Assim que cheguei do hotel e peguei a Vavá na casa da vizinha, arrumei tudo que minha irmã e eu tínhamos de importante e vim direto para cá.

Não esperei minha mãe chegar em casa e nem deixei recado, estava farta de seu egoísmo. Eu provavelmente não voltaria a morar com ela.

Aproveitei esses dias de sossego procurando um lugar legal para montar um salão onde eu pudesse ter um quartinho e morar nele. E ao que tudo indicava eu tinha achado o lugar perfeito. O preço do ponto estava justo e a negociação era feita diretamente com o dono, um tal de Romero. Ele me mandou *Instagram* e *Facebook* com várias fotos do imóvel e comentários de clientes; parecia tudo certo.

— Por isso eu quero deixar Vavá com a senhora até poder me estabelecer e assim que tudo der certo eu vou dar a vida de princesa que vocês sempre mereceram. Vamos morar nós três bem juntinhas, para sempre.

Ela me fitou com um sorriso zombeteiro.

— Uai que história é essa de morar para sempre comigo, vai ficar pra titia, é?

Gargalhei mesmo sentindo uma pontinha de tristeza. Eu me casaria com Nicolas Beaumont naquele segundo, caso ele quisesse. Bom, eu e todas as mulheres do mundo provavelmente. Era triste ser pobre e exigente.

— Eu vou literalmente ficar para titia. Homem não presta, vó. Minha mãe arrumou um monte deles a vida toda e o que ela ganhou com isso? Eu tô fora, muito fora, mas eu queria que Vavá não pensasse assim, deve ter alguém por aí que mereça a nossa princesinha.

Minha avó me encarou por um tempo com os olhos brilhando e me abraçou bem apertado.

— Você é a luz da minha vida, sabia, menina?

Abracei-a de volta e deitei minha cabeça em seu ombro, grata por ela existir em minha vida. Lembrei-me de Nicolas me chamando de luz em uma estrada escura e apertei os olhos, desejando tirá-lo da minha cabeça. Ele ocupava uma grande parte dos meus pensamentos e isso não me ajudaria em nada. Era hora de esquecê-lo.

Ergui a cabeça e sorri para a minha avó. Eu gostava desse cargo, de ser luz na vida das pessoas. Era bom saber que me viam assim. Todo mundo tinha os seus traumas e dificuldades, mas o caminho da luz era uma escolha que eu fazia todos os dias e gostava disso.

— Obrigada por existir, vovó. Agora vamos procurar a Vavá que eu preciso estar em BH antes das 15h.

— Ainda não estou gostando disso.

Rindo, fomos até o quintal e encontramos a Vavá engajada em uma conversa seríssima com uma galinha, um pintinho e Isa, a sua boneca preferida. Pelo menos isso mamãe e o Zane fizeram de bom. Tirando a sua inseparável borboletinha, eu nunca tinha visto a Valentina gostar tanto de um brinquedo antes.

— Vamos tomar banho, Vavá, já é quase a hora do almoço! — chamei.

Ela estava agachada de cócoras e ergueu os olhinhos castanhos, quase pretos, para me ver. Colocou uma mecha dos cachinhos atrás da orelha e franziu a testa balançando a cabeça.

— Não, não. Agora é a hora do café. Essa é a Isa que você já conhece, esse aqui é o pintinho amarelinho e essa é a galinha pintadinha. A gente pode pintar ela de verdade, Zuia?

Minha avó caiu na risada e eu até quis ser mais enérgica e mandá-la para o banho, mas não consegui. Ficaria um tempo sem vê-la, era melhor aproveitar esses minutos antes do horário do ônibus com uma boa brincadeira do que com ordens.

Fui até o quarto, peguei alguns brinquedos que ainda estavam aqui na casa da minha avó e montei uma mesinha de café com todas as nossas amigas. A boneca Isabella, fez papel de anfitriã junto com a galinha e seu filhote. Com seus cabelos dourados e vestido de renda azul, Isa estava dando um show de elegância.

— Isa precisa de uma caneca de café, Zuia! — disse Valentina, empurrando a pequena xícara de plástico para mim.

Eu ri, enchendo a xícara com "café imaginário".

— Claro, senhorita Valentina. Isabella parece muito sedenta!

Ela riu, seu riso tão cristalino e inocente. Eu me perdi no momento, tentando ignorar a saudade que eu sentiria dela.

— Sabe, Val... — comecei, hesitante, colocando a xícara de lado. — Vou precisar ir para longe por um tempinho. Mas a vovó estará aqui, e vocês duas podem tomar café com a Isa todos os dias.

Valentina franziu a testa, segurando Isabella perto dela.

— Mas você vai voltar, né?

Sorri e afaguei os seus cabelos.

— Eu sempre vou voltar para você, minha pequena. E quando isso acontecer, quero saber de todas as aventuras que você e Isabella viveram, tá?

Valentina assentiu, seus olhinhos brilhando.

— Isa vai sentir sua falta também. Ela me contou!

Eu sorri, me inclinando para dar um beijo em sua testa.

— Eu também vou sentir falta dela. E muito mais de você, Val.

Ela envolveu seus pequenos braços ao redor do meu pescoço, me apertando com toda a força que uma criança de quatro anos poderia ter.

— Eu te amo, Zuia. Não demora.

Segurando-a perto, eu sussurrei de volta:

— Eu te amo mais, Vavá. Prometo que volto rapidinho.

Ao nos afastarmos, ela me entregou Isabella.

— Leva ela com você. Assim, você não vai ficar sozinha.

— Tem certeza, meu amor?

Ela riu balançando a cabeça, dizendo que tinha muita gente com ela, mas que eu parecia sempre sozinha. Vovó e eu nos entreolhamos boquiabertas, às vezes Valentina parecia ter uns trinta anos e não quatro.

Peguei a Isa de bom grado e dei um forte abraço nas duas mulheres da minha vida. Minha avó ainda insistiu para eu ficar em Santa Bárbara, mas eu parti. Seria realmente uma vida muito confortável e gostosinha se eu abrisse um salão ali, mas eu não queria uma vida confortável, eu queria conhecer o mundo, conquistar o mundo. E eu estava prestes a dar o primeiro passo rumo ao meu sonho.

Bati a porta da sala e não olhei para trás.

Parei na calçada e fiquei feliz ao observar a fachada do prédio. Sua estrutura clássica e uma marquise charmosa faziam com que ele exalasse elegância e sofisticação. Pude imaginar as mulheres entrando e saindo, suas conversas animadas ecoando pela rua. Era o lugar perfeito para o meu salão.

O bairro era tranquilo, uma daquelas partes de Belo Horizonte onde os prédios se erguiam imponentes, com suas fachadas de vidro refletindo a luz do sol. Pessoas andavam pelas calçadas com seus cafés, indo para o trabalho ou simplesmente aproveitando o dia. Era o ponto comercial ideal.

Estava perdida em pensamentos e possibilidades quando uma sombra se formou à minha frente. Ergui o olhar e me deparei com um homem alto, vestindo um terno impecável. Seus olhos frios e determinados fixaram-se nos meus, e um sorriso torto formou-se em seus lábios.

— Você deve ser Julia — ele começou, sua voz rouca me causando arrepios. — Estive acompanhando sua negociação para esse imóvel. Um bom lugar, devo admitir.

Franzi o cenho, tentando lembrar se já o havia visto antes, não parecia o Romero das fotos.

— Me desculpe, eu conheço você?

Ele riu baixinho, como se eu tivesse feito uma piada, e deu um passo à frente, reduzindo a distância entre nós. Antes que eu pudesse recuar, ele segurou meu braço com uma firmeza surpreendente.

— Julia, querida — sussurrou com um sorriso maldoso. Reparei que sua voz carregava um leve sotaque. — Onde estão os meus diamantes?

Engoli em seco, sentindo o medo crescer em meu peito. Tentei soltar meu braço, mas sua pegada era inabalável.

— Quem é você? Eu não sei do que está falando — respondi, forçando coragem em minha voz.

Observou minha expressão, parecendo se divertir com o meu desconforto. Em um movimento rápido, ele me puxou para uma pequena entrada lateral do prédio, um espaço apertado entre o edifício e uma parede alta. O barulho da rua tornou-se distante, abafado. Estávamos isolados, o que intensificou o meu medo.

— Não brinque comigo, garotinha — enfatizou, pressionando-me contra a parede fria, sua face a centímetros da minha. O aroma amadeirado do seu perfume misturava-se ao cheiro de perigo que ele exalava. — Eu sei que sua mãe tinha algo que pertencia a mim. E ouvi falar de uma certa boneca que pode conter o que procuro.

O ar faltou em meu peito e minhas pernas fraquejaram. Valentina imediatamente veio à minha mente.

Em que merda colossal a minha mãe havia metido a gente?

— Não sei de boneca alguma e muito menos de diamantes. Você está me confundindo com outra pessoa! — insisti.

Ele ponderou por um momento, estudando meu rosto, como se tentasse ler meus pensamentos. Depois, sem aviso, colocou a mão no bolso interno de seu paletó e retirou uma foto. A imagem mostrava minha mãe, Joice, amordaçada e com os olhos arregalados de medo.

Meu coração afundou.

Até no último segundo eu tive esperança de que isso fosse um grande mal-entendido.

— Sua mãe tem sido uma excelente companhia — sibilou. — Agora, sobre os diamantes...

O desespero me atingiu como uma onda. Eu podia sentir o medo formigando em cada poro da minha pele enquanto o homem mal-encarado me prendia com seu olhar. Seus olhos deixaram os meus e pousaram na mochila que eu carregava em um ombro. Cheguei da rodoviária e vim direto para cá. Apressado, ele arrancou a mochila de mim com um tranco e a revistou, tirando tudo de dentro. Minha respiração foi completamente suspensa quando ele encontrou a boneca, Isabella.

Ele olhou para mim, os olhos estreitando-se em suspeita. Eu não sabia o que desejar. *Era melhor os tais diamantes estarem ali?* Eu vi o seu rosto, ele provavelmente me mataria se estivesse. *Ou me mataria de raiva quando não os encontrasse?*

Sem uma palavra, ele começou a rasgar a boneca, examinando cada pedaço do brinquedo. Os olhos vidrados de Isabella me encaravam, e uma onda de tristeza se abateu sobre mim, pensando em como Valentina reagiria ao ver sua boneca favorita naquele estado.

— Onde estão os meus diamantes, porra? — exigiu, frustrado ao ver que a boneca estava vazia.

— Eu não sei do que você está falando! — gritei, quase em lágrimas.

A paciência do homem estava se esgotando. Ele jogou a boneca despedaçada ao meu lado e se aproximou, os olhos faiscando de raiva.

— Sua mãe e Zane roubaram diamantes muito valiosos de mim — sussurrou ameaçadoramente. — Antes de Zane morrer, ele admitiu que escondeu os diamantes em uma boneca da menina... Valentina, não é?

Lutei para encontrar minha voz. Tudo era tão absurdo, tão irreal. Valentina era apenas uma criança, como minha mãe permitiu que um estranho completo como Zane tivesse acesso tão livre em nossa casa?

— Isso é impossível! Valentina está no interior do Rio de Janeiro com a madrinha dela. E Zane era um mentiroso, ele teria dito qualquer coisa para salvar a própria pele! — retruquei, esperando que isso o fizesse desistir.

Ele se aproximou mais, os dedos agarrando meu queixo, forçando-me a olhá-lo nos olhos.

— Acha mesmo que vou acreditar nisso? — zombou. — Eu vou encontrar essa criança e, quando o fizer, se os diamantes não estiverem lá, eu farei você pagar.

O pânico tomou conta de mim. Desesperada para proteger Valentina, agarrei-me à única coisa que poderia lhe oferecer.

— Eu tenho cem mil dólares. Leve-os. Apenas deixe minha família em paz.

Ele riu, foi um som frio que me enviou calafrios. Sem aviso, desceu os olhos pelo meu pescoço e parou sua atenção ali.

— Não... — tentei implorar.

Eu havia colocado o anel que Nicolas me dera em um cordão e o pendurei no pescoço, escondendo-o sob a blusa. Mas o homem não se importou, pegou o colar, arrancando o anel de diamante.

— Um bom começo — ele disse, segurando a joia contra a luz. — Mas eu quero o resto.

— Não... por favor, isso foi um presente, fique com os cem mil dólares.

Ele balançou de novo a foto de minha mãe amarrada e amordaçada em minha cara. Meu coração quase parou.

— Eu quero cinco milhões, Julia, não cem mil. Ou sua mãe vai pagar o preço.

Engasguei-me, sentindo a vertigem tomar conta.

— Eu não tenho esse dinheiro.

Ele considerou por um momento, estudando-me, antes de assentir lentamente.

— Os cem mil serão um começo. Você tem dois dias para me trazer o restante.

— Por que você está fazendo isso? — Minha voz mal era audível.

Ele se inclinou, seus lábios quase tocando meu ouvido.

— Porque a sua mãe e aquele idiota do Zane roubaram de mim, e eu sempre recupero o que é meu.

Ele me soltou, deixando-me trêmula e assustada, obrigando-me a transferir todo dinheiro que Nicolas havia me dado. Assim que eu acabei, ele tomou minha carteira cor de rosa onde eu guardava os meus documentos, cartões e uma fotinha da Vavá. Pressenti que ele tomaria o telefone de minhas mãos. Ele poderia ligar para a minha avó e descobrir onde ela morava, então antes que ele viesse para cima de mim, joguei o aparelho com força no chão e pisei em cima dele.

O homem virou-se brevemente, olhando-me com um sorriso cruel.

— Você se acha muito esperta, garotinha, mas a sua mãe não tem a metade da sua inteligência, ela vai me contar onde sua irmã está. Ou você me dá o meu dinheiro em 48 horas ou dê adeus a toda sua família.

— Não, por favor, eu preciso de mais tempo.

Ele deu as costas, mas antes de desaparecer, ameaçou:

— O relógio está correndo, Julia! Você tem 48 horas.

Assim que ele sumiu, parei de me fingir de forte e caí no chão, atordoada, sentindo o peso esmagador da situação. Eu precisava de ajuda. E rápido.

CAPÍTULO 14

Julia

Minha cabeça flutuava em algum lugar fora de mim, eu andava a esmo pela cidade, sem saber o que fazer. A frase de Nicolas dizendo que poderia ser o meu herói não saía da minha cabeça. Eu estava desesperada o suficiente para pedir ajuda por Valentina e minha mãe, mas o homem do terno levou minha carteira. O bilhete onde Nicolas havia colocado os seus contatos estava lá.

Eu sentia uma forte pressão no peito. Olhava sobre os ombros a cada segundo. Tive medo de ligar para a casa da minha avó e estar sendo vigiada. Eu com certeza estava. Pensei em ir até o hotel e pedir para falar com Nicolas.

Eu sou o dono de todos os diamantes, Julia.

Que história mais sem pé nem cabeça. Como a minha mãe foi roubar diamantes? Era tão fora da nossa casinha isso.

Pensa, Julia, pensa. Parei de andar e bati o dedo na minha própria cabeça. Eu me sentia paralisada e acelerada, tudo ao mesmo tempo. Respirei fundo, ignorando o quanto o meu corpo inteiro tremia. Sim, eu poderia ir até o hotel, e com sorte, alguém talvez se compadecesse de mim e me desse o telefone dele. Mas eram cinco milhões de dólares, Nicolas e eu mal nos conhecíamos.

Não, tinha que ser outra coisa, talvez esses malditos diamantes ainda estivessem lá em casa guardados, porém era improvável. Zane teria dito se estivesse lá, ou não. *Não sei o que se passa na cabeça de um ser humano que rouba milhões em diamantes*. É óbvio que viriam atrás, mas não custava nada tentar.

Merda! O meu cartão de ônibus havia ficado na carteira. Vasculhei os bolsos da calça em busca de alguma nota perdida e senti um papel duro entre os dedos. Tirei um pequeno cartão branco com escritos em dourado do bolso:

Libens Scotch Bar - Observatório Lounge, Rua Luiz Paulo Franco, 2284.
Adriano Gutierrez - Owner & CEO.

Atrás do cartão, havia o e-mail e os telefones do Sr. Adriano, do Libens. Toda a entrevista me veio à mente. Foi a noite que Nicolas me salvara dos assaltantes.

...não diga mais nada, apenas guarde o meu cartão. O leilão deste ano vai acontecer na sexta-feira da próxima semana...

Sexta-feira... que dia é hoje?

Não conseguia me lembrar.

Ergui a cabeça, observando as pessoas que iam e vinham na calçada e praticamente pulei na frente de uma senhora de cabelos brancos que passeava com um cachorro.

— Senhora, por favor, que dia é hoje?

O cachorro, de uma raça que eu nunca ouvi falar, pulou em mim.

— Bento, isso são modos? — a senhora o repreendeu, mas suavizou os olhos ao me encarar. — Você tá bem, filhinha? Tá pálida.

Nervosa, olhei para os lados, imaginando se coloquei uma querida senhorinha em perigo só por falar com ela.

— Pálida? Deve ser o calor, tá fazendo um sol para cada um e eu perdi o meu celular.

— Ah, pobrezinha!

— Pois é, eu ainda fui demitida semana passada, ou foi essa semana? Tá vendo? Não lembro porque depois viajei e depois viajei de novo, agora me perdi completamente.

Ela me encarava com um misto de pena e confusão.

— Bom, hoje é sexta-feira, dia 7.

Grunhi, o desespero tomando conta de mim.

— Oh, Deus, já? E quantas horas são?

O cachorro me cheirou de novo.

— Espera, Bento. Bom, deve ser umas três e pouco, porque quando eu saí de casa já era bem mais de duas e meia.

— Deixa o Bento, ele é lindo! Adoro doguinhos. — Estendi a mão para o Bento me cheirar e fui recompensada com uma lambida.

— Ele ama fazer amizades, se deixar te enche de pelos. — Ela sorriu e pegou o celular. — Não disse que eram três e pouco?

A senhorinha virou a tela para mim, eram 15h24 exatamente. Eu não tinha um tostão no bolso para ir até o Libens e talvez o leilão já tivesse acontecido.

— A senhora deixaria eu fazer uma ligação no seu celular? É um caso de vida ou morte.

Ela me olhou desconfiada, e eu não a culpava, Belo Horizonte não era conhecida por sua segurança. Eu completei:

— Que Deus jogue um raio em mim se eu roubar a senhora, eu juro que é só uma ligação.

— Tudo bem, não precisa se desesperar, tudo na vida tem solução, minha filha.

Se ela soubesse... Eu precisava apenas de um cinco milhões de dólares em dois dias ou corria o risco de perder a minha irmã. Desesperar para quê?

Peguei o cartão e liguei para o primeiro número.

Desligado.

Meu estômago deu uma pontada de medo. Tremendo, digitei o outro número e ele começou a tocar.

— *Adriano Gutierrez, boa tarde.*

— Oh, Deus maravilhoso, obrigada, Jesus...

— *Alô?* — ele insistiu do outro lado. — *Se for doação para igreja, eu não quero obr...*

— Não, eu não sou da igreja! — interrompi praticamente gritando. — Não desligue, eu estive com o senhor na semana passada fazendo uma entrevista para um leilão e depois eu fui assaltada na saída, lembra?

Parei para respirar, eu tinha falado tudo de uma só vez com medo de que ele encerrasse a ligação.

— *Ahn... Julia? Julia Barboza que está falando?*

Ri para a senhorinha que havia parado para conversar com outra sobre umas revistas de *tupperware*. Ela acenou de volta e tornou a engatar na conversa. Não queria abusar, mas ela não parecia com pressa de ir embora.

— Sim, sou eu! — respondi um tanto surpresa. — Você se lembra? Como?

Ele riu.

— *Você tem se olhado no espelho ultimamente? É meio difícil te esquecer.*

— Oh... — balbuciei sem graça.

— *No que posso ajudá-la, Julia? Pensou melhor sobre a nossa proposta?*

Senti o meu coração sangrar e afundar no peito, entretanto, minha voz não vacilou.

— Sim, pensei. Acho que será uma ótima oportunidade para mim, ainda dá tempo de participar?

— *Claro que dá. O leilão só começa à meia-noite. Mas você precisa estar aqui o mais rápido possível. As outras meninas já mandaram a documentação há semanas. Você tem passaporte?*

— Sim, mas não tenho visto para os Estados Unidos, isso é um problema?

— *Não. E não é certeza de que você vai ser comprada por um americano. Esse ano temos compradores de todas as partes do mundo.*

Misericórdia, onde eu estava me enfiando e enfiando Valentina?

No entanto, eu não conseguia ver uma solução menos pior que essa, se eu sumisse no mundo com um ricaço eles não me achariam e se me encontrassem talvez eu tivesse alguma chance de me defender. Senti uma pontada de culpa pela minha mãe, mas por Valentina eu faria literalmente qualquer coisa. Ela cavou a própria sorte.

— Tudo bem, chegarei aí o mais rápido que eu puder. Tem algum *dress code?*[8]

— *Não, as meninas vêm aqui para se arrumar. Mais alguma dúvida, Julia?*

Todas.

— Não, eu só preciso falar uma coisa. Eu farei qualquer coisa que vocês quiserem, mas a minha irmã tem que ir comigo, não é negociável.

— *Sem problemas, como eu já havia dito anteriormente, não posso garantir que dariam lances, mas fora de brincadeira, eu ainda não tinha visto nada como você no nosso cardápio. Com ou sem irmã acredito que vamos bater algum recorde essa noite.*

Senti um nervoso subir a minha espinha, mas eu precisava garantir que fosse comprada.

— Ok, e pode avisar aí pra esses... — eu queria dizer pervertidos, mas fiquei na minha e abaixei o tom de voz — compradores que eu sou virgem.

Houve uma pausa do outro lado da linha.

— Alô? Adriano?

— *Poxa, Julinha, se eu pudesse eu mesmo compraria você. De quanto você precisa?*

Fui direta, não havia mais espaço para orgulho em minha vida.

— Cinco milhões. — Fiz uma pausa — De dólares.

Ele assoviou.

— *Porra, bocetinha cara essa. O que aconteceu, está devendo a máfia?*

— Eu preciso de um motivo? — rebati sem paciência e um pouco preocupada. Eu provavelmente estava devendo a máfia e se Adriano achasse que eu não valia o risco...

No entanto, para o meu alívio ele soltou uma gargalhada e disse que eu estava no lugar certo.

Encerrei a ligação sentindo uma vontade imensa de gritar e espernear. Eu havia recusado passar a noite com o único homem que me despertou sentimentos, pois me sentiria vendida, apenas para me vender de verdade uma semana depois. Isso não era justo.

Agradeci e entreguei o aparelho para a senhorinha que me olhava preocupada.

— Tem certeza de que não precisa de ajuda, minha filha?

— A senhora já me ajudou demais, que Deus lhe pague em dobro.

Recusei a ajuda da senhorinha sem olhar para trás, eu não queria prejudicar ninguém inocente. Quase como em transe, segui em frente, sem realmente ver o caminho. Eu ainda sentia dificuldade de entender o que

---

[8] "Dress code" refere-se a um conjunto de regras estabelecidas sobre o tipo de vestimenta apropriada para uma ocasião ou ambiente específico.

estava acontecendo. Como o mundo de uma pessoa podia simplesmente desabar daquela forma.

Debaixo do sol, andei pelas ruas de BH até os meus pés doerem e o joelho latejar. Perdida em minha própria cabeça, levei um susto ao ouvir uma voz conhecida:

— Julia! Santo Deus, o que aconteceu com você?

Olhei na direção da voz e franzi o cenho, colocando a mão em concha sobre as sobrancelhas, o sol batia bem na altura do meu rosto.

— Penha? O que você está fazendo aqui?

— Como assim, menina? Estou na porta de casa.

Pisquei algumas vezes, cansada, finalmente me dando conta de que estava na porta de casa, sem lembrança de como havia chegado ali.

— Ah, Penha, você não faz ideia do que aconteceu — descarreguei, exausta. — Dessa vez ela foi longe demais.

— Vem aqui, minha filha, entra. — Ela me puxou pelo braço e me levou para dentro de casa, gritando com os filhos para saírem da sala e nos deixarem sozinhas.

Desabei no sofá, com as pernas latejando e o joelho pedindo socorro. Ele nunca mais havia sido o mesmo depois da tentativa de assalto.

— Você está me assustando, o que foi que aconteceu, Julia?

Olhei bem nos olhos da minha vizinha pronta para contar tudo o que aconteceu, mas por mais que eu tentasse entender como minha vida foi de resolvida, ao puro caos, em menos de 24 horas, eu não consegui.

Dali a algumas horas eu seria leiloada para algum milionário qualquer.

CAPÍTULO 15

Nicolas

A equipe de segurança que contratei assim que embarquei no meu jatinho já estava a postos quando cheguei à cidade brasileira. Pessoalmente, sempre preferi a precisão de profissionais locais. Eles conhecem a região, a língua e os possíveis riscos. Eu era paranoico o suficiente para saber que coincidências não existiam. A aparição dramática de Aiden no jantar da *EcoMiner* e o sumiço de Julia estavam relacionados de alguma forma..., mas como?

— Sr. Beaumont — disse Marcelo, o líder da equipe, um homem robusto com marcas evidentes de um passado combativo. — Recebemos suas informações. Minha equipe está à sua completa disposição para qualquer coisa que o senhor necessitar.

— Eu preciso localizar uma pessoa com uma certa urgência. Acompanhe-me enquanto te passo os detalhes — exigi.

Após um breve *briefing* com toda a equipe, deixei-os com instruções específicas e rumei ao lado de Marcelo para o *Roux-Beaumont*. Eu tinha a intuição de que Aiden saberia algo. Marcelo avisou que ele ainda não deixara o Brasil.

Durante o caminho até o hotel, ignorei o meu telefone que não parava de tocar. Era um número desconhecido de Nova York e fosse o que fosse, Dan ou Tony dariam um jeito.

— Espere aqui, senhor — Marcelo pediu com a voz sem inflexão típica de militares e me senti melhor.

Olhei pela janela do blindado e notei que já havíamos chegado. Mesmo conhecendo Aiden como a palma da minha mão, talvez estivesse exagerando. De alguma forma essa mulher me tirou do curso normal que eu estava acostumado a seguir. Ela poderia estar com amigos ou familiares em outro estado, mudado de número ou... meu sangue ferveu, não quis pensar em outras possibilidades além dessas.

Marcelo abriu a porta de trás do carro e eu me dirigi a ele.

— Cheque se Julia entrou em contato com Leonardo Vilela, talvez vocês descubram algo com ele.

— Sim, senhor, perfeitamente — assentiu.

Meneei a cabeça e atravessei a porta automática. Assim que pisei no lobby, fui interpelado por um garoto de recados. Alguém queria a minha presença no bar do hotel.

Grunhi, sabendo quem era e o encontrei bebericando um whisky. Nossos olhos se encontraram e senti a tensão no ar.

— Nicolas. — Ele sorriu de forma condescendente. — Fiquei sabendo que você perdeu a sua mulher. Se eu puder ajudar em algo... posso te dar algumas dicas sobre como cuidar melhor das suas coisas.

— Por que diabos você ainda está no Brasil? — Fui direto, nunca tive paciência para os joguinhos de Aiden.

Ele franziu o cenho, ostentando um vislumbre de um sorriso idiota.

— Ah, talvez pela comida... ou talvez por outros... prazeres. Fui convidado a um leilão especial nessa noite.

Nós nos aproximamos um do outro, vozes baixas, carregadas de ameaça.

— Por que mandou me chamar? — Eu o encarei, determinado.

— Bom, para dizer que a *Beaumont Minerals* também é minha e eu não vou deixar que você minta para a *EcoMiner* a fim de conseguir uma fusão.

Ri de forma zombeteira.

— Me desculpe, Aiden, talvez eu tenha batido com muita força na sua cabeça. Se você acha mesmo que a empresa também é sua cancele a porra do documentário.

Aiden fez uma pausa e por um momento vi um vislumbre de triunfo em seus olhos.

— Eu não posso, vocês três não perdem por esperar...

Estreitei os olhos.

— Nós três... quem?

Ele pegou o seu copo e virou o drink.

— Que graça teria se eu estragasse a surpresa? Se bem que você nunca gostou delas... enfim, eu só o chamei para dar um toque. Vilela não quer mesmo uma fusão, mas ele sabe que você venderia a sua alma por isso. A minha presença apenas esquenta as coisas.

— Não brinque comigo, Aiden, do que você está falando?

— Da sua jogada de mestre, eu realmente te ensinei bem. Você contratou aquela putinha deliciosa para servir à *EcoMiner*. Enquanto eles acreditam que pegaram algo seu, você fode todo mundo onde mais importa. Só que infelizmente, por mais que eu aprecie a jogada, não posso deixar isso acontecer. Você escolheu o seu destino quando tirou minha filha e os meus sobrinhos de mim.

Em um movimento rápido, o agarrei pelo colarinho e o encostei contra a parede. Seus pés balançaram no ar. Ele tentou resistir, mas eu tinha vantagem.

— Se você tiver encostado em um fio de cabelo dela, eu vou matar você, Aiden. E acredite em mim, farei com que dure semanas.

Aiden hesitou por um momento, e então murmurou em russo:

— Jogue toda essa raiva para fora, garoto, estou contando com isso.

Senti algo frio pressionando minhas costelas. Aiden apontava uma arma para mim. Sorri e o soltei.

— Finalmente aprendendo a virar homem.

Ele ajeitou o terno e me deu as costas, porém antes de ir, jogou as palavras no ar, fazendo-me ter plena certeza de que sabia o paradeiro de Julia.

— É muito triste que um homem como você viva perdendo as suas mulheres. Aproveite o Brasil, meu filho. Há muitas meninas como ela por aqui.

Fingi perder a calma e vociferei impropérios, apenas para ele não desconfiar que eu estava em seu encalço. Aiden sempre cairia em cima de sua própria arrogância.

— Siga-o — sussurrei para um dos homens de Marcelo, assim que Aiden sumiu do meu campo de visão.

O homem foi instruído a me passar o paradeiro dele em tempo real. Enquanto isso fui até a minha cobertura e tentei não me abalar com as lembranças de Julia naquela cama.

Seu cheiro, sua voz, a textura de seus lábios... Meu corpo entrou em chamas.

Eu nunca deveria tê-la envolvido em minha vida.

Mas eu iria encontrá-la e resolveria isso de uma vez por todas. Ela disse que o seu sonho era ir para Nova York. Ela me ajudaria apenas mais uma vez e nós nunca mais nos veríamos, isso poderia dar certo. Aliás, era a única maneira, ficando bem longe de mim.

Saí do hotel em direção à casa de Julia. Eu não sabia nada sobre ela, nem com quem morava. Talvez alguém por ali soubesse onde ela estava. O meu telefone tocou e, com a mente distraída, atendi.

— *Nicolas Beaumont?* — um homem com uma voz marcante indagou.

— Sim, quem é?

— *Philip Stavros* — ele disse, e eu revirei os olhos. — *Fiquei surpreso por você não retornar as ligações da minha secretária.*

— Não deve ser todo dia que isso acontece.

— *Inusitado, sem dúvidas. Mas eu realmente preciso falar com você, é urgente. Jamais ligaria se não fosse.*

— Eu não vejo sobre o quê, Stavros, não temos nada em comum. Seu irmão não falava tanto assim de você.[9]

---

[9] Para saber mais sobre essa trama leia Acordo com um Bilionário de Alicia Bianchi.

Ele grunhiu como se sentisse desgosto.

— *Não é sobre Konstantin. Eu realmente não acho que seja uma conversa para se ter por telefone, Beaumont. Você poderia vir ao meu banco agora?*

Inacreditável.

— Eu estou no Brasil, Stavros, e incrivelmente ocupado se...

— *Bom, não diga que eu não tentei* — ele me interrompeu, como se falasse mais para si mesmo do que para mim. — *É uma longa história, que não deveria ser tratada de forma impessoal. Nossa família está sendo ameaçada por um inimigo em comum que jurou nos destruir e acredito que se não juntarmos forças, não venceremos. Aiden é muito mais poderoso do que você imagina.*

— Como assim nossa família? O fato de você e Aiden serem genro e sogro não tem nada a ver comigo.

Philip Stavros soltou um longo suspiro.

— *Tem muito mais do que você imagina. Você é um Stavros, Nicolas, filho do meu pai com a irmã de Aiden, e eu sei que ele está jogando para nos destruir, você precisa...*

Stavros continuou falando, mas eu não o escutava mais, sua voz de barítono foi imediatamente substituída pela doce e delicada voz de Svetlana no pátio gelado do orfanato.

"— *Sabia, Kolya*[10]*, que as primeiras estrelas da noite têm poderes especiais? Se o seu coração for puro o bastante tudo o que você pedir para elas acontece."*

Eu tinha seis anos e Svetlana treze. Seus pais foram presos pela *KGB* e ela foi mandada para o orfanato onde eu morava desde que nasci. Ela tinha muitos irmãos, mas foi confinada sem saber do paradeiro de nenhum deles. Eu nunca tive um amigo até ela aparecer, nos tornamos inseparáveis. Depois que ela me contou das estrelas, pedi a elas um pai que levasse nós dois daquele lugar e tivesse dinheiro suficiente para ajudar a encontrar os seus irmãos. Todas as noites eu ia até o pátio, estivesse o frio que fosse, fechava os meus olhos e pedia do fundo do coração. Até que, semanas mais tarde, Svetlana adoeceu e morreu, provavelmente de tristeza.

Nunca mais pensei em ter uma família desde então e não estava interessado em uma agora. A voz de Philip Stavros começou a me incomodar, eu não queria saber de nada daquilo, eu poderia dar conta de Aiden com as mãos nas costas.

— *Você está aí?* — Stavros perguntou com cautela.

— Desculpe, você esperava algum tipo de reação melodramática? — retruquei, usando meu tom habitual de desprezo.

Philip não se abateu.

— *A realidade tem suas maneiras de surpreender, Nicolas.*

— Nicolas? — Soltei uma risada irônica. — Então foi pra isso que me convidou para sua festa? Era um chá revelação?

---

[10] Diminutivo de Nikolai, em russo.

— *Aiden está no meio disso tudo. Sei que você tem suas reservas sobre ele...*

— Reservas... quão poético — brinquei, a amargura permeando cada palavra. — Mas por que o drama agora? Qual é a próxima cena do episódio?

— *As coisas estão se intensificando. E você está no olho do furacão, quer reconheça ou não.*

Olhei pela janela reconhecendo o bairro onde conheci Julia e a levei em casa. Pensar nela abrandou a temperatura do meu sangue.

— O que você quer, *Philip*? Ir para um karaokê com você e cantar *We Are Family?*

Houve um silêncio do outro lado da linha antes de ele responder:

— *Você pode continuar fazendo suas piadas, Nicolas, mas não é brincadeira.*

Inspirei fundo, tentando assimilar as informações.

— Dê-me um motivo, apenas um, para seguir essa sua trama absurda.

Sua voz tornou-se intensa, quase um sussurro.

— *Porque Aiden está mais próximo do que você imagina. Escolha como quer jogar, mas não subestime o tabuleiro.*

— Eu não tenho tempo para isso agora. Qualquer um que cruzar o meu caminho será esmagado, não me ligue novamente.

Desliguei no momento exato que Marcelo parou o carro em frente à porta amarela onde vi saindo a menininha vestida de borboleta.

— Chegamos, senhor. Vou vasculhar o perímetro.

Acenei levemente com a cabeça e me dirigi à casa. Alonguei o pescoço e os ombros, exalando todo o ar dos meus pulmões, limpando a minha cabeça de qualquer distração. Eu tinha um foco e apenas um, encontrar Julia Barboza e levá-la comigo para os Estados Unidos.

CAPÍTULO 16

Nicolas

Aproximei-me da porta amarela e antes que eu pudesse chamar algum morador, uma mulher de meia-idade, com cabelos pintados de loiro, apareceu gesticulando muito e falando várias coisas das quais não entendi uma palavra. Tentei fazer com que ela se acalmasse, mas foi em vão. Resolvi utilizar a linguagem universal de um "cala a boca" e esperei até que Marcelo viesse em socorro. Ele cumprimentou a mulher que me olhava horrorizada e os dois conversaram por um tempo.

— Ela quer saber se você é um deles e... — Marcelo hesitou e a mulher fez um gesto para ele continuar. — E que ela não tem medo de você. A menina já está longe e você nunca irá encontrá-la.

— Um deles... quem? — perguntei, olhando-a fixamente enquanto Marcelo traduzia.

Ela negou com a cabeça e tentou fechar a porta, mas coloquei o pé, para impedi-la.

Ela me encarou, hesitante.

— Se Julia está em perigo, eu sou a única chance que ela tem. Se souber de algo...

Marcelo traduzia e a mulher apenas negava com a cabeça, repetindo sem parar as mesmas palavras:

— Não, polícia, polícia...

Fechei os olhos e respirei fundo... duas vezes. A minha vontade era a de dar uma bicuda naquela porta e obrigar aquela mulher a me contar tudo o que sabia. No entanto, era um risco que eu não estava disposto a correr, um alvo com medo poderia dizer qualquer coisa apenas para se livrar.

Levantei as duas mãos como um gesto de rendição e abri um sorriso calmo, como se eu tivesse todo o tempo do mundo para estar ali. Sem deixar de encará-la, me apresentei enquanto Marcelo traduzia em tempo real.

— Meu nome é Nicolas Beaumont, e eu sou um amigo da Julia. Eu preciso saber se ela está bem, pois se...

— Nicolas? — ela perguntou, e Marcelo foi traduzindo. — E como você a conhece?

Ela estava testando para saber se eu era mesmo quem eu dizia ser. Fiz o possível para continuar aparentando calma e contei tudo, desde como nos conhecemos, o assalto, o jantar em Ouro Preto, nosso acordo.

— Oh, meu filho, foi Deus que te mandou aqui. Aquela menina é tão boa, eu sempre fui amiga da Joice, mas dessa vez ela foi longe demais.

— Joice? — Estreitei os olhos, confuso.

— É... vem comigo.

A mulher que se apresentou como Penha, agarrou-me pelo braço e me levou até a casa da frente, que tinha um portão tão desolador quanto o dela. A porta de entrada da casa estava aberta, revelando o caos interior. Ao pisar na sala de estar, percebi o estrago imediatamente: estantes derrubadas, almofadas rasgadas e objetos quebrados por toda parte. Era como se um tornado tivesse passado ali.

— *Bozhe moy* — murmurei em russo, enquanto avaliava a situação.

Marcelo, seguindo de perto, fez uma expressão severa, claramente alerta. Penha olhava ao redor horrorizada.

— Pobrezinha, o homem levou a carteira dela lá no centro da cidade, ela veio a pé até aqui. Quando veio se arrumar para ir atrás do dinheiro a casa estava assim, nunca vi aquela menina tão desesperada.

— Homem, que homem? Ela sabe o nome de algum deles?

Perguntei enquanto andava lentamente pela sala, tocando alguns objetos quebrados. Fotografias jogadas no chão revelavam momentos mais felizes de Julia com familiares e amigos. Algumas molduras foram quebradas, provavelmente na pressa da busca.

— Ela disse o nome... Sim, Romero, ele atraiu ela com um anúncio de salão para alugar, ele queria o dinheiro dele, ou uns diamantes... — Penha começou a explicar, com a voz trêmula.

Estreitei os olhos ao ouvir o nome de Romero. Tinha algo errado nessa história, eram coincidências demais.

— E por que Julia? Por que viriam atrás dela? — perguntei, tentando conectar os pontos.

Penha engoliu em seco, parecendo encontrar dificuldade em organizar os pensamentos. Ela olhou para Marcelo parecendo desesperada.

— Não sei, moço. Não sei de onde tiraram essa história sem pé nem cabeça. Olha pra essa casa, parece que alguém aqui tem diamante? Mas ele falou na cara dela, ele queria o diamante que tava na boneca ou cinco milhão. Daí ela endoidou, a sorte dela foi o leilão...

Ela diminuiu a voz no fim da frase, como se percebesse que falou demais, Marcelo acabou de traduzir e eu a sacudi segurando os seus braços.

— De que leilão a senhora está falando?

Ela apelou para Marcelo que disse:

— Ela não sabe, senhor.

Procurei os seus olhos que evitavam os meus.

— Ah, ela sabe. E ela vai me contar tudo, não vai, Penha.

A mulher engoliu em seco e se desvencilhou dos meus braços, pegando um cartão amassado no bolso.

Meu coração parou de bater, era do Libens, o bar onde eu a vi pela segunda vez. Sua voz melodiosa me veio imediatamente à mente.

"Esse lugar é um puteiro, sabia?"

Uma raiva sem precedentes me atingiu. *Como essa maluca faz uma coisa dessas?* Assim que eu a encontrasse eu a amarraria em uma cama e encheria a sua bunda de tapa. Por que ela não me ligou ao invés de sair correndo para a porra de um...

Lembrei-me das palavras de Aiden: *"Fui convidado a um leilão especial nessa noite."*

Virei as costas para a vizinha de Julia sem dar nenhuma explicação e me dirigi a Marcelo.

— Vamos até o Libens, agora.

— Sim, senhor Beaumont.

Quando eu já atravessava a porta, a mulher gritou:

— Esperem, esperem!

Nervoso, virei-me para trás.

— Diga que seja rápida, Marcelo.

Eu tinha certeza de que Aiden estaria nesse lugar e se eu tivesse entendido a história que a Penha contou, ele estava envolvido no roubo desses diamantes de alguma forma. Mas por qual motivo Aiden roubaria diamantes no mercado negro, e como Julia acabou envolvida nisso, eu ainda não conseguia entender.

— Vocês vão ajudar a menina também?

Olhei para Marcelo e depois para a mulher.

— Menina? Eu não...

— Sim. — Ela segurou os meus braços, me sacudindo. — Julia está desesperada por isso, o homem ameaçou diretamente a Vava. Ela mentiu, disse que a Valentina estava com a madrinha no Rio, mas ela tá com a avó.

Assim que a fala dela era traduzida a situação ficou estarrecedoramente clara. A porra da boneca. Tentando não perder a calma, perguntei:

— Que horas esse homem interpelou a Julia?

— Ah, era de tarde, antes das quatro.

Respirei fundo.

— E onde essa criança realmente está?

— Pertinho daqui, em Santa Bárbara, não dá duas horas de carro.

— *Blyad!*[11] — descarreguei, pensando na situação.

---

[11] A palavra "blyad" (блядь) é uma exclamação de frustração ou surpresa em russo e é frequentemente usada da mesma forma que um falante de inglês poderia usar "damn" ou um falante de português poderia usar "droga" ou até mesmo "poxa".

Qualquer profissional já teria encontrado essa criança ou estaria em vias de. Enquanto eu pegava o endereço com a mulher, mandei Marcelo descobrir para que porra de leilão Aiden estava indo.

Algo me dizia que tudo estava conectado.

Saí da casa de Julia apressado, querendo ser dois, três ao mesmo tempo, mas assim que Marcelo me encarou com cara de más notícias eu sabia que tinha uma escolha para fazer.

— Senhor, o senhor Roux acabou de entrar no Libens, há um evento exclusivo essa noite que é um... leilão de mulheres se é que o senhor me entende. O convite custa 1 milhão de dólares, mas não pode ser comprado por qualquer um.

Meu corpo todo queimava com o cenário que se desdobrava pela frente.

— Ok, e quem compra essas mulheres... é por uma noite ou...

— Não, senhor, elas são obrigadas a cumprir um contrato de um ano. O leilão vai começar daqui a exatamente... — O segurança subiu a manga do terno. — Sete minutos, senhor.

Sim, eu tinha uma decisão a tomar e ela precisava ser rápida. Fitando-me incisivamente, Marcelo completou:

— Então, senhor Beaumont? Para onde vamos? Salvar a menina ou a mulher?

CAPÍTULO 17

Julia

A luz fraca do camarim me permitia ver a maquiagem em detalhes. A máscara de rímel e o batom vermelho não eram parte do meu cotidiano. Eu nunca pensei que um dia estaria me preparando para algo assim, mas cada traço de delineador parecia marcar mais um passo para longe da vida que eu conhecia.

Meu reflexo revelou um vestido dourado que parecia ter sido feito por alguém obcecado por glitter. Justo a ponto de ser indecente, com um decote que gritava "olhe para mim" e uma fenda que, confesso, me fez questionar se ainda estava usando calcinha. Os saltos? Bem, eles me davam altura o suficiente para alcançar o alto de um armário, mas eram tão altos que quase me transformaram em uma girafa de festa. A combinação, embora exuberante e caríssima, gritava "sou um sinal luminoso em uma noite escura".

Ao ajustar o vestido, quase desejei que o estilista responsável estivesse ali, só para que eu pudesse perguntar se ele já tinha ouvido falar em sutileza, era tão vulgar... Eu me sentia uma versão distorcida de mim mesma, uma marionete pronta para ser exibida.

Adriano Gutiérrez, aproximou-se com um contrato nas mãos. Fitei-o através do espelho e um calafrio varreu a minha espinha. Seu olhar era lascivo, e eu desejei sair correndo dali com todas as minhas forças. No entanto, não corri, endireitei o meu ombro e sorri, dona da situação.

— Julia, este é o contrato. Tudo está conforme discutimos. — Ele colocou o documento à minha frente e estendeu uma caneta. — Estou confiando em você a respeito da sua virgindade, não sou um ogro que vai te fazer abrir as pernas aqui, mas se for mentira, fale de uma vez, não me queira como seu inimigo.

Sustentei o seu olhar e não pestanejei.

— Não é mentira, me dê isso aqui — afirmei, tentando manter minha voz firme enquanto assinava o papel. Era um sacrifício, mas era a única forma de garantir que a minha irmã ficasse a salvo.

Tudo por você, Vavá.

— Ótimo. — Ele assentiu com os olhos brilhando e acariciou os meus cabelos. — Vai dar tudo certo, gostosa. Andei fazendo uma "boca de urna" e tem um dono de cassino que está enlouquecido por você, diz que paga o que for.

Minhas entranhas deram um nó e eu consegui esboçar um meio sorriso amarelo. Então era isso, iria acontecer. Pensei enquanto me levantava. Queria sair de perto do Sr. Adriano, estava muito desconfortável o jeito que ele me olhava.

Saindo do camarim, ouvi risadas e conversas abafadas. Várias meninas, tão produzidas quanto eu, estavam animadas, compartilhando histórias sobre os lugares exóticos para onde seriam levadas após o leilão. Algumas pareciam candidatas a um concurso de beleza, girando e mostrando seus vestidos umas às outras. E, para minha surpresa, muitas estavam genuinamente empolgadas com a perspectiva de um casamento lucrativo.

— Você está linda, Julia! — disse Mariana, uma morena com cabelos cacheados, trajando um vestido azul que parecia uma cascata de lantejoulas. — Aposto que muitos lances altos virão para você!

Tentei ser simpática, mas meu coração saltava pela boca, minha mente imaginando sem parar aquele homem horrível chegando perto da minha irmã. Acabei soando mais ríspida do que pretendia:

— Ah, sim. O sonho de toda menina, ser vendida ao maior lance.

Ela deu de ombros.

— Poderia ser pior, sabe? Eu ouvi dizer que o Sr. Becker está aqui esta noite. Ele tem uma casa nas Maldivas.

Revirei os olhos.

— Que ótimo, talvez eu consiga uma marquinha de biquíni internacional.

Lara, uma morena de olhos verdes, saltitava animada. Ela falava sem parar sobre como esperava se mudar para a França com o homem que a "comprasse". Ao lado dela, Bia, uma loira de sorriso fácil, parecia igualmente emocionada. Ela sempre quis viver uma grande aventura e achava que essa seria sua chance.

Aparentemente eu era a única que não tinha a mesma alegria. Não queria me casar com um estranho, não queria me entregar a um estranho que eu não amava, e para piorar tudo, Nicolas não saía da minha cabeça.

— Julia, você está bem? — Lara perguntou, me tirando dos meus devaneios.

— Sim, só... pensativa — respondi, forçando um sorriso.

— Você tem que encarar isso como uma oportunidade! Quem sabe você não encontra alguém incrível? — Ela tentava ser otimista.

Mas eu sabia que isso era pouco provável. A maior parte dos homens que estariam no leilão não estavam interessados em amor, mas em exibir um troféu.

— Lara, você tem um celular... eu...

De repente, uma porta se abriu, revelando Adriano Gutierrez. Sua postura rígida e olhar afiado contrastavam com o clima festivo do ambiente.

— Senhoritas, está na hora, chegou o grande momento — anunciou ele, com um tom que prometia grandes aventuras.

As meninas soltaram gritinhos e o meu pedido para Lara se perdeu na confusão. Conforme as meninas se alinhavam, um sentimento de surrealidade me atingiu.

Aqui estava eu, prestes a ser leiloada, enquanto tentava encontrar humor na situação para não enlouquecer. Mas, por trás da máscara de resignação, uma preocupação real pulsava: minha irmã. E eu só podia esperar que, onde quer que ela estivesse, estivesse segura.

No salão principal, o ar estava carregado de expectativa. Lustres de cristal pendiam do teto, refletindo e refratando a luz em padrões cintilantes. Mesas redondas, cobertas por toalhas brancas e repletas de taças de champanhe, estavam espalhadas pelo recinto. E os assentos eram ocupados por uma mistura de homens de negócios, magnatas e, possivelmente, alguns playboys com dinheiro de herança.

Havia um senhor de cabelos prateados e pele bem cuidada. Usava um terno sob medida e um lenço vermelho-vivo no bolso. Ao lado dele, mulheres mais jovens riam de suas piadas, encantadas com sua riqueza ou talvez apenas com o poder que exalava. Em outra mesa, um grupo de homens mais jovens discutiam animadamente, cada um tentando superar o outro.

De repente um par de olhos conhecidos chamou a minha atenção e eu prendi o ar, surpresa. Aiden Roux, o homem que brigou com Nicolas no jantar da *EcoMiner* estava ali. Seu terno preto e a camisa branca contrastavam com a pele levemente bronzeada. O queixo levantado, olhos escuros e expressão serena, parecia um rei entre plebeus. Ele me encarava, com aquele olhar fixo e quase predatório. Um calafrio percorreu minha espinha. *Por que ele estava ali?* Era uma coincidência realmente estranha.

A música começou, uma melodia suave que parecia estranhamente fora do lugar, dadas as circunstâncias. O leiloeiro tomou seu lugar no pódio, dando início ao espetáculo.

— Senhores e cavalheiros, a noite que todos estavam esperando! Hoje, temos as mulheres mais encantadoras e desejáveis prontas para serem unidas a homens dignos de sua beleza — anunciou com entusiasmo teatral.

Fomos apresentadas em sequência, sob os holofotes e aplausos. A cada nome anunciado, uma de nós caminhava ao centro, girava e sorria, enquanto os lances eram feitos, alguns valores mencionados eram astronômicos.

A cada vez que uma menina era "adquirida", o salão vibrava em aplausos e risos, como se estivessem em uma festa.

No entanto, Aiden permanecia imóvel. Seus olhos me seguindo a cada movimento que eu fazia. Ele não parecia interessado em dar lances, apenas em me observar. Seu desinteresse nas outras meninas era evidente.

E quando finalmente foi a minha vez, o silêncio tomou conta do salão. Em meu íntimo, eu só podia esperar por um milagre, mas esse era o milagre. Engoli as lágrimas e pensei em minha irmã, agradecendo a Deus por existir esse leilão e ainda ter a chance de salvá-la, apesar do que a minha mãe fez.

— E agora, senhores, apresento a vocês a joia da noite! A deslumbrante e intocada Julia! — O leiloeiro fez um gesto dramático em minha direção, e as luzes brilharam sobre mim, fazendo o vestido dourado cintilar ainda mais. Era como se milhares de estrelas estivessem presas ao tecido. Respirei fundo, erguendo meu queixo e tentando parecer confiante. — Começamos com 300 mil dólares! Quem dá mais?

Imediatamente, um homem no fundo levantou uma placa de 350 mil.

— Começamos bem, 350 mil para o distinto cavalheiro de terno azul. Quem dá mais, senhores? Exclusividade custa caro.

— Eu dou 400 mil! — Veio outra voz.

E assim, como um tênis de mesa, os valores iam aumentando, com homens diferentes tentando superar uns aos outros. O ar estava tenso, os lances vinham de todos os cantos do salão, os números crescendo em um ritmo vertiginoso.

— Dou 700 mil! — anunciou um magnata vestido com roupas árabes.

— Setecentos mil para o finíssimo cavalheiro — o leiloeiro anunciou em sua voz metálica. Houve uma breve pausa e então ele voltou a falar: — Setecentos mil, quem dá mais? Dou-lhe uma... Julia, 21 anos, uma verdadeira dama... completamente virgem. dou-lhe duas...

Meu corpo todo tremia, meu coração batia por todo lugar. O homem que dera o lance me olhava feroz fazendo-me estremecer ainda mais.

E foi então que Aiden, sem mover um músculo além de seu braço, levantou lentamente sua placa.

— Cinco milhões de dólares.

Um burburinho percorreu o salão. Muitos olharam para Aiden com surpresa, outros com respeito. A cifra era inacreditável, e parecia que ele tinha vencido.

Quão estranho seria isso? Me casar com o inimigo do único homem que gostei em toda minha vida?

— Dou-lhe uma... — começou o leiloeiro.

A força que eu estive demonstrando durante todo o dia começava a desmoronar. Uma lágrima desceu pelo meu rosto e não fiz questão de limpá-la. Ninguém daria um lance maior que esse, meu destino estava selado.

— Dou-lhe duas...

Sem aviso, antes que pudesse terminar, a porta se abriu com um estrondo. Todos os olhares se voltaram para a entrada — interrompendo a crescente onda de exclamações — e os meus também seguiram automaticamente.

Pisquei algumas vezes, tentando enxergar no escuro, pois a iluminação estava toda nos meus olhos e, como se um feixe de luz tivesse cortado a escuridão, lá estava ele.

Nicolas.

Eu não sabia se era real ou a minha imaginação, mesmo assim, todo o medo, tensão e ansiedade que eu sentia foram sugados para fora de mim, substituídos por uma sensação avassaladora de esperança.

Minhas pernas cederam levemente quando ele fixou aqueles olhos verdes perfeitos nos meus.

Sim, ele era real.

Eu não sabia como, mas era. Mesmo de longe, pude sentir sua intensidade, sua determinação, como uma força palpável no ar. Meu coração, que antes batia freneticamente, agora parecia dançar no peito, respondendo ao ritmo da presença dele.

Sem pedir licença, um sorriso dominou o meu rosto, junto com lágrimas de puro alívio. Lembrei-me dos momentos que compartilhamos, de como ele fazia eu me sentir especial e principalmente segura.

Por um instante, eu quis correr até ele, me jogar em seus braços e esquecer tudo isso, deixar que ele me protegesse da loucura que se tornou minha vida.

O ambiente ao meu redor desapareceu. As vozes, os lances, o brilho das luzes, tudo se tornou um borrão, e só restou ele. Era como se o universo estivesse nos concedendo um breve momento, onde tudo parava e apenas nós dois existíamos.

A realidade me atingiu de volta quando o leiloeiro começou a falar novamente.

— Dou-lhe tr...

— Dez milhões. — A voz imponente de quem sabia que era o dono do mundo ressoou pelo salão, carregada de autoridade.

Aiden virou lentamente a cabeça, seus olhos se encontrando com os de Nicolas.

— Quinze milhões! — Aiden rebateu.

— Vinte! — contra-atacou Nicolas.

Os lances se transformaram em um duelo feroz entre os dois homens. Minha boca estava completamente seca e eu me mantinha em pé pela pura misericórdia divina, minhas pernas haviam virado geleia. Os valores aumentavam rapidamente, em uma escalada frenética. E então, quando Aiden deu o lance de 30 milhões, todos pensaram que tinha acabado.

As lágrimas, antes de alívio, voltaram a escorrer, agora de puro pavor. Eu não queria ser de mais ninguém que não fosse dele. Nunca.

No entanto, como por milagre, Nicolas pareceu saber disso, pois com um olhar desafiador, anunciou:

— Cem milhões de dólares!

O salão caiu em um silêncio ensurdecedor. Muitos olhavam de um homem para o outro, esperando ver quem piscava primeiro. Aiden, embora visivelmente irritado, manteve sua postura elegante.

O leiloeiro, depois de recuperar o fôlego, repetiu:

— Cem milhões de dólares por Julia Barboza. Alguém dá mais? — Ele pausou, olhando para Aiden e depois para o restante do salão. — Em um leilão sem precedentes, vendida por 100 milhões de dólares, para o cavalheiro misterioso.

E então, ele bateu o martelo.

A sala explodiu em murmúrios e conversas.

Eu estava em choque, tentando processar o que acabara de acontecer. *Nicolas Beaumont havia realmente dado um lance de 100 milhões de dólares por mim? Por quê?*

CAPÍTULO 18

Nicolas

Uma cortina tomou conta do palco de repente e as luzes se apagaram, tirando Julia do meu campo de visão. Como um touro atrás da capa vermelha fui obstinado atrás do que agora era meu. Eu não a deixaria mais solta por aí até saber que essa palhaçada havia acabado.

Com passos largos e firmes, andei entre as pessoas que murmuravam e apontavam para mim, sem me importar com nenhuma delas. O leiloeiro sorriu ao me ver, como se estivesse me procurando e no momento em que acenou para mim, desapareceu, sendo substituído pelo rosto grisalho de Aiden.

— Parabéns. Ninguém diria que o garoto perdido e franzino daquele orfanato um dia teria 100 milhões de dólares para jogar fora em boceta.

Meu corpo entrou em ebulição. Um ódio fervente e pujante fazia com que todos os meus músculos tremessem. Um fluxo de memórias desconexas de uma vida de sofrimento que poderia ter sido evitado e não foi, varreu a minha mente. Aquele homem me odiava há anos e, ali, a ponto de cometer uma atrocidade, eu decidi que isso tinha que acabar.

Eu gostava da guerra, gostava de brincar com a presa, gostava de vê-lo se matando para me atingir e falhando miseravelmente, mas agora havia *ela*. Meu sangue ferveu uma temperatura acima. Julia não tinha esse direito. Ela não podia entrar dessa forma e desestabilizar tudo.

Só me restava uma coisa a fazer, destruir Aiden e tirá-la do meu sistema. Com uma estranha calma que antecedia o caos, acenei para o leiloeiro e sorri para Aiden.

— Obrigado, Aiden. Sua irmã ficaria orgulhosa. — Ele arregalou os olhos, tossindo muito e, enquanto eu dava as costas e voltava a minha caminhada em direção à Julia, completei: — E fique longe do que é meu. Você sabe que eu não costumo poupar nem a família quando o assunto é justiça.

Não fiquei para ouvir a resposta. Fui em direção a um estreito corredor onde o leiloeiro me levava falando sem parar que nunca vira algo assim em todos esses anos trabalhando com isso.

Não respondi nada, estava impaciente, inquieto. O homem parou diante de uma porta e, assim que entrei, fui sugado por um olhar enorme cheio de sentimento. Ela usava um vestido dourado cheio de brilhos que não deixava nada para a imaginação e a reação do meu corpo foi violenta, deixando-me ainda mais puto do que já estava.

Cerrei os punhos ao lado do corpo e respirei fundo, desviando os meus olhos da direção dela. Ela me distraía, me deixava no limite. Eu só queria resolver aquela merda e ir embora desse país e nunca mais voltar.

No entanto, sem o menor aviso, ela correu em minha direção e colidiu com o corpo no meu. Dei um passo para trás, pelo impacto do seu abraço e parei com as mãos no ar, sem saber onde colocá-las. Minhas veias pulsavam, meus músculos tremiam, meu pau latejava... por um segundo eu apenas fiquei ali, com a respiração pesada, entre a felicidade e a fúria. Eu estava mergulhado no caos, e isso não era bom. Definitivamente não era bom.

— Nicolas, eu ainda não acredito que é mesmo você... como... por quê?

Um grunhido involuntário escapou da minha garganta e eu a encarei, duro, implacável. Eu deveria puni-la por ser tão louca. Afastei os seus braços da minha cintura sem desviar o meu olhar nem um milímetro.

— Você está bem? Alguém te machucou?

Ela me lançou um olhar inquisitivo, e Gutierrez, homem que eu negociei agora há pouco, limpou a garganta.

— É claro que ela está bem, Sr. Beaumont, o Libens...

— Eu não estava falando com você — rosnei, ainda sem deixar de olhar para Julia. Mesmo se eu quisesse, não seria possível. Segurei o seu rosto e inspecionei o seu pescoço, seu colo, seus braços. — Você não me respondeu, Julia.

— Não, eu... quer dizer, sim eu estou bem, ninguém encostou em mim.

— Ótimo, então vamos — afirmei, segurando sua mão.

— Ahn, senhor Beaumont... a questão do casamento... — o homem me interrompeu, entrando na minha frente.

— Mande os papéis pelos meus advogados, eu assino depois.

Adriano Gutierrez empalideceu.

— Não será possível, senhor. O casamento requer o consentimento dos dois.

Soltei o ar pelo nariz, e olhei na direção de Julia.

— Julia, você aceita ser minha mulher até que a morte nos separe?

— O quê? — Ela piscou, passando os olhos de mim para Adriano, meio perdida. Ele, por sua vez, deu um leve aceno como se dissesse para ela aceitar e isso tirou o resquício de calma que eu ainda tinha. Ela fixou intensamente o seu olhar no meu e engoliu em seco. — Sim, eu aceito.

— Maravilha, eu também aceito. — Apontei o dedo para Gutierrez. — E você meu camarada, é a testemunha. Agora vamos, Julia.

— Mas, Nicolas, espere. Preciso pegar as minhas coisas, e eu não...

Segurei a sua mão com firmeza, fazendo um esforço sobre-humano para controlar a minha raiva.

— Você é a minha mulher agora, tampinha. Meus seguranças vão cuidar de tudo, agora anda, vamos para casa.

— Ok, ok, calma, vamos. — Virei-me em direção à saída, mas ela me chamou de novo. — Peraí, deixa eu me despedir. Bom, Sr. Adriano, muito obrigada por me aceitar de última hora, apesar desse seu jeito, você salvou minha vida...

— O prazer foi todo meu, *senhora Beaumont.*

O meu celular tocou e eu fui atendê-lo em particular, muito consciente das mãos daquele babão idiota em Julia. Ainda tinha essa merda agora, eu nunca fui um homem ciumento antes, nem com Ekaterina, mas essa tampinha me tirava do eixo de todas as formas.

Maldito Aiden! Com ele no encalço de Julia eu podia dar adeus a ideia de me livrar dela tão cedo e ainda não seria cedo o suficiente. Eu não estava gostando nem um pouco de como ela me fazia sentir.

— *Senhor, o senhor está me ouvindo?* — Marcelo chamou a minha atenção do outro lado da linha.

— Sim, eu ouvi. Elas estão bem?

— *Estão, senhor. Eu deixei um pequeno exército para fazer a segurança da senhora Rose e a menina está comigo, estamos quase chegando no aeroporto. E o senhor estava certo, quando chegamos havia um homem a ponto de invadir a casa. Se chegássemos segundos depois talvez fosse tarde demais.*

Esperei que ela se despedisse, controlando a minha vontade de arrastá-la pelos cabelos e fechar aquele maldito lugar. Caminhei até a saída sem olhar para trás, ouvindo o que o Marcelo dizia.

Já estávamos do lado de fora quando voltei a minha atenção para Julia, que observava os seguranças com espanto evidente. Minha raiva voltou a crescer; toda vez que eu pensava nela enfrentando essa situação sozinha ficava puto de novo e, dessa vez, comigo mesmo.

— Ele está com você, Marcelo? — Continuei a conversa, fazendo o máximo para me acalmar.

— *Como o senhor mandou.*

— Ótimo, pode levar esse filho da puta para o compartimento de cargas, terei uma conversa séria com ele.

Sempre achei o silêncio reconfortante, eu precisava dele para me acalmar e reorganizar o caos que as coisas se tornaram. Entretanto, durante todo o caminho até o aeroporto, Julia não me deu um segundo de paz. Agora que eu resolvi me livrar de Aiden de vez eu tinha muito o que resolver e enfiei a cara no celular.

Eu sabia que ela precisava de respostas, mas não podia conversar com ela naquele estado, precisava me acalmar antes, e perto dela isso não seria possível.

— Nicolas... — chamou mais uma vez.

Evitei olhar em sua direção, suas pernas grossas e nuas cruzadas uma sobre a outra era tudo o que não precisava focar naquele momento. Foquei minha atenção na paisagem lá fora. O céu já apresentava alguns traços alaranjados no horizonte e ao ar livre o calor era opressivo. Já devia ser quase de manhã.

— Nicolas... — insistiu Julia.

Abri a boca para respondê-la, mas o carro parou e o segurança abriu as portas. Ainda no interior do veículo, finalmente a respondi com uma voz que transparecia uma calma que eu estava longe de sentir.

— Olha, nós já chegamos, está tudo bem agora. Eu preciso resolver algumas coisas, mas você pode descansar, vamos decolar em breve.

Saí do carro sem esperar pela resposta. Estava ansioso para pôr as mãos no homem que queria entrar na casa da avó de Julia, descarregaria minha raiva toda nele. Mas Julia tinha um plano de me deixar à beira de um precipício, e falou atrás de mim

— Como assim decolar em breve? Eu não posso sair do Brasil, Nicolas. Tenho que voltar a Santa Bárbara hoje ainda e...

Senti o meu terno sendo puxado.

— Você ouviu o que eu disse? — insistiu.

Girei o corpo e a encarei.

— Entenda uma coisa, *Kroshka,* você é minha agora e não vai sair da minha vista até que eu diga o contrário ou esse contrato de um ano do leilão acabar. Essa sua mania de ser louca, acaba aqui e agora.

Julia soltou uma risadinha, como se achasse que eu estava brincando e eu endureci a minha expressão. Ela suspirou.

— A gente precisa conversar, Nicolas. Por que você não pode conversar comigo?

Eu não queria ficar perto dela, tinha algo errado quando ela se aproximava. A qualquer momento eu pularia daquele precipício, e eu não queria isso. Eu não me sentia assim desde que morava naquele orfanato... e eu prometi que isso nunca mais aconteceria. Exalei, impaciente olhando ao meu redor. Um dos homens acenou em direção ao meu avião, confirmando que Marcelo havia chegado com a menina.

— Porque tem alguém te esperando lá dentro e eu preciso resolver essa... situação que você se meteu.

Ignorei seu olhar inquisitivo e voltei a andar. Subi as escadas do avião ouvindo a sua respiração forte atrás de mim, ela não ia desistir, mas uma voz deliciosa de criança invadiu os nossos ouvidos e o embate silencioso foi suspenso. Eu não fazia ideia do que a menina dizia, ela estava engajada em uma conversa com o segurança que parecia se divertir muito com a situação.

Dei um passo à frente e a vi. Era uma coisinha minúscula, com os cabelos encaracolados, castanhos e compridos enfeitados com inúmeras presilhas coloridas. A semelhança com Julia era inegável, tinham a mesma cor de pele dourada e olhos castanhos imensos e expressivos. Ela usava a mesma roupa com a asa de borboleta que vi no dia em que levei Julia em casa.

Parecendo se dar conta da minha presença ela bateu olhinhos nos meus e levei instintivamente a mão até o peito. A minha gravata parecia me enforcar, e fazia um calor insuportável dentro daquele avião. A menininha me olhou e arregalou os olhos, soltando uma risadinha em seguida e tampando os olhos com as duas mãozinhas.

Julia passou por mim como um raio.

— Valentina?!

— Oh, Zuia! — ela disse, tirando as mãos do rosto e rindo tranquilamente, como se tudo no mundo estivesse em seu devido lugar.

Ainda não estava, mas eu faria com que ficasse.

Julia ergueu a menina no colo, beijando todo o seu rosto, cabelos, pescoço, bracinhos e mãozinhas como se ela pudesse sumir a qualquer minuto. Precisei tirar a gravata, não era possível respirar ali dentro.

Elas olharam juntas para mim e então, com lágrimas no rosto, Julia disse algo para a menina que sorriu para mim escondendo a cabeça no pescoço da irmã.

— Fiquem à vontade — minha voz saiu rouca, apertada, limpei a garganta —, os comissários de bordo estão à sua disposição. Podemos providenciar tudo o que você precisar.

Girei nos calcanhares, mas ela obviamente me chamou:

— Nicolas...

A menina soltou uma risadinha e repetiu a irmã.

— Nicolas... só inglês, Zuia?

Julia riu e encostou a testa na da irmã, respondendo em inglês.

— Sim, do jeito que eu te ensinei, pra onde vamos eles só falam em inglês, lembra que eu te falei?

— Uhum. — Ela desceu do colo da irmã e foi até onde eu estava, sua cabeça não batia nem no meu joelho direito. Puxou a perna da minha calça e franziu a testa, como se fizesse um esforço para se lembrar de como formar as palavras. — Eu nunca viajei de avião, mas eu não tô com medo, por que você tá?

Semicerrei os olhos e respondi:

— Eu não tenho medo de andar de avião.

Ela pôs a mão na cintura como se me desafiasse a mentir, era uma Julia ainda menor.

— Mas tá com medo de alguma coisa. — Sem aviso ela pegou em minha mão. — Tá tremendo sua mão.

— Valentina! — Julia chamou a sua atenção.

— Ah, isso — respondi para a menina, mas olhando nos olhos de Julia. — Não é de medo que estou tremendo, na verdade, eu não tenho medo de nada.

Ela arregalou os olhos.

— Nem do escuro?!

— Nem do escuro.

— Uau! — Ela olhou para mim como se eu fosse uma espécie de super-herói. — Um dia você me ensina? Eu morro de medo de pesadelo, e do Bob Zoom.

Todo mundo que estava por ali riu, inclusive os comissários e os seguranças. Ainda sério, eu agachei e a encarei.

— Eu não sei quem é esse Bob Zoom, mas vem aqui. — Ela se aproximou como se me conhecesse há anos, sem nenhum senso de preservação contra perigo, devia ser de família. — Não conta para ninguém... eu também não gosto de pesadelos, esses são difíceis de não ter medo, mas eu sei de umas técnicas, ok?

— Umas o quê?

Suspirei pensando como explicar em outra língua o que eram técnicas para uma menina tão pequena, quando Julia a tirou da minha frente.

— Desculpa, Nicolas. Se deixar ela vai falar por horas e horas na sua cabeça. Vou ver se ela já tomou café da manhã.

Limpei a garganta.

— Ótimo, faça isso. Como eu disse, preciso resolver uma coisa antes de irmos, sinta-se em casa, Julia.

Ela assentiu e eu me levantei, saindo a passos largos dali com Marcelo ao meu lado. Estalei o meu pescoço, ansioso enquanto descia até o compartimento de cargas do avião. Pelo menos aquela parte do problema eu poderia enfrentar como eu gostaria, não via a hora de poder descarregar tudo o que eu sentia de forma apropriada na cara de alguém.

CAPÍTULO 19

Julia

— Eu tô com a barriga muito cheia, não aguento mais — Valentina disse e houve uma risada geral vinda de todas as partes do avião.

— Meu amor, não é assim que a gente fala. Como que eu te ensinei?

— Ah é, esqueci. Muito obrigada, eu tô satisfeita, Zuia.

— Muito melhor assim, uma mocinha bonita tem que ser educada também.

Assim que eu acabei de falar ela arrotou.

— Ops, desculpa.

Não teve como, até eu ri.

— Tudo bem, meu amor, acontece. É só colocar a mão na frente da boca.

Ela assentiu e se espreguiçou.

— Eu tô com sono, você dorme comigo, Zuia? Esqueci totoia lá na casa da vovó. Isabella tá aí com você?

Totoia era a sua inseparável borboletinha da hora de dormir.

Lembrei-me daquele homem sinistro rasgando a boneca e estremeci com o coração doendo por Valentina.

— Não acredito que esqueci a Isa na nossa casa! Quando a gente chegar em Nova York eu compro a boneca que você escolher, tá bom?

Ela sorriu cansada, tirando os cachinhos do rosto.

— Mesmo sem ser meu aniversário?

— Sim, você merece por ser essa fofurinha valente. Vem aqui.

Peguei-a no colo e fui para o fim do corredor onde várias poltronas muito convidativas faziam uma espécie de sala de estar. Sentei-me e Valentina se enroscou em mim, segurando uma mecha do meu cabelo. Ela amava dormir assim. Com a voz grogue de sono, perguntou:

— A mamãe vai encontrar com a gente no lugar que só fala inglês?

Meus olhos encheram-se de lágrimas e eu precisei firmar a voz para responder:

— Talvez, amorzinho, vamos ver.

— Tá bom, eu tô com saudade dela.

Apertei-a contra o meu peito e limpei o rosto com as costas da mão. Minha cabeça estava doendo, tinha tentado comer um pouco, mas não consegui. Meu estômago dava voltas de preocupação e culpa. Eu devia ter tentado salvar a minha mãe, não estava certo abandoná-la assim.

Fechei os olhos, tentando esquecer esse dia de merda nem que fosse por um minuto e quando os abri de novo, Nicolas pegava Valentina do meu colo. Pisquei algumas vezes, sem entender o que estava acontecendo, algo parecia vibrar dentro de mim e só depois de alguns segundos percebi que era o avião que já voava.

Com a minha irmã em seu colo, Nicolas me colocou de pé segurando-me pelo cotovelo.

— Vem comigo, Julia, vamos colocar a sua irmã na cama.

Franzi a testa, ainda meio grogue e com o braço dormente.

— Cama?

— Sim, as suas coisas estão na minha suíte, mas vocês dormiam tão bem que não quis acordá-las. De qualquer forma, lá é mais confortável.

Bem ciente da mão dele na minha, atravessei o corredor acarpetado e soltei um *uau* sem querer quando Nicolas abriu uma porta de correr. A visão diante de mim era de tirar o fôlego. O quarto tinha uma aura de elegância pura, dominado por um tom suave de champanhe que refletia as luzes douradas pontilhadas pelo teto. A cama, imensa e revestida com lençóis de seda que pareciam brilhar, estava perfeitamente centralizada, com travesseiros fofos e uma manta, elegantemente disposta.

Nicolas, com uma delicadeza surpreendente, começou a acomodar a Vavá na cama, retirando seus sapatos e cobrindo-a com a manta. Seu gesto foi tão suave e atencioso que quase esqueci o deslumbramento inicial com o quarto.

Ele se levantou fitando-me intensamente e eu esqueci como fazia para respirar.

— O que isso significa? — perguntei.

Inquisitivo ele ergueu uma sobrancelha e continuei com a voz baixa com medo de acordar a Valentina, ela merecia descansar:

— Nós dois, o leilão… esse jeito que você está me olhando.

Ele se aproximou de mim, mantendo-me cativa em seu olhar.

— Significa, *Kroshka,* que você é minha posse. Agora descanse, eu preciso fazer algumas ligações.

Meu estômago se liquefez ao ouvir sua voz dominadora me reivindicar. Não tive forças nem para retrucar. Ia perguntar, de novo, o que isso realmente significava, quando vi suas mãos.

— Jesus Cristo, Nicolas! O que é isso? — Os nós dos dedos estavam em um estado deplorável, inchados, sangrando e, no dedo anelar esquerdo, havia um corte profundo que sangrava bastante. — Enfiou a mão em um triturador? Você não sente dor não, é?

— Isso não é nada, tampinha — disse, erguendo o habitual muro do sarcasmo. Seus olhos até mudavam de cor, ficavam de um verde quase transparente. — Você devia ver o outro cara.

Estremeci pensando que ele realmente tinha se machucado batendo na cara de alguém. Não era a primeira vez que eu via uma mão nesse estado. E enquanto eu pensava no que dizer, ele simplesmente puxou o braço de volta e deixou o quarto.

Balancei a cabeça procurando as coisas da Vavá, se eu conhecia bem a minha avó, havia uma pequena farmacinha na bolsa. E foi dito e feito, achei o que queria e fui procurar por Nicolas.

Havia uma outra porta igual à do quarto. Era uma espécie de escritório, tão luxuoso quanto o cômodo anterior. O cheiro dele estava por toda parte, então entrei. Encontrei-o em um banheiro lavando as mãos e precisei de um tempo para me recuperar do baque que levei com a cena.

Ele tinha tirado a camisa e os sapatos, restando apenas uma calça preta. Seus cabelos caíam sobre a testa que ele mantinha séria e concentrada no que fazia. Desci os olhos, maravilhada pelos músculos do seu braço, que contraíam com o movimento de lavar as mãos. Suas costas exibiam músculos que eu nem sabia que existiam.

Tinha tatuagens também, muitas. Sem o terno sob medida ele pareceu ainda mais feroz, mais selvagem. Não pude fazer mais nada que não fosse admirar.

Notei que além das tatuagens, algumas cicatrizes marcavam a sua pele olivada, deixando-a menos perfeita e mais máscula. Quis saber a história de cada uma delas, quis que ele fosse meu, como ele dizia que eu era dele. Apesar de que desconfiava sobre o significado dessa tal posse. Eu queria algo real, um pertencimento de sentimentos e ele provavelmente só estava sendo literal.

Eram 100 milhões de dólares, um número além da minha compreensão. E por quê? Para me ajudar? Por causa de sua empresa? Ou apenas por que ele podia? Ele disse aquele dia em seu hotel, se ele pudesse ter tudo eu seria dele e agora eu era.

Os meus sentimentos provavelmente não importavam para o dono de todos os diamantes.

— Ni-Nicolas. — Tentei firmar minha voz, mas eu inteira tremia. — Deixe-me ajudar você.

Pensei que fosse dizer que não precisava da ajuda de ninguém, mas apenas me encarou e virou de lado para eu poder entrar no banheiro. Na sua costela havia uma frase em inglês e logo acima, no peito, no lado esquerdo, uma borboleta azul destoava de todas as outras tatuagens, era quase delicada.

Foi sutil, mas o vi prender o ar enquanto eu observava. Como Nicolas parecia um felino selvagem, não quis fazer movimentos bruscos. Parei de olhar para a borboleta e foquei a atenção na frase da costela.

— Esses prazeres violentos, têm fins violentos — li em voz alta, passando os dedos sobre a tinta. Essa frase não me era estranha e certamente combinava com ele.

— E morrem em seu triunfo, como o fogo e a pólvora, que, ao se beijarem, se consomem — Nicolas continuou, olhando-me fixamente e eu definitivamente morri por alguns segundos.

— Nunca pensei que você fosse um romântico, Nicolas — comentei, pegando em sua mão com o dedo cortado, tentando disfarçar o meu nervosismo.

— Exatamente por não ser um romântico eu gosto dessa frase — ele enfatizou com o olhar intenso cravado em meu rosto. — Mesmo avisado de que paixões violentas encontram um fim destrutivo, Romeu pulou de cabeça no fogo e se queimou até não sobrar nada.

Ah, sabia que conhecia a frase, eu amava Romeu e Julieta.

— Mas existe outra forma de amar? — perguntei.

— Existe como evitar, amar é sofrer.

— Viver é sofrer — ponderei. — Não sofrer é o mesmo que estar morto, amar é a única coisa que alivia o sofrimento sem nos matar.

Soltou uma quase risada debochada.

— O amor é a pior das mortes. Se você não amasse a sua irmã não estaria em minhas mãos agora, por exemplo.

Peguei a sua mão machucada com delicadeza e ergui a cabeça a fim de encará-lo.

— Mas quem disse que estar em suas mãos é algo ruim?

Grunhiu.

— Você não me conhece para dizer isso, não faz a mínima ideia de que tipo de homem eu sou.

Eu sabia sim que tipo de homem Nicolas Beaumont era, ele que parecia não gostar do lado bom do seu coração. Soltei o ar com dificuldade do peito e fui sincera. Eu sempre seria sincera com ele.

— Eu adoraria te conhecer, Sr. Beaumont. Como eu disse uma vez, bastaria apenas que você me deixasse entrar.

Não respondeu mais nada. Apenas cravou o olhar em mim a ponto de me desconcertar. Nervosa, peguei o band-aid de dentro da bolsa, mas antes, com um pedacinho de algodão, passei um antisséptico em seu machucado e soprei, pois ele costumava arder.

— Doeu? — perguntei.

Com a mão livre, Nicolas esfregou o lugar onde tinha a tatuagem de borboleta.

— Está começando, *Kroshka*... a doer.

Soprei mais um pouco e então enrolei o band-aid.

— Me desculpe, mas o da Bela era o único que não tinha rosa — falei, apontando para o curativo e sorrindo. A caixinha do band-aid era das princesas da Disney e a Bela usava um vestido amarelo.

Sério como sempre Nicolas olhou para o dedo e depois para mim.

— Acho que amarelo combina comigo. — Um silêncio desconfortável pairou denso no ar por alguns segundos até ele voltar a falar: — Você deveria descansar, Julia, estou meio ocupado agora.

Apertei as pálpebras, estudando suas feições. Sua voz era calma, suas palavras educadas, mas toda a sua linguagem corporal dizia o contrário. Os músculos de sua mandíbula estavam tensos. Havia uma rigidez em seus ombros, uma postura fechada que ele não tinha mostrado antes. Algo estava errado.

Eu hesitei por um momento, engolindo o nó que se formou em minha garganta, mas respirei fundo e levantando o queixo, fui direta. Era sempre o melhor jeito de enfrentar qualquer situação.

— Você está com raiva... — eu disse, e ele desviou o olhar por um milésimo de segundo, sem me desmentir. — Com raiva do quê... de mim? Por quê?

— Se eu estivesse com raiva de você, nossa conversa seria bem diferente.

— Diferente como? Não é como se estivéssemos conversando agora.

— Ah, não? O que estamos fazendo então?

— Não sei, fingindo que somos civilizados, fugindo da realidade... eu não entendo você! — retruquei.

— Você não me entende? — Ele bateu a mão na pia. — Você quer a verdade sobre o que vem me martelando há horas?

— Eu sempre quero a verdade, por pior que ela seja. — Assenti, olhando para os meus pés.

Ao levantar a cabeça encontrei os olhos penetrantes de Nicolas. Ele emanava uma energia intensa e, embora houvesse uma máscara de gelo em seu olhar, havia também algo que o consumia e ele lutava contra, como se não quisesse que emergisse. Franzindo a testa, finalmente descarregou:

— E se eu não tivesse chegado naquele lugar a tempo, Julia? O que você acha que teria acontecido?

Desviei os olhos, envergonhada, sem saber exatamente por quê.

— Nós dois sabemos o que teria acontecido. Um daqueles homens teria me comprado.

Sem aviso, ele agarrou a minha bochecha e inclinou o rosto ficando a milímetros do meu.

— E o que aconteceu com o "eu não conseguiria me encarar no espelho se me vendesse". Julia? Por que diabos você se colocou na porra de um leilão para qualquer idiota comprar?

Furiosa desvencilhei-me do seu aperto.

— Em que mundo isso é culpa minha? Aquele homem asqueroso me encurralou exigindo cinco milhões de dólares. De dólares! Minha mãe estava namorando esse cara da África, os dois sumiram... o nojento disse que ia atrás da Valentina. O que você queria que eu fizesse, fosse até a polícia?

Apenas me encarou com a respiração pesada, entrecortada. Como não me respondeu, perdi a calma e virei-me para ir embora. Não dava para entendê-lo e, naquele momento, eu nem sabia se queria. No entanto, agarrou a minha nuca, sua mão dando volta no meu pescoço, e me puxou para ele.

Seus olhos verdes faiscaram nos meus.

— Eu não mandei você me ligar? Ninguém pode ser tão louca de achar que daria conta de um criminoso profissional sozinha!

— Como assim te ligar? O que eu sou para te pedir cinco milhões de dólares do nada?

Sua respiração estava mais e mais pesada, seu corpo balançava, nervoso, trocando o peso de uma perna para a outra. Apertou ainda mais o meu pescoço, o polegar acariciando os meus lábios.

— Minha! Nem que fossem cem milhões, um bilhão. Você é minha, Julia. Nunca mais faça uma loucura dessas ou eu não responderei por mim.

Meu corpo entrou em ebulição. Uma onda de prazer avassaladora penetrou em todas as minhas células. Dei um passo à frente, incerta. Meus dedos tocaram o seu abdômen definido. Era duro, quente, cheio de veias pulsantes. Minhas pernas viraram gelatina e eu certamente teria vacilado se ele não me segurasse implacável pelo pescoço.

— E o que isso significa, Nicolas? — sussurrei. — Por que você me comprou?

Ele me soltou e deu um passo para trás, seus olhos estavam totalmente escuros e o meu ventre se retorceu em expectativa. Era como se ele quisesse me devorar.

— Significa que eu sou o seu dono, *Kroshka*. Eu comprei cada pedacinho seu e até eu dizer o contrário, você é todinha minha.

— Não é bem ass...

Ele me calou com o melhor dos beijos. Seus lábios reafirmando o que disse, tomando posse de cada pedacinho da minha pele. Nem se eu quisesse eu teria forças para sair daquele paraíso de sensações e eu definitivamente não queria.

Abri a boca para receber a sua língua e gemi intensamente ao aprofundar o beijo. Era forte, dominante, intenso e ao mesmo tempo suave, terno, afetuoso. Como desde a primeira vez que o vi, eu me sentia única, venerada, como nunca havia me sentido em toda a minha vida.

Ele separou os nossos lábios, e eu choraminguei de olhos fechados.

— Sim, minha pequena, é assim. Agora você vai ser minha boa menina e me mostrar o que eu comprei, tire o vestido.

Abri os olhos e percebi que havíamos chegado ao escritório ou o que quer que fosse aquele cômodo. Minhas bochechas pegaram fogo enquanto Nicolas se sentava calmamente em um sofá, encarando-me ainda mais sério que de costume. Meu coração parou de bater por vários segundos enquanto meus olhos passeavam pelo seu corpo. Seus cabelos caíam rebeldes sobre a testa, o maxilar quadrado contraído, o tronco esculpido para desestabilizar qualquer pessoa. Ele não era só bonito, era sexy demais e estava louco de desejo por mim.

Nem nas minhas fantasias mais exageradas eu imaginei isso para a minha primeira vez. Sem pensar por nem mais um minuto, levei a mão até o fecho do vestido e o tirei.

CAPÍTULO 20

Nicolas

Era sim, uma espécie de morte. Não havia palavra melhor para descrever como eu me sentia, sentado naquele sofá e vendo aquela mulher gostosa como o inferno se despir para mim enquanto olhava intensamente nos meus olhos. Eu não me lembrava de desejar ninguém com essa intensidade. Estava morto para qualquer coisa que não fosse ela.

O vestido dourado caiu no chão e um par de seios enormes com mamilos amarronzados e empinados para cima pularam em meu campo de visão. Soltei um gemido, lambendo os lábios, imaginando a minha porra marcando aquilo tudo como meu.

Exclusivamente meu.

Julia era só minha.

Minha para eu foder, corromper, marcar, possuir... Minha.

Desci os olhos pelo seu corpo. Ela me olhava incerta, com as bochechas coradas de tesão e vergonha, numa mistura perfeita. Quanto mais eu olhava, mais gostosa a sua respiração se tornava e então ela tentou esconder os seios com as mãos.

Fechei o cenho, levantando o indicador.

— Não ouse me privar do que é meu.

Seus olhos brilharam. Eles sempre brilhavam assim quando ela estava prestes a me desafiar. Sorriu, abaixando os braços e o meu pau deu uma pontada dolorosa imaginando a mesma covinha se formando quando sua boca estivesse ocupada com ele.

— Você é muito possessivo, Nicolas — disse, travessa.

O mais interessante de tudo é que eu não era, nunca fui. Sempre fui desapegado, odiava dramas e cobranças, mas Julia era um problema, a ponta de um precipício. E eu não podia ficar sentado esperando o violento fim.

Levantei-me de uma só vez, vendo-a dar um passo para trás. Continuamos nessa dança até que uma parede acabou com as suas opções.

— Sou, Julia, muito... — Avancei sobre ela e rasguei sua calcinha. Meu pau babou ao ouvi-la arfar.

Acariciei o seu rosto, descendo lentamente os dedos pela sua pele nua e perfeita. Acariciei os seios, os mamilos tão intumescidos que ficaram minúsculos, durinhos, ainda mais gostosos de apertar.

— Ah, meu Deus... Nicolas.

Continuei apertando o seu mamilo e descendo pelo corpo mais perfeito que já vi. Sua cintura era fina, muito fina e os quadris largos que enchiam a mão. Interrompi as carícias no fim de sua barriga plana. Ela prendeu a respiração. A boceta nua e lisinha finalmente ao alcance das minhas mãos, da minha língua, do meu pau.

— Quero ver essa bocetinha levando o pau do dono até o fundo, minha pequena. O dia todo... Mas antes eu preciso sentir o seu gosto.

Ajoelhei-me à sua frente e enfiei a minha cara entre as suas pernas inalando seu cheiro profundamente. Sua pele arrepiada proporcionando a melhor visão do mundo. Ela olhava para mim com um misto de choque e encanto e, quando eu sorri, seus olhos encheram-se de lágrimas.

— A partir de hoje, eu quero essa boceta sempre molhadinha e aberta para mim, *Kroshka*. Onde eu quiser você, na hora que eu quiser você.

— Oh, Nicolas... — ela gemeu e eu lambi o seu clitóris, fazendo as suas coxas tremerem. — Sempre que você quiser.

Lambi com vontade aquela boceta perfeita e ela jogou a cabeça para trás, gemendo alto, sem o menor pudor. Suas mãos apertavam os meus cabelos com desespero enquanto eu lambia dentro da abertura molhada até o ponto do seu maior prazer. Girei minha língua no clitóris inchadinho, pressionando-a cada vez mais e, no minuto que apertei o seu mamilo entre os meus dedos, ela gritou enlouquecida tremendo por uma eternidade com a boceta na minha boca.

Até o jeito que ela gozava era diferente, entregue, sem amarras, sem joguinhos. Eu queria fodê-la até expulsá-la do meu sistema, até eu conseguir me acostumar e não ficar deslumbrado como um maldito adolescente na primeira vez. *Merda, eu queria mais, muito mais, eu queria tudo.*

Levantei-me e a beijei.

— Sente o seu gosto na minha boca. Olha como você é gostosa.

— Você que é gostoso. Seu beijo é o melhor de todos, Nicolas.

Rosnei e a peguei no colo. Ela agarrou o meu pescoço e cruzou as pernas nas minhas costas. Olhei para a mesa do meu escritório e, sem pensar duas vezes, joguei todo o seu conteúdo no chão.

Julia riu.

— Estamos fazendo tanto barulho, daqui a pouco entra alguém aqui pra saber se estamos bem.

— Eles não seriam loucos.

Ela ampliou o sorriso enquanto eu a colocava em cima da mesa. Era uma mesa mais alta, os nossos olhos ficaram na mesma altura.

— Você usa algum tipo de anticoncepcional, Julia?

Toda vermelhinha, escondeu o rosto.

— Não, né? Perder a virgindade não estava na minha lista de afazeres desse mês.

Balancei a cabeça e inclinei-me sobre ela, a fim de abrir uma gaveta, ela lambeu o meu pescoço e de novo o meu pau deu aquela pontada dolorosa. Procurei a camisinha enquanto ela mordiscava e lambia o meu pescoço e, assim que achei, bati com força a gaveta e agarrei-a pelos cabelos, tomando a sua boca desesperadamente.

Deslizei a calça para fora do meu corpo e, sem parar de beijar sua boca, seu pescoço, os seus seios, vesti a camisinha. Como se pressentisse o que estava prestes a acontecer, ela abriu os olhos e acariciou o meu rosto.

— O meu coração te chamou e você veio.

Por um segundo, fiquei sem saber o que responder. Quis avisá-la para não gastar o seu coração comigo, mas não pude. A visão dela ali, nua, me esperando, me escolhendo, paralisou tudo o que era racional dentro de mim. Beijei-a mais uma vez, agarrando suas bochechas entre os meus dedos.

— Tão linda, tão perfeita a minha pequena. Abra as pernas para mim.

Ela abriu, presa em meu olhar. Agarrei os seus cabelos pela parte de trás e acariciei o meu pau passando-o entre as suas coxas. Quando a cabeça dele encostou na abertura molhada da sua bocetinha, ela estremeceu.

— Shhh — sussurrei, passando a cabeça do meu pau por toda a sua boceta. — Tente relaxar, *Kroshka*... bem quietinha para o seu dono... você é a minha putinha perfeita agora, está indo tão bem.

Seus mamilos endureceram e os poros de sua pele cresceram arrepiados. Minha pequena Julia gostava de palavras sujas. Meu pau babou um pouco mais com o quão sujo e pervertido isso ainda poderia se tornar. A cada segundo que passava Julia ficava cada vez mais perfeita.

— Vai doer, Nicolas? — perguntou com a respiração ofegante.

Parei de pressionar a cabeça do meu pau em sua entrada, coloquei a mão em frente a sua boca e ordenei.

— Cospe aqui.

Levantou uma sobrancelha e mesmo desconfiada, fez o que eu pedi. Levei a mão ao seu clitóris e o massageei com a quantidade correta de pressão.

— Viu como escorrega?

— Oh, Nicolas, sim! Assim é tão gostoso.

— Sim, minha pequena, relaxa... geme gostoso no meu dedo... vou te fazer minha agora. — Olhei diretamente em seus olhos, posicionei o meu pau e estoquei. Firme. Uma vez.

Julia gritou, um misto de dor e prazer, endurecendo até as minhas bolas.

— Oh... Deus... é tão grande!

Eu estava tão duro e a bocetinha era tão apertada... não sei explicar o que senti, provavelmente a sensação de ser atingido por uma tempestade de raios. Estava atordoado, energizado, uma onda de prazer percorrendo toda a minha espinha.

— Respira, minha pequena. — Eu não estava totalmente dentro dela ainda, e deslizar aos poucos seria pior. Eu nunca apreciei virgens, gostava do meu sexo bruto, duro, violento, mas a boceta de Julia estava superando tudo o que já havia acontecido em minha vida. — Respira, tenta se acostumar, eu estou dentro de você agora.

— Oooh! Não dá, está esticando muito — ofegou, e eu estoquei, dessa vez com força.

— Minha pequena gostosa... tão apertadinha a minha Julia, eu mal consigo me mover.

Com a voz ofegante ela gemia algumas coisas desconexas e, quando eu senti que relaxou, tirei e coloquei o meu pau novamente dentro dela. Suas mãos escorregavam da mesa, então eu a peguei pelo pescoço e a posicionei no centro, com as pernas totalmente abertas.

— Ooh, Nicolas, é tão grande, doeu tanto...

— Shh, já passou, minha pequena, estou dentro de você. Você está indo tão bem, é tão minha agora.

Larguei o seu pescoço e sem deixar de estocar, dedilhei o seu clitóris. Julia fechou os olhos, gemendo, alto, jogando a cabeça para trás. Enfiei a minha cabeça na curva do seu pescoço, inalando o seu cheiro, sentindo o meu corpo todo vibrar.

Quanto mais forte eu dedilhava, mais alto ela gemia. Agarrei a sua perna com a minha mão livre e arremeti com força, e de novo e de novo. Eu não sabia mais onde ela começava e eu terminava. Seu ventre inteirinho começou a convulsionar e, sem diminuir a velocidade, exigi:

— Olha para mim, Julia, goza falando que é minha.

Um grito estrangulado saiu de sua garganta. Ela tremeu tanto que por pouco não expulsou o meu pau lá de dentro.

— Sua, Nicolas Beaumont, e de mais ninguém. Tinha que ser você, eu só quero você.

— Minha — rosnei entre dentes, pegando-a no colo.

Ela imediatamente se agarrou a mim, soltando um grito.

— Não me deixe cair — pediu, agarrando com força no meu pescoço.

Cheirei os seus cabelos enquanto andava com ela no meu colo em direção ao sofá.

— Você nunca vai cair, *Kroshka,* eu vou sempre proteger você.

Sentei-me no sofá e a posicionei em cima de mim, com os seus joelhos em cada lado das minhas pernas.

— Senta no meu pau devagar, Julia... sente como ele preenche você.

Ela voltou a gemer e assim que se acostumou com o meu tamanho eu comecei.

— Isso, minha pequena devassa, você está indo tão bem... quero foder essa boceta com força.

Ela me encarou intensamente por alguns segundos e então acabou de me matar. Procurou a minha boca com os seus lábios perfeitos em forma de coração e depois de um beijo sensual, rebolando gostoso no meu pau, afirmou:

— Eu sou sua, Nicolas, faça o que você quiser.

E eu fiz. Grunhindo, agarrei o seu pescoço e a fodi com força, dando tapas estalados em sua bunda, pressionando o seu cuzinho com o dedo. Ela gemia, gritava, estremecia. E eu meti na minha menina perfeita até uma onda de prazer tão violenta me atingir que fez os meus ouvidos zunir.

Agarrando-a pelos cabelos, a levantei do meu pau e ordenei:

— Ajoelhe-se, *Koshka,* eu vou gozar nos seus peitos.

Sem pensar duas vezes ela fez o que mandei, olhando-me com uma expressão de adoração no rosto, provavelmente a mesma que eu carregava. Arranquei a camisinha e fiquei de pé, jogando a cabeça para trás. Eu precisava gozar.

Precisava voltar ao normal. Mas então cometi um erro, olhei para baixo e nossos olhos se encontraram. Julia ali, ajoelhada aos meus pés, nua e minha era uma visão que jamais sairia do meu sistema. Minhas pernas tremiam, ondulando de prazer. Eu me masturbei em cima dela, tremendo, gemendo, chamando pelo seu nome, e quando o orgasmo veio, por pouco não caí. Foi intenso, duradouro, avassalador.

Agarrei em seus cabelos, obrigando-a a arquear o peito e me deleitei com os jatos da minha porra marcando de branco os seus seios morenos.

Ofegante, fiquei ali mais um pouco, apenas admirando a minha obra de arte. Agarrei o seu rosto e obriguei que me olhasse.

— Porra de mulher gostosa... e minha.

Desabei no sofá exausto, impactado, preocupado. Julia veio logo atrás, deitando-se ao meu lado e aninhando a cabeça no meu peito. Acariciei os seus cabelos e ficamos assim em silêncio por surpreendentes minutos e então, Julia voltou a ser ela.

— Eu não sei explicar, mas é como se tudo estivesse diferente... — Suspirou e então apertou a minha cintura, afundando ainda mais a cabeça no meu peito. — Você se sente assim também, diferente? Aff, claro que não, né... não tem nada de diferente para você nisso. Mas é que foi tão intenso, foi intenso para você também? Oh, meu Deus, acho que eu estou falando demais de novo... eu vou parar.

Tomei um grande fôlego e pensei no que ela disse, olhando para o curativo de princesa em meu dedo. Intenso ainda não abarcava tudo.

— Sim, minha pequena — concordei por fim, soltando o ar.

— Sim? Sim o quê, que parte é sim?

Rindo, beijei a sua boca.

— Você tem razão. Está tudo diferente, completamente diferente.

CAPÍTULO 21

Julia

Meu coração batia acelerado, um ritmo que parecia dançar ao som da agitação lá fora. Enquanto observava Nova York se desenrolar diante de meus olhos, cada pedaço da cidade que eu reconhecia dos filmes e séries parecia gritar: "Você está aqui!" Era um choque, um sonho tornando-se realidade, mas também era... esmagador.

— Olá, Nova York! Finalmente nos encontramos! — murmurei embasbacada, perdida, sem saber para onde olhar primeiro.

Nicolas, que falava sem parar ao telefone, ergueu os olhos até os meus e levantou uma sobrancelha.

— Você me chamou?

— Eu? Não!

Ainda no modo analítico, ele continuou:

— Você está pálida, não descansou direito durante a viagem. Está se sentindo mal? — Sem esperar por uma resposta de minha parte, voltou a falar ao telefone: — Dan, quero um médico me esperando em minha suíte... Sim, caralho, agora, chego em menos de 15 minutos.

— Você é um ser humano muito exagerado, minha nossa! — exclamei. — Eu só estou emocionada, era o meu maior sonho conhecer essa cidade. Pensei que nunca daria certo.

Sem dizer nada, ele nos encaminhou até um carro enorme que nos esperava na pista e entrou no banco de trás com a gente. Valentina estava tão animada quanto eu, apontando para tudo e fazendo perguntas.

Assim que consegui acalmá-la, olhei para Nicolas e sorri.

— Por que será que não descansei, né? Se eu morrer já sabemos a quem culpar!

Ele obviamente não sorriu de volta. Eu começava a achar que Nicolas era imune a piadas.

— Nunca brinque com isso, Julia.

— Ih, tá bom! — Suspirei e tornei a admirar a cidade dos meus sonhos, pensando como às vezes Nicolas parecia um velho.

Ele voltou a falar no celular, e eu parei para observá-lo um pouco. Além de não ter um defeito no corpo, seu fôlego para fazer amor beirava o sobrenatural. Fisicamente ele não parecia nem um pouco velho. No entanto, a sua alma ranzinza e o seu dinheiro infinito o colocava entre 35 e 250 anos. *Eu já o tinha visto de dia ao ar livre?* Talvez ele fosse mesmo parente de Edward Cullen.

O carro começou a andar e eu me distraí conversando com Valentina apontando os lugares que eu reconhecia. De repente, o Central Park passou em um borrão verde, e precisei me segurar para não gritar como uma louca. Lembrei-me das inúmeras cenas românticas de filmes e séries que assisti ali. E embora minha situação estivesse longe de ser um conto de fadas, não pude deixar de sorrir ao imaginar-me beijando o meu vampiro gostoso debaixo da chuva naquelas ruas.

Andamos por algumas ruas e do meu lado os famosos táxis amarelos cortavam a estrada, sua presença tão característica, quase palpável. Uma explosão de cores e luzes vibrantes me chamou a atenção, eu conhecia aquele lugar.

— Pera aí, essa aqui é Times Square!? — gritei, fora de mim.

Nicolas afastou um pouco o telefone da orelha e olhou distraído pela janela.

— Sim, tampinha, essa é a Times Square. Depois que o médico disser que está tudo bem e você descansar bastante, vou te levar para conhecer os melhores lugares daqui, ok?

Balancei a cabeça concordando e já ia reclamar sobre o médico quando Valentina, minha pequena sombra de energia pura, me chamou também aos gritos, apontando para o Empire State Building.

— Zuia, olha! O Homem-Aranha!

Rindo, respondi:

— Isso mesmo, Vavá! Ele provavelmente está por lá agora, salvando o dia!

— Vamos tirar uma foto com ele? — ela perguntou inocente, e eu beijei o topo da sua cabeça, pedindo que falasse mais baixo.

Apesar de Nicolas ter sido o cavalheiro perfeito de sempre, eu observava uma certa frieza em relação a Vavá, principalmente quando ela se empolgava demais. Eu não sabia até que ponto ele gostava de crianças e até que a nossa situação se resolvesse, achei melhor proteger a minha irmã impedindo que ela o incomodasse.

Assim que o carro parou diante da fachada do Hotel *Roux-Beaumont*, meus olhos se arregalaram. Mesmo tendo visto imagens da Quinta Avenida e seus prédios grandiosos, nada poderia me preparar para isso. O edifício se erguia como uma fortaleza, feita não de tijolos e pedras, mas de sonhos e aspirações. As luzes douradas da fachada brilhavam sob o céu da tarde, e cada detalhe gritava "caro".

— Uau! Que porr — lembrei-me de Valentina no último segundo e me corrigi. — Isso é... de verdade?

Nicolas, percebendo minha surpresa, segurou a minha mão

— Bem-vinda ao *Roux-Beaumont*, New York, tampinha.

— Meu Deus... e eu achando que o de Belo Horizonte era chique. Mas peraí, por que você vai parar no trabalho a uma hora dessa? Não é melhor ir para sua casa?

— Os meus hotéis são a minha casa, você vai gostar.

Antes mesmo de sairmos do carro, uma série de empregados vestidos impecavelmente já se aproximava, prontos para atender a qualquer solicitação.

E enquanto eu dava meus primeiros passos hesitantes em direção ao lobby, um pensamento me atingiu: em toda a minha vida em Belo Horizonte, nunca imaginei que veria algo assim. Era como entrar em um novo mundo, tão deslumbrante que parecia impossível.

E em meio a toda aquela exuberância, uma pitada de culpa se misturou à minha admiração. Aqui estava eu, no auge do luxo, enquanto minha mãe... eu precisava saber como estava a situação da investigação. Ainda no avião Nicolas e eu conversamos e assinamos os papéis do casamento. Eu era oficialmente a senhora Beaumont agora.

No entanto, ele deixou bem claro — e eu concordei — que era uma situação temporária. Eu seria dele enquanto durasse o nosso contrato, o ajudaria com os Vilella e em troca ele protegeria a mim, Valentina e minha avó. Conversei com ela por um tempão por telefone e ela me garantiu que estava bem e que ficaria bem apesar da saudade. Ela ainda não havia entendido o que estava acontecendo e eu tomei a decisão de contar apenas quando as notícias fossem oficiais. Não queria preocupá-la à toa. Minha mãe podia estar bem em algum lugar, Nicolas iria encontrá-la. Ele me prometeu que resolveria isso e eu acreditei nele.

Subimos para sua suíte na cobertura e eu não sei por que me surpreendi ao ver um médico franzino e sorridente me esperando. Eu já devia ter me acostumado naquela altura que Nicolas sempre tinha o que queria. Fui examinada sob o olhar constantemente desconfiado de Nicolas sobre o pobre coitado do médico, apenas para ser constatado o que eu já sabia. Eu estava cansada e um pouco abaixo do peso. Essa última semana havia cobrado o seu preço.

O Dr. Coleman me prescreveu descanso e vitaminas, e eu fiquei tentada a fazer uma piada sobre os tarja preta que Nicolas precisava por ser tão exagerado, mas algo me dizia que o deus da rabugice não levaria isso bem. Discretamente ele também receitou anticoncepcionais e se foi.

Eu ainda admirava as janelas panorâmicas da cobertura quando Nicolas se aproximou.

— Você ouviu o médico, cama. Enquanto você descansa, eu vou trabalhar.

Ainda olhando para a cidade lá embaixo respondi:

— Eu não vou conseguir dormir agora e tenho que olhar a Vavá, mas vá trabalhar em paz, eu me viro.

Ele deu um passo à frente e cheirou o meu pescoço. Meu corpo se arrepiou inteiro.

— Posso te deixar bem relaxada agora mesmo, *Kroshka*. São ordens médicas.

— Nicolas! Não fale assim na frente da menina.

Ele grunhiu e se afastou por um tempo. Perguntei à Vavá se ela estava com fome e ela disse que não. Que só queria a boneca que prometi. Estava negociando um prazo com ela, quando Nicolas voltou ao lado de uma jovem uniformizada. Ela sorria para nós e eu esperei que alguém falasse alguma coisa.

— Essa é a... — Nicolas começou.

— Amanda, Amanda Ferreira — ela se apresentou. — Muito prazer, Sra. Beaumont.

— Quem é essa Sra. Beaumont? — Valentina perguntou.

Amanda e eu rimos, pelo seu sotaque, ela era brasileira, carioca provavelmente.

— Sou eu, Vavá.

— Uai, é? Eu quero ser também.

Todo mundo riu, menos Nicolas, claro.

— Bom, muito prazer, Amanda — cumprimentei-a meio perdida, sem saber por que ela estava lá.

— O Sr. Beaumont...

— Amanda vai cuidar da sua irmã enquanto você descansa, Julia — Nicolas a interrompeu.

— Mas...

Eu ia dizer que Valentina não ficaria confortável com uma estranha no minuto em que ela pulou no colo da garota, dizendo que queria o cavalinho no parque sim.

— Nada de, mas — Nicolas disse, endurecendo o olhar. — Você pode confiar nos meus funcionários.

Realmente, pelo pouco que conhecia dele, ele era certamente paranoico.

— Ahn... tudo bem, então... eu acho. — Olhei na direção das duas que pareciam velhas amigas. — Nada de gracinhas, Valentina, obedeça à Amanda e não larga da mão dela.

— Tá bom, Zuia. Vamos, vamos, eu quero ver o cavalinho.

Assim que elas se foram, eu me aproximei de Nicolas.

— Eu odeio pedir, mas você pode colocar um segurança atrás delas? Toda vez que eu fecho os olhos eu vejo aquele homem na minha frente. E se ele seguiu a gente até aqui?

Nicolas me abraçou, acariciando os meus cabelos enquanto eu escutava o seu coração bater bem forte.

— Não se preocupe, eu já designei seguranças particulares para vocês duas. E não pense mais naquele homem, nunca mais... Acredite em mim, ele não vai voltar.

Olhei para o curativo da princesa Bela e estremeci, tendo uma boa ideia do porquê Nicolas tinha tanta certeza de que o homem não voltaria.

Nicolas ergueu o meu queixo com o polegar e franziu o cenho.

— E que história é essa, minha pequena? Eu posso e quero te dar qualquer coisa que você pedir. Não combina com você esse pudor.

— Ah, tá bom. Não tem nada a ver com pudor. Eu não digo que não estou surtando com todas essas coisas de rico que você tem, mas eu não sou interesseira não, e...

Ele calou a minha boca com um beijo intenso. Foi bem mais suave que das outras vezes... tão gostoso... Senti meu corpo inteirinho latejar, implorando por ele.

— Não se preocupe com isso, tampinha. Seja interesseira, muito interesseira, faça um estrago no meu cartão de crédito, me peça o que você quiser.

Cruzei os braços em volta do seu pescoço e joguei a cabeça para trás, rindo alto.

— Olha lá, hein? Cuidado com o que você fala. Olha que eu faço um estrago mesmo.

— Eu adoraria te ver tentar, tampinha. Agora vem comigo. Eu prometi que ia relaxar você.

CAPÍTULO 22

Julia

Com o coração disparado e um friozinho gostoso na barriga, o segui pela sala gigantesca até parar em um corredor enorme. Quando Nicolas mencionou que morava no hotel, imaginei uma suíte tipo a dele em BH, mas o lugar que estávamos era maior e mais luxuoso do que qualquer apartamento que já entrei.

O quarto principal parecia um sonho aconchegante, acarpetado em tons quentes e iluminação intimista. Nicolas pediu um minuto e sumiu por uma porta que à primeira vista eu pensei ser o guarda-roupa.

Andei pelo cômodo, sentindo a textura das coisas quando Nicolas me agarrou por trás, com uma pegada firme.

— Que susto! — exclamei.

— Você pode relaxar agora, minha pequena. Eu vou cuidar de tudo.

Fechei os olhos, sentindo o meu coração bater na velocidade da luz. Joguei a cabeça para trás apoiando-a em seu peito e suas mãos subiram pela minha cintura, indo parar na altura dos meus seios.

— Mas, Nicolas, você não disse que precisava trabalhar? Eu não quero te incomodar — questionei, lembrando-me do que ele havia dito.

— Agora é tarde. — Ele encostou a boca na minha orelha e eu gemi baixinho. — Você deveria ter pensado nisso antes de me viciar nessa boceta perfeita.

Ele empurrou o meu tronco para frente e eu espalmei as duas mãos na cama, arfando, surpresa.

Virei uma massa de sensações.

O seu toque e o seu cheiro tinham o poder de acender todas as terminações nervosas do meu corpo. Com uma economia incrível de gestos, Nicolas se livrou das minhas roupas em poucos segundos e se afastou, dando um passo para trás. Levantei o tronco a fim de olhar em sua direção, mas a ordem veio firme e imediata:

— Não se vire, eu gosto de ver você assim... esperando por mim.

Eu não podia ver, mas podia sentir os seus olhos faiscando de desejo, ardendo minha pele a ponto de entrar em ebulição. Não o ouvi se aproximar e quando ele tocou as minhas costas com as pontas dos dedos prendi a respiração, surpresa.

— Eu não acho que vou conseguir relaxar assim — sussurrei.

Nicolas puxou os meus cabelos, grudando os nossos corpos um no outro. Estava sem camisa, com a pele quente e pulsante, fundindo-se na minha. Pressionei o meu quadril para trás bem consciente da sua ereção em minhas costas. Meu ventre latejou de antecipação, todos os meus sentidos em alerta.

— É... definitivamente o contrário de relaxar.

Ele riu no meu ouvido e o meu coração parou de bater. Seu riso era raro, dado como um presente em um momento especial que eu sempre apreciava. E, então, sem aviso, virou-me para ele e selou os meus lábios com os seus. Tomou a minha boca sem pressa, como se o tempo dele fosse todo meu e um aperto estranho no meu peito me fez recuar.

Foi a sensação mais estranha que experimentei, ele era o meu marido e, ao mesmo tempo, não era meu.

Não como eu queria.

Contudo, isso não ia me impedir.

Respirei fundo, guardando os meus sentimentos no fundo de uma gaveta e separei o nosso beijo, lambendo o seu tronco, como se eu pudesse devorá-lo. Eu nunca pensei que fosse possível sentir tanto prazer apenas por estar junto a alguém, mas Nicolas me provou que era.

Sua respiração era pesada e ele agarrou os meus cabelos enquanto eu descia os lábios pelo seu corpo esculpido em mármore. Meus mamilos e meu clitóris doíam de excitação à medida que inalava o seu cheiro de homem e trilhava uma série de beijos por toda a sua barriga.

Para o meu tesão ser completo, ele usava apenas uma boxer preta, e quanto mais eu o beijava, mais entrecortado ele respirava. Sentindo-me nas nuvens por deixar aquele deus do sexo abalado, continuei descendo até parar no finalzinho do "v" em sua barriga e passei a mão em seu pau, por cima da roupa.

— Você está tão duro, Nicolas... — Ergui os olhos, procurando os dele. — E se eu te beijasse aqui? Você ia gostar?

Rosnou, apertando ainda mais os meus cabelos.

— A minha pequena quer mamar no meu pau? Vem aqui.

Eu ainda me impressionava com a facilidade que ele me manipulava, como se eu fosse feita de penas. Segurou os meus cabelos e o meu pescoço e em segundos estava embaixo dele, em cima da cama. Colocou os meus braços acima da cabeça e prendeu os meus pulsos com uma das mãos e me beijou como se fosse me engolir.

Imitou o meu gesto descendo os lábios pelo meu colo, demorando nos meus seios, fazendo-me gritar de tesão e implorar por mais.

Ele soprou um mamilo e enfiou o outro na boca, com os olhos fixos nos meus, torturando-me lentamente. Tentei esfregar uma coxa na outra, mas minhas pernas estavam abertas em volta de sua cintura.

— O que foi, Julia? Quer gozar?

— Com certeza... você não pode fazer isso.

Ele passou os dentes bem de leve em meu seio e depois lambeu. Deixei cair uma lágrima de tanto prazer que senti.

— Cem milhões de dólares me dizem o contrário. Você é toda minha e eu posso fazer o que eu quiser.

Nicolas desceu uma trilha ardente de beijos pela barriga. Eu suava de tanto tesão.

— Mas por que você quer me torturar? — gemi.

— Ainda vou te torturar, *Kroshka,* mas não hoje. Quer gozar com a boca no meu pau?

Concordei balançando a cabeça, eu queria gozar de qualquer jeito. Ele girou o corpo, deitando-se de costas na cama e eu fiquei por cima dele. Nicolas era tão grande e musculoso que me senti no melhor dos mundos, esparramada sobre seu corpo. Ignorando o meu coração, agarrei o seu rosto e o beijei profundamente, da forma mais íntima que pude expressar.

Eu não podia dizer com palavras como me sentia, mas quis que ele soubesse de alguma forma. Acariciando os meus cabelos, ele abriu os olhos e nós nos olhamos por um bom tempo antes que ele falasse:

— Vire de costas e coloque essa bocetinha na minha boca.

Estremeci de prazer, o corpo todo arrepiado. Ele era direto e sujo na cama e eu adorava cada segundo. Fiz o que ele pediu e me inclinei para frente, ainda deitada por cima dele. Nessa posição o meu rosto ficava em cima do seu pau, enquanto minha boceta ficava ao alcance da sua boca.

— Assim? — perguntei.

Ele passou a mão nas minhas costas até a minha bunda.

— Isso, exatamente assim. Agora seja minha boa putinha e coloque o meu pau para fora.

Gemendo eu fiz o que ele pediu. No avião estava nervosa, com medo de doer, pensando em mil coisas e não tive tempo de olhar de verdade para o seu corpo todo, mas naquele momento eu podia. E aquele era *o pau*. Grosso, vermelho, cheio de veias altas, duro... Nicolas tinha uma beleza surreal, chegava a ser agressiva até.

Eu nunca havia feito um boquete antes, mas imaginei que não deveria ter muito segredo. Um pouco hesitante no começo, lambi a cabeça e depois toda a sua extensão e tornei a lamber. Nicolas gemia atrás de mim, dando-me o melhor incentivo que eu podia receber.

Mais confiante, segurei-o pela base e inclinei o corpo todo para a frente, bem consciente de que estava totalmente aberta no rosto de Nicolas e enfiei o seu pau na minha boca. Suguei a sua cabeça com os lábios enquanto deixava a língua bem babada a fim de deslizar com mais facilidade.

— Porra, pequena... — Ele deu um tapa forte e estalado na minha bunda. Eu arrepiei até no topo da cabeça.

— Minha nossa, o que foi isso? — murmurei sem tirar o seu pau da minha boca.

— Punição por me viciar na sua boca também.

Sorri e o chupei com mais vontade. Era surreal ter um homem daqueles nas minhas mãos. O poder era viciante, realmente.

Ele acariciou no lugar onde bateu, e eu gemi, a ponto de entrar em colapso. Estava a um passo de matar alguém por um orgasmo. Como se tivesse um sexto sentido do sexo, Nicolas levou a mão até o meio das minhas coxas e acariciou a minha entrada. Gemi mais alto, rouca, fora de órbita.

— Não ouse parar de mamar, putinha.

Continuei o vai e vem, não ousando nada, eu precisava dele, dos seus dedos, da sua boca.

— Olha isso, Julia. Sua bocetinha está pingando por mim. Olha como você é safada...

Ele enfiou dois dedos em mim e eu pensei que morreria com o impacto. Ele pegou a minha lubrificação e espalhou para trás, na minha bunda.

— Agora eu quero saber se você vai me viciar nesse rabinho também.

Num impulso levantei a cabeça, olhando de lado e falei em português sem nem perceber.

— Tá doido? Olha o tamanho desse trem — apertei o seu pau —, isso nunca vai caber aí.

Ele deu outro tapa na minha bunda, ainda mais forte.

— Eu mandei você parar de chupar, Julia? — Voltei a lamber o seu pau e ele relaxou, voltando ao que estava fazendo. — Ótimo, minha gostosa, agora eu vou relaxar você, pronta?

Sim, eu estava pronta, nasci pronta. Eu me sentia febril de tanto tesão acumulado.

Com as duas mãos, Nicolas segurou na parte interna das minhas coxas, arreganhando ao máximo minha boceta em sua boca e então lambeu. Eu gritei, como se tivesse levado um choque. Se ele tivesse segurado a língua por mais um segundo, eu teria gozado, mas ele queria brincar.

Abocanhou a minha boceta inteira, evitando o meu clitóris, encharcando-me ainda mais. Depois largou a minha coxa e voltou a lubrificar o meu cuzinho, pressionando devagar a sua entrada. Achei que fosse ser ruim, mas assim que ele lambeu o meu clitóris com vontade, ele enfiou um dedo e eu contraí o corpo inteirinho em um orgasmo de outro planeta.

Suguei o seu pau com força, gemendo enlouquecida enquanto gozava na sua boca e era fodida por trás com o seu dedo. Achei que ele fosse parar, mas não foi isso que aconteceu. Continuou castigando a minha boceta com a língua e enfiando um segundo dedo no meu cu.

Ardia, mas era gostoso, latejava, contraía e, em poucos minutos, eu estava pronta para gozar de novo.

E eu gozei.

Gozei forte, intensamente. Meus músculos perdendo a força, liberando um prazer difícil de ser descrito em palavras.

— Eu vou gozar na sua boca, Julia e você vai beber tudo, ouviu? — perguntou rouco, a voz estrangulada de prazer.

Balancei a cabeça, arrepiada em expectativa. As coxas de Nicolas tremiam embaixo de mim, meus seios roçando a sua barriga dura... Intensifiquei a sucção, lambendo, babando, beijando aquele pau gostoso, ansiosa por proporcionar o mesmo prazer que recebi.

E então aconteceu, ele grunhiu gutural, tremendo, fodendo o meu cuzinho com mais força.

— Mama, putinha, toma tudo... porra, Julia... — Ele tremia com força embaixo de mim enquanto um líquido quente e viscoso com um gosto levemente salgado inundava a minha boca. Não pensei muito a respeito, engoli tudo ainda sugando a cabeça do seu pau. Quando os seus espasmos foram passando, lambi a pontinha e parei de chupar.

Ele me virou de frente para o seu rosto e ofegante, deitei a minha cabeça em seu peito. Seu coração batia forte, muito forte. Passei os dedos em cima da borboleta tatuada em seu peito e ele prendeu a respiração. Bocejei e beijei em cima do desenho.

— Não precisa se preocupar, Nicolas. Se um dia você quiser falar a respeito, você fala.

Ele me encarou por tempo com uma expressão que eu ainda não havia visto em seu rosto.

— Minha pequena impetuosa... — disse, acariciando os meus cabelos, fazendo os meus olhos pesarem. — Você não vai achar o que está procurando aqui — completou segurando com força a minha mão em cima do seu coração que ainda batia forte.

Sem conseguir manter os meus olhos abertos, retruquei com um fio de voz. Eu estava acabada de tanto cansaço:

— Mas aí é que está, Nicolas. Você não faz a mínima ideia do que eu estou procurando.

Ele soltou o ar lentamente pelo nariz, e eu me aninhei em seu pescoço, em paz, com o seu cheiro inebriante me embalando e se ele respondeu alguma coisa eu já não ouvia mais, estava no mundo dos sonhos.

CAPÍTULO 23

Nicolas

Deixei Julia dormindo pesado no quarto e fui para o meu escritório. Dan e Tony estavam em uma reunião com o agente da minha condicional, essa situação não podia ficar assim indefinidamente. Eu precisava voltar a Vegas, voar até a sede da empresa na Suíça... resolver o problema com o casamento que assinei com Julia.

Apoiei os cotovelos sobre a mesa e esfreguei os olhos, talvez eu devesse me deitar ao lado de Julia e dormir com ela, meu corpo pedia por isso. Na verdade, era só o que eu queria fazer, me isolar com aquela garota e passar o resto dos meus dias entre as pernas dela.

No entanto, sabia que isso nunca aconteceria. Julia era jovem demais e eu não tinha a menor intenção de submetê-la a uma vida ao meu lado.

Peguei o anel de diamante que eu havia recuperado com o bosta do Romero Parisi, o "nosso anel de noivado" e o rodei entre os meus dedos, como se fosse uma moeda... pensando...

Eu tinha que me livrar de Aiden para poder deixar a minha pequena ir em segurança.

Mas como? O que aquele merda realmente queria? Se fosse verdade o que Philip Stavros contou sobre a minha origem, Aiden se aproximou de mim no orfanato sabendo quem eu era e me preparou a vida toda para me vingar dos Stavros e da *Stavros Offshore*[12]. Ele teria conseguido se não fosse por dois motivos, na verdade, duas mulheres: Ekaterina e Amelia Stavros.

Naquela época planejávamos juntos tirar a *Stavros Offshore* do caminho de Aiden, ele havia me prometido sociedade e, como eu tinha acabado de me casar, aceitei. Seria uma ótima maneira de ter uma estabilidade financeira para começar a minha família, mas Ekaterina morreu por culpa da *Beaumont Minerals* e Aiden não quis entender o meu lado.

---

[12] *Stavros Offshore* é a indústria naval sediada em Atenas, Grécia, comandada por Alexios Stavros, protagonista do livro 02 de Casamentos Milionários - Comprada Pelo Magnata.

Logo depois, ele seduziu Amelia Stavros, e eu nunca apoiei aquilo. Ele me chamou de hipócrita, dizendo que eu estava fazendo o mesmo a Olga Beaumont e tirou a ideia de seduzir a menina por minha causa. O que Aiden não entendia era o fato de Olga ser uma filha da puta assassina de 30 anos e Amelia, uma menina inocente de 17. Só um psicopata doente não via a diferença, mas eu estava tão imerso na minha jornada por justiça, que não fiz nada para impedi-lo. E no fim das contas a menina era a minha irmã.

Esfreguei os olhos de novo, estávamos em um poço sem fundo de caos e vingança, e Aiden só iria parar quando não restassem mais Stavros. E que se fodesse quem estivesse à sua frente.

Por quê? O que os Stavros poderiam ter feito para desencadear isso?

Porra.

Eu teria que conversar com eles. Era a única forma de tirar Julia do radar daquele psicopata de merda. Eu falhei em não o impedir no passado, mas não falharia agora.

Peguei o meu casaco e estava com a mão na maçaneta quando Amanda chegou ao quarto com a menina no colo dela, dormindo em seu ombro.

— Oh! Me desculpe, Sr. Beaumont, a Sra. Beaumont está aqui?

— Dormindo, por quê?

— É que eu preciso ir, está na hora de buscar a minha filha na creche, mas não se preocupe, eu vou pedir alguém para ficar com a Valentina.

— Não se atrase, pode deixar que eu cuido disso, obrigado — eu disse, pegando uma bolsa cheia de brinquedos da mão de Amanda.

Ela me olhou desconfiada, esperando alguma pegadinha, então sorriu me agradecendo efusivamente, colocou a criança no sofá da sala e se foi.

Eu observei a menina por um momento, seu rosto sereno, a respiração tranquila e profunda. Os cabelos cacheados espalhados ao redor da sua cabeça como uma auréola.

Olha isso, Nico, vamos ter uma menina.

Suspirei, empurrando as lembranças de lado e peguei o meu celular. Respondi a alguns e-mails e mandei um recado para a *Lockhart, Kingsley & Lipton,* a firma de advocacia que cuidava das minhas empresas. Eles tinham 24 horas para me mostrar um plano que me livrasse legalmente de Aiden ou cabeças rolariam.

No sofá, Valentina começou a se mexer, bocejou e esfregou os olhos com as mãozinhas minúsculas. Ao perceber que estava em um lugar diferente, ela se sentou abruptamente e olhou ao redor. Seus olhos castanhos encontraram os meus.

— Ah, Nico? — ela murmurou com voz sonolenta.

— Nicolas, não Nico — respondi com uma sensação estranha por dentro. Desde a morte de Ekaterina ninguém nunca mais havia me chamado de Nico.

— Cadê a Zuia? Eu tô com sede.

— Julia? Está descansando, vou buscar sua água.

Ela falava impressionantemente bem a língua, tinha bem menos sotaque que a irmã.

Quando voltei, Valentina já espalhava o conteúdo da bolsa por toda parte. Olhava curiosa um conjunto de presilhas coloridas e tentava colocá-las em uma boneca, mas a boneca parecia pequena demais para o empreendimento.

— Sua água — anunciei.

— Obrigada, tio Nico.

— Nicolas.

— Aham — retrucou sorrindo e pegou o copo da minha mão.

Depois de beber, ela pegou uma presilha azul e me olhou com um brilho travesso nos olhos. Olhei para a porta pensando em chamar alguém para ficar com ela.

— Vamos brincar de arrume-se comigo? — ela perguntou, me pegando de surpresa.

— Eu não sei o que isso significa — respondi.

— Eu não acredito! Você não viu no TikTok? — disse, levantando as mãos para cima, num gesto dramático e precisei segurar para não rir.

— Não tenho TikTok no meu celular.

Ela inclinou o pescoço e suspirou.

— Sua mãe não deixa você ver? A minha deixa, mas Zuia fala que não pode.

— É... digamos que a minha mãe não deixa — respondi.

— Hm, então senta aqui, eu vou te ensinar a brincar de TikTok.

Ela inclinou as costas para olhar para cima e puxou a manga da minha camisa. Eu me sentei no sofá, e ela começou a brincar de apesentar o vídeo.

— Bom dia, meninas, eu sou a Vavá Barboza e trouxe o tio Nico para fazer o arrume-se comigo de hoje. Temos váaaaarias ahn, negócios desses aqui que estão suuuuper na moda e é isso.

Ela olhou para mim, depois para as presilhas, e uma ideia claramente se formou em sua mente.

— O que você vai fazer com isso? — perguntei, levantando uma sobrancelha.

— No seu cabelo! — ela anunciou, com um olhar desafiador.

Hesitei por um instante. Mas algo em sua expressão determinada e inocente fez com que eu cedesse. Ela se aproximou, e eu me abaixei para facilitar. A cada presilha que ela colocava, seu sorriso se tornava mais radiante, como se estivesse alcançando uma grande conquista.

— Tá lindo! — ela exclamou, dando um passo atrás para admirar sua obra. — Então, meninas, esse foi o arrume-se com a Vavá e o Nico.

Acenei para o vídeo imaginário.

— Nicolas.

— Já acabou, tio Nico, mas você tá muito bonito. Queria ter um olho verde que nem o seu.

Sorri, achando graça.

— Obrigado, *malen'kaya.* Mas eu acho os seus olhos mais bonitos que os meus.

Ela franziu a testa.

— *Malen'kaya?*

— Significa "pequenininha" em russo.

— Russo... O que é isso?

— É uma língua, Valentina. Assim como nós estamos falando em inglês agora, as pessoas em um país chamado Rússia falam russo.

— Humm, um país! E o que é um país?

Olhei para ela, um pouco surpreso com sua curiosidade. Como explicar para uma criança o que é um país?

— Um país é como uma grande casa, mas muito, muito grande. Cada país tem suas próprias regras, música e língua. Imagine um monte de casas grandes juntas, e cada uma delas é um país diferente.

Valentina parecia encantada.

— Ahn, que maneiro!

— Sim, menininha, é muito maneiro.

Julia

Acordei com um sorriso no rosto, com a sensação de que algo muito bom me esperava, mas sem saber exatamente o quê. Eu estava tão confortável que parecia um crime. E então, na medida que fui abrindo os olhos, fui me lembrando de tudo e o meu coração apertou. Eu não podia estar me sentindo tão feliz enquanto ficava sem saber o que tinha acontecido com a minha mãe.

Eu pensava sobre isso, com medo de me mover quando ouvi umas vozes vindas do lado de fora do quarto. Levantei-me e vesti um roupão. As persianas estavam fechadas e não pude distinguir se já era noite. Segui as vozes pelo corredor e quando cheguei à sala, me deparei com a última cena que imaginei presenciar. Nicolas conversava animado com Vavá cheio de presilhas coloridas nos cabelos. Meu coração, que já estava por um triz de bater mais forte por ele, se derreteu instantaneamente.

Sem conseguir me segurar, soltei uma risada e Nicolas ergueu os olhos, fixando-os nos meus. Meu corpo sempre reagiria a ele de forma visceral, mesmo cheio de presilhas no cabelo ele era o homem mais sexy que já pisou na Terra.

Sua expressão que há poucos segundos estava relaxada se fechou e ele grunhiu em minha direção.

— Boa noite, Julia, espero que você tenha conseguido descansar. Eu... preciso terminar de resolver algumas coisas.

— Oh, claro, me desculpe, você poderia ter me acordado, eu...

— Zuia, Zuia, olha como o tio Nico tá lindo! Fui eu que fiz!

— Tio Nico? — perguntei, olhando de um para o outro.

Nicolas não disse nada, apenas retirou as presilhas do cabelo e se levantou. Valentina correu até mim, se enroscando nas minhas pernas.

— Tio Nico me ensinou uma palavra nova em russo!

Olhei surpresa para Nicolas.

— Ah? E qual é?

— Mala... Malen... *Malenkaya*! — ela tentou, enfatizando as sílabas.

Nicolas, com uma postura que parecia indiferente, esclareceu:

— Significa 'pequenininha', algo menor que tampinha.

Sorri, acariciando os cachinhos da Vavá.

— Parece que você fez um novo amigo, querida.

— É, nosso vídeo foi legal.

— Quero saber tudo sobre esse vídeo — afirmei, segurando a sua mão. — Vamos tomar banho e você me conta ok? Deixa o... tio Nico trabalhar.

Notei uma ligeira mudança na expressão de Nicolas. Era quase imperceptível, mas havia algo ali, uma mistura de embaraço e, talvez, melancolia. Eu coloquei a Valentina no colo e ele limpou a garganta.

— Preciso resolver algumas coisas. Vou mandar o mordomo do hotel providenciar uma babá e trazer algo para vocês comerem.

— Não se preocupe com babás, eu estou acostumada a tomar conta dela, nós vamos ficar bem.

Ele pegou um casaco que estava sobre uma cadeira e então me encarou.

— Eu não tenho dúvidas disso, *Kroshka,* mas essa noite eu vou te levar a um lugar muito especial, então alguém precisa cuidar da sua mini tampinha. Por falar nisso, qual a sua cor favorita?

Um tanto chocada, respondi.

— R-rosa, minha cor favorita é rosa.

— Ótimo, até logo, então. — Ele olhou para Valentina e sorriu. — *Do vstrechi, malenkaya.* Até logo!

— Tchau, Tio Nico, até logo.

Ele sorriu um pouco mais e com a mão já na maçaneta, corrigiu:

— É Nicolas, meu nome é Nicolas.

CAPÍTULO 24

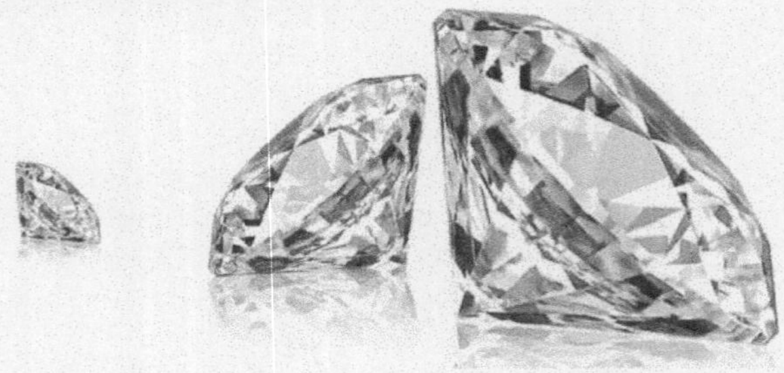

Nicolas

— Nervosa? — perguntei, notando que ela se segurava sob o assento com força.

Ela lançou-me um olhar que misturava ansiedade e empolgação.

— Um pouco. Eu nunca fiz isso antes.

Sorri, tentando tranquilizá-la.

— Prometo que será uma experiência inesquecível.

Ela riu suavemente.

— Já está sendo. Voar sobre Nova York à noite é... surreal.

Olhei para baixo. As luzes dos prédios, dos carros, das ruas, formavam um belo espetáculo. A cada manobra do helicóptero, a cidade revelava novos ângulos, novas perspectivas.

Eu morava nos Estados Unidos há quase dez anos e nunca tinha pensado em fazer um passeio turístico, mas estava valendo cada segundo. Julia olhava tudo maravilhada, seus olhos lindos e expressivos não deixavam nada passar. Ela apontava para os pontos icônicos — a Estátua da Liberdade, o Central Park, a Times Square — e gritava, feliz, falando sem parar.

Passou pela minha cabeça, como a minha vida voltaria a ser silenciosa demais quando ela se fosse, no entanto, preferi expulsar esses pensamentos. O silêncio era bom e eu ansiava por tê-lo de volta.

Ela gritou de novo e bateu no meu braço com força quando nos aproximamos do *Empire State Building.*

— Olha, olha, tá pertinho!

— Lá está ele — murmurei, vendo o edifício se destacar, iluminado em tons dourados e vermelhos.

Ela segurou minha mão.

— Por que estamos descendo? Vamos pousar lá?

Assenti.

— Sim, *Kroshka,* preparei uma surpresa para você.

— Não acredito! E pode?

Sorri e acariciei o seu rosto.

— Nós podemos tudo, meu... — limpei a garganta — minha pequena.

Meu coração deu uma leve disparada e eu afrouxei a minha gravata. Julia sorria de volta para mim, mais linda do que nunca, no vestido de noite acetinado e cor-de-rosa, como ela disse que gostava.

Quando o helicóptero pousou suavemente no heliponto do *Empire State,* ela segurou com força a minha mão.

— Parece que estamos no topo do mundo, Nicolas.

— Sim, tampinha, nós estamos. Vem comigo — disse, guiando-a pela mão até a beira do heliponto.

O vento açoitava nossos rostos, mas a visão era mesmo de tirar o fôlego. A cidade pulsava abaixo dos nossos pés.

Julia encostou a cabeça em meu ombro, com os olhos brilhando. Era tudo o que eu queria ver, pelo menos um momento de felicidade. Eu sabia que dias difíceis ainda viriam, ainda não havia contado sobre sua mãe. Para um paranoico como eu, toda essa situação era estranha demais para ser coincidência.

Eu tentava entender como Zane Kwame, um funcionário de uma mina em Botsuana e contratado por Romero Parisi para roubar diamantes de sangue para Aiden, foi parar justo na casa de Julia no Brasil. E eu, semanas depois, encontrei com ela duas vezes de forma aleatória. Eu já tinha visto coisas demais para acreditar em destino.

Essa história toda estava conectada de alguma forma, eu só precisava enxergar como. Enquanto os diamantes não apareciam e eu não neutralizava Aiden, Julia ficaria sob minha proteção e faria tudo ao meu alcance para vê-la feliz.

— Isso é... incrível, Nicolas — falou em um gemido de satisfação.

Eu a puxei para perto, envolvendo-a com um braço.

— Queria te mostrar que do topo a vista é mais bonita. Como você é a minha tampinha, tive que exagerar.

Ela sorriu, apertando minha mão.

— Ah, pronto, pare de me chamar de baixinha, hein?! Acho que você não precisa de desculpa para ser exagerado.

— Eu não sou exagerado.

Julia riu e parecia ainda estar absorvendo a magnitude da vista quando segurei sua mão, guiando-a para uma porta adjacente ao heliponto.

— E o que você está planejando agora? — perguntou com uma pitada de curiosidade em seus olhos.

Eu apenas sorri, abrindo a porta para revelar uma sala iluminada apenas pela luz de velas. O restaurante do observatório nos esperava, com mesas arrumadas com primor e um menu especial. E o melhor de tudo, estava completamente vazio, reservado apenas para nós.

Julia parou por um momento, cobrindo a boca com a mão em surpresa.

— Nicolas... você reservou todo o restaurante... para nós dois?

— Nada menos do que você merece — murmurei, levando-a à mesa mais próxima da janela, onde a vista de Nova York era mais espetacular.

Ela se sentou, ainda em estado de choque, enquanto eu puxava a cadeira para ela.

— Não sei o que dizer...

— Bom, para tudo tem uma primeira vez, tampinha.

Ela estreitou os olhos, mas sorriu. Sentei-me de frente para ela sem deixar de pensar que eu poderia me acostumar com isso, com essas noites, com essa conversa fácil que fluía entre a gente. Julia tinha essa característica de deixar tudo mais leve, mais gostoso. E ainda havia toda essa energia que me atraía para ela. Desde o momento em que ela saiu do quarto com o vestido que marcava todo aquele corpo escultural, o meu pau se recusou a descer.

O garçom, vestido impecavelmente, aproximou-se com uma garrafa de champanhe.

— À sua escolha, senhor.

Assenti, e logo as taças estavam cheias do líquido cintilante. Ergui a taça e Julia bateu a dela na minha.

— A Nova York! — Ela hesitou por um instante e então respirou fundo. — De verdade, Nicolas, muito obrigada... aquele dia você perguntou o que seria se você não tivesse chegado a tempo... eu...

— Ei! — Segurei o seu queixo entre os meus dedos. — Eu estava nervoso quando disse aquilo, mas não era com você, *Kroshka*. Eu cheguei e isso é o que importa, eu sou o seu herói, lembra? E eu sempre vou chegar a tempo. Eu iria até o fim do mundo para proteger você.

Ela me encarou com um brilho diferente nos olhos e então virou o rosto de lado e beijou a minha mão. Por um momento me vi sem saber o que dizer, mas ela, como sempre, sabia.

— Enfim, o que vamos comer? Alguma coisa russa? Você é russo, não é?

— Ao que tudo indica, sim — respondi, pensando em todas as revelações dos últimos dias. — Mas não vai ser comida russa, eles fazem uma massa de malfadine de pimenta vermelha com lagosta que é incrível. Você vai gostar.

— É, espero que sim — respondeu, dando um gole no champanhe. — Estou ansiosa. Mas como assim, ao que tudo indica? Você não sabe onde nasceu?

Era geralmente aí que eu terminava a conversa ou mudava de assunto, mas eu não quis parar. Eu não tinha vontade de conversar com as pessoas, porém com Julia eu tinha. Mas será que eu deveria?

Procurei o garçom com os olhos e pedi uma vodca, mandei que deixasse logo a garrafa. Julia ainda falava

— Eu sei fazer comida russa, o meu estrogonofe é uma delícia, minha avó que me ensinou. Se você fosse normal e tivesse uma cozinha em casa, eu faria para você.

Do que ela estava falando?

— Estro... o quê? — perguntei com um esboço de um sorriso.

— Estrogonofe, uai. Não acredito que você não conhece a comida do seu próprio país.

— Nunca ouvi falar, tampinha.

— Pois então você trate de arrumar uma cozinha para mim que vai conhecer — falou animada, com um sorriso largo. No entanto, logo franziu o cenho. — Mas o que você quis dizer com o que tudo indica? Seus pais não te contaram onde você nasceu?

Respirei fundo e tomei um gole da minha vodca.

— Eu nunca conheci os meus pais. Eu cresci em um orfanato nos arredores de Moscou. Então eu provavelmente sou russo.

Pensei no que Philip Stavros disse sobre sermos irmãos, mas eu não queria falar sobre isso. Nem com Julia.

— Oh, eu sinto muito, Nicolas — ela disse enquanto acariciava minha mão. — Eu não conheci o meu pai também.

Ergui um brinde aos pais desconhecidos e ela riu olhando em volta.

— Eu podia jurar que você tinha nascido chique, parece tão natural em você.

Joguei a cabeça para trás e gargalhei, essa menina era sensacional.

— Não, minha pequena, eu não nasci... chique.

— Muito bom, então quer dizer que talvez eu tenha uma chance.

— Por quê? É isso que você quer? Ser chique? — indaguei.

Ela recostou na cadeira e o nosso jantar chegou, nos interrompendo por um tempo. Julia amou a comida e logo voltamos a falar sobre o que perguntei.

— Mais ou menos. Eu quero ter meu próprio negócio, sabe, sempre quis. Lá no Brasil as coisas são mais difíceis, por isso eu juntava todo dinheiro que ganhava para poder vir para cá. Alfabetizei a Vavá em inglês desde bebê, eu sabia que um dia eu ia conseguir. E quando você apareceu querendo uma noiva falsa, achei que Deus tinha te colocado no meu caminho. Ia abrir meu próprio salão e tudo... só que aquele homem veio...

Levantei-me e dei a volta, ajoelhando-me em frente à sua cadeira. Eu deveria contar sobre o que aconteceu com a sua mãe, mas não tive coragem de estragar a sua noite, eu contaria pela manhã.

Acariciei o seu rosto e a beijei profundamente, pensando no quanto eu queria estar com ela quando tudo isso acabasse.

Eu poderia me livrar do passado por Julia? Ela ainda me olharia com a mesma adoração assim que soubesse quem eu realmente era? Não, é claro que não. Já era tarde demais para mim e cedo demais para ela. O melhor a se fazer era sair de seu caminho. Aconcheguei o meu rosto no dela e finalmente consegui me afastar.

— Não pense mais nisso, minha pequena. Eu tenho mais uma surpresa essa noite.

CAPÍTULO 25

Julia

Voltamos até o hotel de helicóptero, mas não descemos até a suíte. Ao invés disso, Nicolas me levou ao terraço da sua cobertura. Havia uma edícula coberta decorada com sofás, almofadas e um barzinho com aperitivos. Milhares de pequenas lâmpadas amarelas e flores brancas criaram uma aura mágica que fazia o espaço se sentir quente e acolhedor, mesmo com a brisa fresca da noite acariciando a pele.

A vista dali também era de tirar o fôlego, dando direto para o Central Park. Nicolas me conduziu suavemente pelo espaço, nossas mãos entrelaçadas, os olhos fixos um no outro.

Ele me encarava com fome, posse, paixão. Teve um momento no restaurante do *Empire State* que imaginei que ele fosse se abrir, falar sobre os seus sentimentos, mas não foi o que aconteceu. Voltou a dizer que me protegeria e que quando tudo isso acabasse eu seria feliz.

Eu precisava lembrar constantemente de blindar o meu coração de me apaixonar por ele de vez, mas estava difícil. Ele parecia fazer a mesma quantidade de esforço para me seduzir e depois repelir dizendo que nossa relação tinha hora de acabar.

Desci os olhos para a sua boca, depois para o pescoço. De longe ele parecia estar totalmente no controle, mas havia pequenos sinais que diziam o contrário, como o tensionar de mandíbula e um leve tremor nas mãos. Tão leve que talvez fosse mais um fruto de um desejo meu do que realidade.

— Não me olhe assim, Julia — ele disse, como se estivesse lendo os meus pensamentos.

— Assim como?

— Como se estivesse esperando por mais.

Suspirei.

— Eu não sou frágil, Nicolas, não corro de problemas. Eu posso ter 21 anos, mas eu sou adulta desde criança, não tive uma vida fácil. Você não precisa me proteger de tudo. Por que você não dá uma chance e confia em mim?

— Você não sabe o que está me pedindo, Julia. Não sabe o que eu já fiz.

Desabei em uma poltrona e ele fez o mesmo, sentando-se à minha frente. Observei-o atentamente e, mesmo vendo mais uma vez a aura sombria que ele projetava, eu não sentia medo, nem alerta. Eu me sentia protegida, cuidada, especial, ele sempre fez eu me sentir assim. Eu estava sendo ingênua dessa vez?

— Você gastou cem milhões de dólares para me comprar para provar que você podia me comer? — questionei, direta.

— Eu poderia te comer a hora que eu quisesse, sem gastar um centavo — respondeu ele no mesmo tom.

— Convencido.

— Realista, tampinha. — Ele respirou fundo e atenuou o tom. — Você é orgulhosa e obstinada, Julia, e eu respeito isso, eu sei que você prefere resolver os seus problemas sem pedir ajuda e eu entendo muito mais do que imagina, mas você não conhece Aiden como eu conheço, e eu te coloquei na mira dele. Era minha responsabilidade te tirar daquele leilão.

Balancei a cabeça, por que ele não conseguia se ver como eu o via?

— Você está se ouvindo agora, Nicolas? Você sabia que eu era pobre e impressionada e respeitou o meu tempo, nunca me pressionou. Eu fiquei bêbada na sua suíte e acordei com um café da manhã e um presente. Você gastou milhões de dólares para me proteger porque se sentiu responsável. Salvou a vida da minha irmã e está fazendo de tudo para me acalmar desde que chegamos nos Estados Unidos. Como, em nome de Jesus, você ainda acha que eu vou te ver com outros olhos sem ser a do herói que você realmente é?

Ele agarrou o meu pescoço com força e me beijou. Foi selvagem, voraz, desmedido. Era como se ele quisesse me consumir para garantir que eu nunca sairia dali. Beijei-o de volta, na mesma medida. Eu queria mais, sim, ansiava por muito mais. Queria o seu lado sombrio também, todas as suas faces, todas as suas cores.

— Você não entende, Julia, esse Nicolas só existe para você. Você é a única pessoa que desperta algo bom em mim.

Subi no colo dele e agarrei o seu rosto em minhas mãos.

— Confie em mim, eu não sou uma garotinha assustada.

Ele me encarou, por segundos, minutos, horas... e então, levou a mão ao bolso da calça e tirou uma joia lá de dentro. Semicerrei os olhos e logo levei a mão à boca, era o anel que ele havia me dado e o homem nojento pegou.

— Eu fiquei tão triste quando aquele cara tomou ele de mim. Implorei, disse que era presente...

— Ele nunca mais vai voltar, Julia, ele e quem mais mexer com você. Eu não faço o tipo que perdoa.

Peguei o anel das suas mãos e o coloquei em meu dedo, sorrindo. Dei um beijo de leve na ponta do seu nariz.

— Existem coisas que não tem mesmo perdão. Do que você tem tanto medo, Nicolas?

— Por enquanto de nada.

— Então prova, me deixe entrar.

Ele apertou o meu pescoço com força. Parecia um graveto em suas mãos enormes.

— E se eu não te deixar sair?

— Confie em mim, meu herói sombrio — sussurrei. — Você não vai me machucar.

Apertou ainda mais o meu pescoço, como um último aviso. Fechei os olhos e relaxei o meu corpo, entregue. Meu coração confiava nele e isso era tudo o que importava para mim.

— Eu quero você agora — rosnou, feroz, os olhos escuros de desejo.

— Estou aqui, Nicolas. Você é o único homem que desejei em toda a minha vida.

Sem aviso, ele rasgou a parte de cima do vestido e eu choraminguei.

— Ah, não! Eu tinha gostado tanto dele.

— Eu vou comprar outros, todos que você quiser — afirmou, passando os dedos nos meus mamilos —, e vou rasgar todos os que te deixarem gostosa desse jeito.

Arqueei o tronco para frente e o pescoço para trás.

— Então eu vou viver pelada, porque eu fico gostosa até em roupa de feira.

Ele riu, com a boca colada em meu pescoço e eu agarrei os seus cabelos com força. Meu coração bateu tão rápido que doeu. Fechei os olhos, a minha pele toda arrepiava enquanto ele descia os lábios pelo meu colo e me deitava de costas no sofá.

Ventava naquele terraço, mas eu não sentia frio. O calor que emanava da pele de Nicolas era capaz de me deixar com febre. Ele terminou de rasgar o resto do vestido, deixando-me apenas de saltos enquanto ele ainda estava todo vestido.

Ajoelhado no estofado, entre as minhas pernas, parou ali, venerando-me com o seu olhar. Como se quisesse decorar o meu contorno. Pegou a minha mão onde estava o anel e beijou o meu dedo.

— Minha — grunhiu.

Abriu as minhas pernas com o seu joelho e acariciou a minha virilha, chegando lentamente até o meu clitóris que precisava desesperadamente de atenção.

— Oh... — arfei, contraindo o corpo, arqueando os seios. Ele lambeu um mamilo e continuou implacável dedilhando o meu ponto mais sensível. Perdi o fôlego, o rumo, os pensamentos..., mas ainda consegui articular uma pergunta. — O que isso significa?

Paciente, continuou implacável com a sua língua experiente, trocando de um mamilo para o outro, até que afastou os lábios e enfiou os dedos em minha entrada, encarando-me com uma intensidade brutal. Meu coração batia em todos os meus poros e o meu peito parecia esmagado de tesão e expectativa, era impossível respirar.

— Nós ainda precisamos conversar sobre algumas coisas, *Kroshka* — estocou mais profundamente os dedos em minha boceta e pegou a minha mão com a sua que estava livre —, mas eu quero você para mim, de verdade dessa vez.

Tentei sorrir, mas ele estocou e estocou e voltou a beijar o meu corpo até que de repente sua língua estava em meu clitóris. Apesar do frio, eu suava de tesão. Quando achei que fosse ter um senhor orgasmo, ele riu de forma perversa e se levantou.

— Quero gozar com você, minha pequena.

Então se livrou da camisa, da calça, colocou uma camisinha em tempo recorde e deitou em cima de mim, esmagando os meus seios no seu peito. Minha boceta estava tão molhada que mesmo ainda não acostumada ao seu tamanho avantajado, o acomodou perfeitamente, deslizando aquele pau perfeito, fazendo-me gritar em êxtase.

Nós nos beijamos em um dança lenta no início que foi gradualmente aumentando a intensidade.

— Você é perfeita, Julia. Esse Nicolas aqui só existe para você.

— Eu sou sua, Nicolas... — sussurrei. — Confie em mim, eu vou a... gostar de todas as cores.

Ele rosnou e agarrou os meus cabelos com força. Arfei pela surpresa e gemi cada vez mais alto. Era tão gostoso gritar quando o seu pau batia lá, no fundo, e liberava ondas de puro prazer.

E eu gritava cada vez mais alto, olhando o céu estrelado de Nova York enquanto Nicolas segurava os meus cabelos e a minha cintura e arremetia com toda sua força, como se quisesse me partir ao meio. Ele desceu os lábios até os meus seios e assim que o colocou entre os dentes, soprando de leve o mamilo, eu me contraí inteira.

— Eu vou gozar, minha nossa, eu vou gozar muito. Goza comigo! — delirei.

— Minha pequena, perfeita e gostosa, toma tudo... porra, Julia... — ele gemeu, tremendo o corpo todo em cima do meu.

Nós ainda ficamos um tempo daquele jeito, como se quiséssemos eternizar o momento. Ele foi afrouxando o aperto nos meus cabelos e eu levantei a cabeça um pouquinho e o beijei profundamente.

— Meu — sussurrei, imitando-o.

Ele me fitou muito sério e, então, se deitou ao meu lado, aninhando a minha cabeça em seu peito.

— Eu preciso resolver de vez esse problema com Aiden — ele disse, entrelaçando a sua mão na minha. — E eu ainda não consegui o contrato com a *EcoMiner,* então nós temos que ir em um evento ridículo nos Hamptons daqui a uns dias.

Soltei uma risadinha, feliz, parecia uma conversa normal de casal, a primeira que tínhamos.

— O que seria um evento ridículo? — perguntei.

— O batizado dos gêmeos de Philip Stavros e...

Soltei um grito involuntário e bati no peito dele.

— O quê? Nós vamos em Amy Pond? Você conhece *o* Philip Stavros? Eu vou morrer. Meu Deus! Eu vou conhecer Ella Stavros de perto, ela é tão chique.

Em milésimos de segundo, um Nicolas furioso estava em cima de mim, prendendo os meus braços acima da cabeça.

— Você é minha, Julia. Não estou entendendo essa empolgação por causa daquele babaca engomado.

Gargalhei. O inabalável estava mesmo com ciúme?

— Eu não estou empolgada com ele, mas você já viu aquela casa? No Brasil tem um programa que chama Fantástico que fez um especial sobre eles, nuh, o trem é surreal, e euzinha, estou indo lá. Esse definitivamente não é um evento ridículo.

Ele grunhiu, ainda furioso e mordeu o meu pescoço.

— Eu estou te avisando, Julia, você.é.minha!

— Sim, meu gostoso das cavernas, eu sou sua. Você é o homem mais maravilhoso que eu já vi de perto e pela televisão, relaxa aí a "carvenice".

Ele apertou o meu pescoço e me beijou profundamente até se acalmar. Assim que se deitou ao meu lado novamente, disse:

— Mas falando sério, minha pequena, eu quero você para mim, mas antes de resolvermos qualquer coisa sobre as nossas vidas definitivamente, nós precisamos conversar, tudo bem?

Passei a mão no peito dele, sobre a tatuagem de borboleta.

— Você vai me falar sobre isso aqui?

Ele beijou a minha cabeça.

— Sobre tudo.

— Então está marcado, Nicolas. Depois desse batizado nós vamos conversar e você vai ver que eu não vou me assustar.

Ele respirou fundo e passou um tempo observando o céu e então ele me respondeu:

— Espero que não, tampinha, eu realmente espero que não.

Eu estava irreversivelmente apaixonada por Nicolas Beaumont, mas preferi guardar os meus sentimentos por enquanto. Eu mostraria a ele na próxima semana que eu falava sério.

CAPÍTULO 26

Nicolas

Alguns dias depois...

A sala da Dra. Felicity Warren estava carregada de uma tensão viscosa que se agarrava a cada canto. Eu não estava aqui para aquela baboseira de controle de raiva, mas sim, porque a pessoa que eu esperava tinha medo de ser visto ao meu lado.

Fui o primeiro a chegar, escolhendo propositalmente uma cadeira de costas para a parede, para que pudesse ver todos que entrassem. Tony, entrou em seguida, suas mãos tremendo ligeiramente enquanto ele escolhia o lugar ao meu lado. Dan, o terceiro a entrar, sempre o assessor meticuloso, manteve seu rosto impassível, mas seus olhos revelavam uma mistura de ansiedade e confiança em mim.

— Nicolas... Sr. Beaumont — Tony sussurrou, olhando para mim. — Eu realmente não quero estar aqui. Isso é... é ilegal.

Eu apenas balancei a cabeça, mantendo meu olhar firme.

— Tony, você é o advogado mais estranho que eu conheço. Deixa de ser uma mulherzinha e senta aí.

Enquanto eu pensava em demitir Tony pela milionésima vez naquele ano, finalmente, a porta se abriu mais uma vez, e o nosso ilustre convidado, o Juiz Caldwell entrou, o sorriso autoconfiante de um homem que acha que tem tudo sob controle.

Dan foi o primeiro a falar, seu tom cordial e caloroso:

— Senhor, que prazer vê-lo. Obrigado por aceitar nosso convite.

O juiz assentiu, assumindo um lugar oposto a mim.

— Senhor Beaumont — ele começou, ignorando o meu assessor de propósito. — Tenho ouvido falar muito sobre o seu... dilema.

Detestei o homem imediatamente e imaginei algumas maneiras menos polidas de resolver o "dilema". Pensei em Julia me esperando, na promessa que fiz a ela e respirei fundo.

— Ok, eu respeito isso, vamos diretamente ao ponto então. O que você quer em troca de minha liberdade?

Caldwell esticou as pernas, relaxado, e citou uma soma que fez Tony ofegar audivelmente ao meu lado. O juiz estava jogando alto, assumindo que eu não pensaria duas vezes antes de pagar pela minha liberdade. Ele estava completamente errado.

Sem mostrar emoção, inclinei-me para frente, olhando nos olhos de Caldwell.

— Isso é um pouco delirante, você não acha, Juiz?

Ele deu de ombros, a arrogância palpável em cada movimento.

— Liberdade custa caro, Sr. Beaumont.

Dan deu um passo à frente, escolhendo cuidadosamente as palavras. Ele sabia que isso podia escalar a qualquer momento. Eu fiz o meu dever de casa sobre esse juiz de merda. Eu não queria recorrer a velhas táticas, mas iria se me visse sem saída. "Até o fim" também foi uma promessa que fiz à minha pequena.

— Há sempre margem para negociação, senhor Caldwell. E creio que podemos encontrar um número que seja justo para ambas as partes.

Mantive o contato visual com Richard Caldwell, minha voz era baixa e constante:

— Tenho certeza de que um homem na sua posição tem... esqueletos. Seria uma pena se os seus saíssem do armário, não seria? — Seu olhar vacilou por um instante, e eu soube que o havia atingido. — Mantenha minha pena em suspenso — continuei —, e você terá um terço do que pediu. Recuse, e bem, estou certo de que... Louise vai adorar receber algumas notícias minhas.

Caldwell, por uma fração de segundo, pareceu um rato encurralado. E então, com um suspiro resignado, assentiu lentamente.

— Um terço. Mas você nunca mais me ameace, não me queira como seu inimigo.

Ofereci-lhe um sorriso frio e me levantei.

— Meus empregados são os meus melhores amigos, Richard, desde que eles saibam o seu lugar. Posso fazer a sua família muito rica ou muito infeliz, a escolha é sua.

Ele engoliu em seco e meneou a cabeça.

— Considere-se um homem livre, Nicolas Beaumont, anularei a sua sentença hoje mesmo.

— Obrigado. — Então me dirigi a Tony e Dan: — Dan transfira o dinheiro, Tony, você vem comigo, nós vamos para Vegas.

— *Na próxima vez que você for a Vegas, eu quero ir também* — Julia disse com os olhos brilhando pela tela do celular.

Eu havia ligado para dizer a ela não me esperar acordada, pois estaria de volta apenas no dia seguinte. Eu ia respondê-la quando a menina entrou pulando na frente da irmã.

— *Tio Nico! Vegas é outro país?*

— Não, Las Vegas é outra cidade.

— *Hm... você traz um presente de lá para mim?*

Segurei para não rir da expressão de Julia.

— *Valentina! Onde você aprendeu esses modos? Me desculpa, Nicolas, ela perde a noção às vezes.*

— Deixa a menina, Julia.

— *É!* — Valentina retrucou. — *Deixa a menina, Zuia.*

Não teve como, gargalhei alto enquanto Julia falava em português com a menina tirando-a da sala.

— *Ela já é terrível, Nicolas, e você ainda incentiva. Mas enfim, boa viagem, eu vou ficar com saudades.*

Meu pau endureceu ao ouvi-la dizer que sentiria a minha falta. Eu estava cada dia mais viciado. Respirei fundo.

— Eu não vou demorar. — Olhei ao redor e expulsei todos os empregados que estavam no escritório do meu jatinho. — Mas antes eu preciso que você faça uma coisa por mim, *Kroshka*. Vá até o nosso quarto.

Ela abriu um sorriso e começou a andar.

— *Eu adoro quando você fala nosso quarto. Parece mais real.*

Pensei na longa conversa que teríamos, também querendo que fosse real.

— E é real, minha pequena.

Ela falou alguma coisa com a babá, e então entrou no quarto.

— *Cheguei* — anunciou. — *Por que você queria que eu viesse para cá?*

— Porque você vai tirar a calcinha para mim e abrir essa bocetinha gostosa na frente da câmera até eu gozar para você.

Eu não chamaria Julia de tímida. Ela era bem desenvolta, obviamente barulhenta no sexo e tinha uma rara e deliciosa autoconfiança sobre o seu corpo. Mas era excitante demais surpreendê-la e vê-la corar de tempos em tempos. Ela era um vício que eu não tinha a mínima intenção de me curar.

— *Minha nossa, Nicolas, e você fala isso com essa naturalidade?*

— Como você queria que eu dissesse? Você ainda é minha posse. — Meu pau babou de antecipação. — Passe os dedos nessa boceta e me mostra como ficou molhadinha querendo o meu pau.

— *Oh, meu Deus... tá bom.*

Posicionou o celular e então tirou a calça e a calcinha, fazendo, em seguida, o que pedi. Seus dedos brilhavam e ao abri-los notei um fio viscoso escorrendo entre eles.

— Chupe os dedos, Julia, sinta como o seu gosto é o melhor de todos.

Ela chupou, fazendo um barulho com os lábios e eu não aguentei, libertei o meu pau que implorava para sair. Se ela estivesse comigo eu gozaria em poucos minutos, estava explodindo de tesão com aquela cena.

— Olha o que você fez com ele, pequena. Ele dói em agonia longe de você — comentei, acariciando a minha extensão.

— *Coitadinho* — ela sussurrou, tirando a blusa e acariciando os seios com a pontinha dos dedos. Eu sabia que o pudor não duraria muito. — *Se eu estivesse aí, eu daria um monte de beijinhos nele para sarar.*

— Safada... — gemi, intensificando o vai e vem dos meus movimentos. — Gostosa. Amanhã, quando eu chegar, vou gozar na sua garganta, minha pequena, e depois preparar o seu cuzinho e fazer você gozar tomando gostoso até o fundo.

— *Não vai nada...*

— Ah, eu vou... vou viciar você em dar a bunda para mim, não vai querer mais parar. Agora deita na nossa cama, com as pernas bem abertas e se toca pro seu dono... goza comigo, minha gostosa.

Ela deitou e posicionou o celular entre as pernas e eu podia ver cada detalhe da sua bocetinha perfeita. Suas unhas bem-feitas, pintadas de vermelho, acariciando o clitóris durinho acabou de vez com a minha sanidade, e para ajudar, a putinha gemia e se contorcia.

— *Ah, Nicolas, eu estou tão molhada por você, volta logo.*

Pedi que gemesse ainda mais alto enquanto eu me masturbava intensamente, com os olhos fixos naquela boceta que era exclusivamente minha. Minhas pernas tremiam e um prazer que começava na cabeça do meu pau e irradiava para todo o meu corpo, começou a se formar.

— Agora, Julia, goza para mim!

E ela gozou, com as pernas levantadas, tremendo e convulsionando todo o seu ventre, enquanto gemia o meu nome sem parar. Gozei também, com força, como se tivesse sido atingido por uma tempestade de raios. Foi tão avassalador que, aliado à pressão do avião, o meu ouvido parecia estar embaixo d'água.

— *Isso foi tão intenso, Nicolas, mas eu quero você, volta logo* — Julia disse, pegando o telefone e o colocando na frente do rosto.

Um aviso da cabine do piloto de que nos preparávamos para pousar em Vegas soou pelo avião.

— Sim, tudo com você é intenso. Mas eu realmente não vou demorar, antes que você perceba estarei de volta.

Ela beijou a tela do celular e nos despedimos. Levantei-me indo em direção ao banheiro. Enquanto eu tomava um banho rápido, pensei em minha proposta para Aiden.

Eu preferia ficar com Julia a continuar essa guerra sem sentido. Eu sabia que Aiden se alimentava de caos e o seu objetivo era a vingança, mas eu estava disposto a negociar. Faria a ele uma proposta tentadora e, se Julia entendesse o motivo de eu ter omitido algumas verdades, nós teríamos uma chance de felicidade.

As luzes de Las Vegas piscavam abaixo enquanto o avião descia, como um verdadeiro oceano de néon. Eu me recostei na poltrona, os olhos varrendo a cidade que um dia me ofereceu a ilusão de liberdade. Apesar de tudo, uma parte de mim sentia falta dessa ilusão.

Após aterrissar, as rodas do meu carro rolaram suavemente pelo asfalto da cidade, me levando por ruas que respiravam uma familiaridade dolorosa.

A Strip, com sua pulsante euforia, permaneceu à minha esquerda enquanto me desviava para o leste, em direção a um lugar mais recôndito, menos iluminado, mas, de certa forma, mais real.

O cassino de Aiden, um estabelecimento discreto, destacava-se como um enigma no fim da rua deserta. Se isso fosse uma história e ele, o vilão, eu diria que aqui, estava o seu QG.

Parei o carro e caminhei para dentro, memórias da minha primeira visita, cheio de euforia após vingar-me de Olga, invadindo meus pensamentos.

— Senhor Beaumont, que surpresa vê-lo por aqui! — o leão de chácara, um homem que me fazia olhar para cima, grande como um armário, me cumprimentou.

— Olá, George. — Acenei, permitindo que um sorriso leve se formasse.

George abriu a porta para mim, e adentrei o cassino. O interior era um mundo à parte, onde o tempo parecia estagnado em uma eterna noite.

— Nicolas! Não acredito! Aiden disse que você não voltaria. — A voz entusiástica de Marienne, a gerente do piso, preencheu o espaço, enquanto ela se aproximava. — O lugar não é o mesmo sem você.

Minha mão encontrou o seu ombro.

— É bom ver você, Marienne — confessei um tanto surpreso. Eu realmente senti falta do lugar.

Ela me encarou por um tempo, incerta como se fizesse um cálculo mental, e então, olhou para o segundo andar e esticou o pescoço, chamando-me para um canto.

— Eu queria falar com você há um tempo. Aiden não está bem, Nicolas, e não deixa ninguém o ajudar.

Esse era o eufemismo do ano.

— Ele nunca teve a cabeça boa, Marienne, e isso não vai mudar agora na beira dos seus 60 anos. Pule desse barco enquanto você pode. Se precisar de dinheiro, ou recolocação no mercado — sugeri, pegando um cartão no paletó — fale comigo.

Ela balançou a cabeça.

— Não... você me entendeu errado. Ninguém em Vegas tem a cabeça boa. — Ela abaixou a voz. — Ele está doente, gravemente doente. Acho que essa situação de ter encontrado a filha e perdido o contato e ainda por cima perdido você, acabou com ele.

Pena que não acabou rápido o suficiente, pensei. Ao invés disso, empreguei um falso tom preocupado na voz.

— Obrigado, Marienne, Aiden adora se fazer de durão, mas fique tranquila que vou cuidar disso.

Ela sorriu, aliviada.

— A gente sempre pôde contar com você, um verdadeiro salva-vidas. Bom, não vou mais ficar no seu caminho. O poderoso chefão está lá em cima.

Assenti e subi as escadas brilhantes a passos firmes. Virei um corredor, cumprimentei os seguranças que só me deixaram passar quando entreguei minha arma e o celular.

Abriram a porta e Aiden estava lá, de costas para mim, como um rei em seu trono. A sua risada, afiada e insidiosa, cortou o ar e eu precisei me segurar para não partir para cima dele com tudo. Talvez o grupo de controle de raiva não fosse tão inútil no fim das contas.

— Aiden. — Minha voz era de aço puro ao pronunciar seu nome.

Ele virou lentamente, seu sorriso tranquilo e olhos astutos me estudando com um desprezo calculado.

— Nicolas. — Ele degustou meu nome sentando-se mais confortavelmente em sua cadeira. — A que devo a honra?

Eu mantive a distância, meus olhos cravados nos dele, cada palavra pesada e decidida.

— Vamos acabar com isso.

A surpresa genuína em seus olhos foi rapidamente suprimida por um sorriso condescendente.

— Você, como sempre, sendo um desapontamento.

Inspirei, mantendo minha voz firme e inabalável.

— Não venha com sentimentalismos. — Meus olhos não desviaram dos dele. — Estou aqui para negociar. Você fica com os cassinos, os hotéis, eu não me meto na sua birra contra os Stavros. Dou-lhe todas as provas que tenho contra você e em troca você desaparece da vida de Julia e me devolve a mãe dela... com vida.

Seus olhos se estreitaram, avaliando as minhas palavras.

— Birra... é isso que você acha que é?

Suspirei.

— Sinceramente? Eu não dou um foda-se para o passado. Tenho mais dinheiro do que posso gastar em gerações. Prefiro aproveitar os meus dias com alguém que eu amo do que obcecado em vingança. Já fiz isso, saí mais vazio do que entrei. Você está há mais de 40 anos nessa saga e o que ganhou?

Seu rosto ficou vermelho e uma onda de tosse o varreu.

— Ah, mas o passado nos define, meu querido sobrinho. — Ele circulou a mesa, parando a poucos passos de mim. — Eu lhe dei tudo... a sua traição foi a que mais doeu. Você é um egoísta iludido por boceta, sempre foi. Não foi grato a mim que te tirei da sarjeta por causa da sua primeira puta e não quer honrar a memória da sua mãe pela menina que você comprou. Se você soubesse o que Demiris Stavros fez com Noelle.

A ira latente em sua voz quase me fez vacilar, mas permaneci firme, minha voz um manto de calma forçada.

— Eu não sou o instrumento da sua vingança, Aiden. E eu não vou permitir que você destrua mais vidas com sua obsessão.

Ele riu, uma risada cortante e fria, suas palavras carregadas de veneno.

— A sua lealdade com essa menina é comovente. Mas, quem teve lealdade quando minha irmã morreu? Quando Demiris Stavros engravidou a sua mãe, ela ainda não tinha 18 anos. A iludiu, comprou uma casa para ela na Rússia, onde ele tinha alguma influência, apenas para tirá-la de perto Elena, a noiva, que era de família nobre. Sua mãe morreu de amor, Nicolas, e você é tão parecido com ela... Mas você é egoísta como todos os Stavros, e isso é algo que não posso perdoar, eu nunca vou perdoar!

Outra onda de tosse o varreu, e eu precisei de alguns segundos para me recompor. Pensei que eu havia matado o menino sensível que sonhava com estrelas, há muitos anos dentro de mim, mas ao saber um pouco sobre quem foi minha mãe, percebi esse menino querendo voltar.

Não era a hora.

Respirei fundo, o autocontrole tomando conta.

Julia precisava de mim.

— Eu vim aqui com uma oferta — comecei, forçando-me a continuar: — Todos os cassinos, todos os hotéis... eles são seus. Eu me retiro, não interfiro em seus planos contra os Stavros. Mas você devolve Joice para Julia e desaparece de nossas vidas.

— Joice... — ele rosnou o nome dela, os olhos ainda fixos nos meus. — Você acha que eu sou idiota, Nicolas?

— Acho que você é prático — respondi rapidamente. — Um negócio é um negócio. A mala preta que você matou Konstantin Stavros para pegar... está comigo[13]. Devolva a mulher e ela é sua.

Houve uma pausa, o mundo parecia congelar ao nosso redor, e os segundos se estenderam, ameaçadores e densos.

— Nova York. Uma semana — Aiden concordou, os dentes à mostra em um sorriso que nada tinha de amigável. — E você terá Joice de volta.

— Se ela não estiver lá — avisei, deixando a ameaça pendurada no ar entre nós — esqueça o acordo.

Aiden assentiu lentamente, os olhos repletos de um desdém venenoso.

— Até lá, Nicolas Stavros.

Eu me virei, a adrenalina se dissipando lentamente, sendo substituída por uma sensação ácida de perigo iminente. Naquele momento eu deveria ter percebido a ameaça latente nas suas últimas palavras, mas não percebi. Estava distraído, nervoso, inquieto. E isso me custou tudo.

Talvez fosse uma maldição de família, os Roux estavam fadados, inevitavelmente, a morrer de ódio ou amor.

---

[13] Saiba mais sobre essa trama no livro 01 dessa série - Acordo com um Bilionário.

CAPÍTULO 27

Nicolas

Apertei os botões do elevador mais de uma vez, como se isso o fizesse descer mais rápido. Os meus seguranças traziam sacolas e mais sacolas de presente para Valentina, pois ela não especificou o que queria na ligação e Julia insistiu que não precisava de nada, então eu comprei tudo. Eu nunca convivi com uma criança, não fazia ideia do que meninas de quatro anos gostavam.

Já para "menina" de 21 eu soube exatamente o que comprar e eu tinha certeza de que ela iria apreciar bastante, quase tanto como eu.

— Senhor, onde é para colocar os presentes? — Taylor, o chefe da segurança reforçada que contratei nos Estados Unidos, perguntou. Marcelo e a sua equipe continuavam no Brasil, de olho na senhora Rose e procurando pela mãe de Julia. Como a casa da avó era impossível de ser vigiada com segurança, comprei outra para ela. Julia ainda não sabia.

— Pode por aqui mesmo, são 4h da manhã ainda, quando ela acordar, ela vê.

Os seguranças assentiram e se retiraram. Eu parei para observar a sala cheia de presentes, as janelas que iam do chão ao teto, mostrando um dos pontos mais caros de Manhattan.

Mas tá com medo de alguma coisa... Tá tremendo sua mão.

Sim, Valentina tinha razão, quando eu resgatei Julia daquele leilão eu já sabia que isso aconteceria. Eu preferia enfrentar um exército armado até os dentes do que pensar na possibilidade de perder a minha tampinha e a mini tampinha.

Fui até o quarto e sorri ao vê-la dormindo, tão tranquila, mais linda do que nunca. Ela conseguia se espalhar inteira numa cama enorme como aquela. Mas Julia era assim, impunha sua presença, cativava. Os funcionários do hotel estavam loucos por ela. Sua risada preenchia qualquer lugar.

Eu definitivamente não queria mais viver longe da sua luz... o destino se esforçou para colocá-la em minha vida, e eu faria de tudo para mantê-la ali. Peguei o conjunto de joias que mandei Samuel Goldstein fabricar para combinar com o anel de diamante azul e espalhei ao seu lado.

Ela se remexeu, murmurando algumas coisas em português, mas eu entendi uma parte em alto e bom tom.

— Stavros... Ph...

— O quê?! — exclamei, meu sangue fervendo.

Julia levantou de uma só vez, gritando de susto e bateu a cabeça no meu nariz.

— Misericórdia, pai, o que tá acontecendo aqui? — Ela gritou.

De pé ao lado da cama, segurando o meu nariz que provavelmente estava sangrando, a encarei com fogo saindo pelos olhos.

— Não sei, Julia, me diga você!

Ela esfregou os olhos e se levantou da cama.

— Nicolas, é você? Você voltou, que saudade. — Tentou pular em mim, mas dei um passo para trás. — Ué... que foi?

— Nada — passei a mão novamente no nariz e não estava sangrando como imaginei. Virei-me para sair do quarto, mas ela me impediu.

— Uai, mas por que você tá bravo?

Meus olhos desceram pelo seu corpo devagar... parei um tempo na sua boca, admirando a covinha que ela fazia quando ria, desci um pouco mais pensando em como a minha mão dava uma volta completa em seu pescoço, prestei atenção nas alças finas da camisola minúscula de seda preta que mal cobria aquele corpo escultural, cheio de curvas nos lugares certos. Os mamilos eriçados por baixo da roupa, visíveis mesmo à meia luz

Rosnei, pensando que se eu colocasse minhas mãos entre as suas pernas ela estaria totalmente molhada, escorregando convidativa para dentro do paraíso que era a sua boceta. Sempre que as suas bochechas esquentavam, sua bocetinha encharcava.

— Você está excitada — eu disse, seco.

Ela franziu a testa.

— Bom, você está se achando né, porque eu tava quietinha aqui dormindo, mas vamos supor que eu estivesse, pensei que você gostasse. — Ela pôs as mãos na cintura e deu um passo para frente, me cheirando. — Você andou bebendo aquele corote caro do demônio?

— Corote, o que é isso?

Ela deu uma risadinha.

— Seria hilário te mostrar, mas não sei se tem aqui nos Estados Unidos. Mas, hein, para de amarrar mixaria, deixa eu te abraçar.

Dei outro passo para trás.

— Você é minha, Julia, você só fica excitada para mim.

— Mas isso é bem óbvio a essa altura... ui...

Ela parou de falar quando eu enrolei minha mão na parte de trás dos seus cabelos e a trouxe para perto de mim com um movimento brusco.

— É óbvio? Então por que você estava falando o nome de outro homem na nossa cama?

Ela franziu o cenho parecendo genuinamente confusa.

— Eu?! Mas nem se eu fosse doida, eu sou completamente apaixonada por voc...

Arregalou os olhos, como se tivesse se dado conta do que disse tarde demais. Senti uma onda de calor me invadir, como se eu estivesse ficado tempo demais fora de casa no inverno e acabasse de voltar para o meu lar. Não sabia o quanto eu precisava daquelas palavras até aquele momento.

Apertei ainda os seus cabelos, com o sangue fervilhando e o pau latejante, duro e alucinado pela sua boceta. Agarrei o seu pescoço com a minha mão livre e a levei até o pé da cama.

— Repete, *Kroshka*, repete o que você disse.

— Eu estou completamente apaixonada por você, Nicolas.

Rosnei, tomando a sua boca com brutalidade. Ela devolveu o beijo na mesma medida, gemendo sem parar arranhando as minhas costas por cima da roupa.

Desci as alças de sua camisola liberando os seios arrepiados que esperavam pela minha língua. Ela tentou tirar a minha camisa e eu girei o seu corpo, empurrando o seu tronco para cima da cama, deixando a bundinha empinada para cima. Segurei a sua nuca firme no colchão e deslizei a sua calcinha até os joelhos.

Passei as pontas nos meus dedos pela sua pele que se arrepiava na medida do meu toque.

— Você é tão responsiva, minha pequena, tão safadinha...

— É culpa sua — acusou com a voz abafada pelo colchão.

— Sim, minha gostosa... minha. — Toquei de leve, muito de leve o seu clitóris, só ao ponto de enlouquecê-la.

— Oh, Nicolas... socorro... mais, eu quero mais.

— Isso... é o meu nome que vai sair da sua boca, só o meu... pede pra mim, gostosa, implora por mim, você é minha, Julia, só minha, completamente minha.

— Só você, Nicolas, eu quero você pra mim, me faz gozar como só você sabe.

— Porra, Julia, você perfeita.

Apliquei um pouco mais de pressão e ela gritou, fora de si. Meu pau parecia explodir e gotas de suor brotavam da minha testa, mesmo a suíte estando perfeitamente climatizada. Essa mulher me tirava do sério, do eixo, de órbita.

Dei um tapa na sua bunda, com força e vi todo o lado esquerdo de sua pele arrepiar, por pouco não gozei, só com a cena.

— Fica de quatro para mim na cama, minha putinha, bem gostosa me esperando.

Ela fez o que pedi, mas antes de ir até a gaveta, ajoelhei-me atrás dela e abocanhei a boceta que pingava de tesão, passei a língua na entrada suculenta com vontade, meu pau latejando no ritmo dos seus gemidos sufocados nos lençóis de seda da nossa cama.

Afastei um pouco os lábios e soprei a bocetinha que contraía.

— Mais alto, Julia, não estou ouvindo você gemer o meu nome.

— Eu vou é te matar, Nicolas, eu preciso de você, vou enlouquecer aqui.

Sorri e voltei a chupá-la por trás, concentrando-me no seu clitóris. Coloquei-o todo na boca e o castiguei com a ponta da língua. Julia se contorcia e se debatia, mas era um esforço inútil, seu prazer era todo meu agora. Endureci a língua e chupei aquele ponto que nos levava a outra dimensão onde apenas nós dois existíamos...

— Nicolas, eu vou gozar muito... oh Deus... — Intensifiquei a pressão e ela explodiu em um orgasmo intenso, gritando em português, em inglês, frases desconexas. Ela desabou na cama, ofegante. — Está ficando cada vez mais gostoso fazer amor, Nicolas, minha nossa.

Dei outro tapa em sua bunda.

— Ótimo, porque eu ainda não acabei com você. Fica assim que eu já volto.

Fui até a gaveta e, enquanto eu pegava o que estava procurando, ela soltou um grito.

— Jesus, Maria e José e todo mundo que tá no céu, que porra é essa, Nicolas?

— O que foi dessa vez, minha maluquinha?

Rindo de orelha a orelha, ela mostrou o conjunto de joias e então, soltou mais um grito.

— Ah! Você me fez tanta raiva que até tinha esquecido disso.

— Eu dormir te dá raiva?

— Falar o nome de outro homem dormindo, sim.

Ao invés de ficar constrangida ou tentar disfarçar, ela riu alto.

— Mentira que fiz isso, mas gente... eu penso tanto em você o dia todinho que eu tenho até medo de parecer aquelas tontas novela. O nome de quem eu falei? Do Henry Cavill?

Grunhi, o sangue fervendo de novo

— Quem é esse? Algum ex-namorado?

Ela gargalhou de verdade dessa vez.

— Nicolas, se eu fosse a sua esposa hoje e ex-namorada do Henry Cavill, eu teria legiões de mulheres me olhando com inveja na rua. Ele é um ator de cinema, você não vê filme?

— Americano? — perguntei com um certo desgosto.

— Meu Deus, estou casada com um alien. Mas agora falando sério, eu devo ter murmurado algo aleatório e essa sua cabeça paranóica surtou, porque sinceramente, não existe homem nesse planeta aqui que eu prefira a você.

— Acho bom mesmo, tampinha, porque você é exclusivamente minha.

— Ah, eu sou mesmo. — Ela voltou a olhar para as joias. — Como elas são lindas... E você ainda tem a coragem de dizer que a doida dessa relação sou eu. Isso tudo aqui é diamante de verdade não é?

— Obviamente. Em que mundo eu deixaria a minha pequena usar bijuteria?

Ela gargalhou.

— Exagerado!

— Você não viu nada, Julia. Eu vou afogar você em joias, vestidos, carros, viagens... nunca mais vai faltar nada para você e para a mini tampinha. E mesmo que um dia você me queira longe, eu vou garantir que você tenha tudo até o fim dos tempos.

Ela estreitou os olhos.

— Cara... Você matou os seus pais?

— O quê? Claro que não. Que porra de pergunta é essa do nada?

— Gosta de maltratar animais? Matou alguma criança? Vota nos democratas?

Eu ri, ela era, sim, totalmente maluca.

— Não, não e não voto em ninguém. Qual é a da inquisição?

— Uai, estou tentando adivinhar o que você fez de tão grave. Eu sinto que você quer me dizer alguma coisa, algo grave do seu passado, e acha que eu não vou perdoar. Mas, sabe, Nicolas, o nosso é passado é passado, eu não te devo satisfação do meu e você não me deve do seu. Ter crescido em um orfanato da Rússia deve ter sido terrível e se você teve que fazer algo para sobreviver, quem sou eu para julgar? Deus é testemunha de quantos valores eu passei por cima quando decidi entrar naquele leilão, mas eu fiz o que tinha que fazer para sobreviver. Você não me julgou por isso, eu vi o seu coração. Não sei quem te fez acreditar que é mau, mas você não é. Eu não me apaixonaria por um homem mau, não sou dessas. Eu só não perdoo traição e mentira. Desde que você seja meu, eu sou sua, e eu vou te defender com tudo que eu tenho, da mesma forma que você faz comigo.

Foi um misto de explosões. Eu me sentia caindo e caindo naquele precipício. Eu deveria falar, contar tudo, mas me lembrei dos presentes na sala, do brilho nos olhos de Julia pela festa nos Hamptons, de dias de plena felicidade que nos esperava e o calor que me envolveu, também me paralisou. Que mal faria em adiar a dolorosa conversa em apenas alguns dias?

Então, ao invés dessa verdade, escolhi outra, tão poderosa quanto. Sempre odiei que estava fora do meu controle, mas Julia sempre esteve. Acariciei o seu rosto com as costas da mão e afundei os joelhos na cama, aproximando o meu rosto do seu, devagar. Rocei a minha barba por fazer em suas bochechas e desci até encontrar o seu pescoço, decorando a textura da sua pele, seu cheiro, o calor da sua respiração.

— Se eu pudesse escolher um momento para viver eternamente, seria esse aqui com você, *Kroshka*. Se é necessário me jogar no fogo... então eu vou queimar. — Coloquei a mão dela em cima do meu peito. — Esse coração aqui escolheu você e vai ser sempre seu até o fim da minha vida.

Ela enlaçou os braços no meu pescoço e me abraçou com tanta força que pensei que fosse me quebrar.

— Você quer me matar, só pode.

— Quero... de tanto gozar para mim.

— Pervertido...

— Você está pedindo para eu ser pervertido desde a primeira vez que te vi.

— Ah, pronto. — Afastou os braços e enxugou uma lágrima. Aproveitei e beijei suas bochechas onde as lágrimas caíram.

— Tire a minha roupa, Julia, quero realizar o seu desejo, vamos ficar bem pervertidos agora.

Seus olhos brilharam e a respiração tornou-se mais densa. Ela tirou a minha camisa devagar, tomando o seu tempo em cada botão. Assim que a peça saiu do meu corpo, Julia beijou o meu peitoral e a minha barriga, apertando a minha pele, inalando o meu cheiro, gemendo baixinho.

Logo depois, tirou o cinto da minha calça e saiu da cama, puxando-me para sentar na beirada. Ajoelhou aos meus pés e tirou os meus sapatos, devagar, os olhos fixos nos meus. Ela era linda demais. Os seus cabelos compridos cobriam as suas costas até a cintura, fazendo-a parecer uma deusa da sensualidade. A cada dia que passava ela me viciava mais e mais em seu corpo.

Ergueu o tronco para tirar a minha calça, mas não aguentei esperar. Agarrei o seu pescoço e a beijei com a fome e abstinência que sentia dela. Tirei o restante das minhas roupas o mais rápido que pude e a coloquei deitada em meu colo, com a barriga nas minhas pernas. Sua bunda arrebitada para cima agora era minha para eu fazer o que eu quisesse.

Comecei com uns tapas, de leve, vendo a pele ficar vermelhinha e arrepiada. Ela gemia e arrebitava a bunda ainda mais. Procurei a boceta e vi que já estava prontinha para mim e alternei entre os tapas e uma massagem no clitóris.

— Porra, Nicolas... Eu já quero gozar de novo.

— Eu sei... você é safada demais... eu já vou deixar você gozar, pequena, isso aqui é só um aquecimento. — Parei de masturbar o seu clitóris e procurei o pequeno objeto que eu tinha pegado na gaveta um pouco antes. — Chupa isso aqui para mim. — Pedi levando o plug até o seu rosto.

Ela o colocou na boca chupando como eu mandei e quando tirei de sua boca perguntou:

— O que era isso?

— Isso, minha safada, é um plug anal. Vou acostumar o seu cuzinho antes de enchê-lo com a minha porra.

— Hm..., mas o seu pau não vai caber aí, quase me matou quando enfiou na frente, imagina aí atrás.

— Não só vai caber, como vai te fazer gozar como você nunca gozou. — Inclinei o tronco para frente e falei bem no seu ouvido. — Você confia em mim, pequena?

Ela relaxou e acariciou a minha perna.

— Sim, Nicolas, eu confio em você.

— Então chupa aqui de novo.

Ela babou todo o plug e enquanto eu usava a lubrificação da sua boceta até o cuzinho, massageei, acariciando, enfiando o meu dedo, com o pau babando te antecipação, vendo o quão apertadinho era ali. Visualizei, Julia sentando no meu pau, engolindo tudo até a base sem pudor e enfiei mais um dedo, forçando a sua entrada. Ela se assustou e parou de chupar.

— Relaxa a bunda... senão vai doer.

— Mas vai doer, Nicolas.

— Quer apostar que não vai? — perguntei, colocando a ponta do objeto no buraquinho.

— Quero... o que eu vou ganhar.

— Mas você vai ter que ser sincera, quem ganhar vai ter que fazer qualquer coisa que o outro quiser, sem questionar por uma vez.

Eu passei uma mão pela sua barriga e peguei o clitóris entre os dedos e com a outra introduzia o plug no seu cuzinho. Ela gemia e rebolava na minha mão quando respondeu com um fio de voz.

— Tá bom... Se doer você vai ter que beijar os meus pés.

Eu ri e introduzi mais um pouco, ela gemeu mais alto.

— É essa sua fantasia, Julia, me ter aos seus pés? — Empurrei e o plug entrou.

— Talvez... seria uma visão e tanto. Ai, continua assim, eu vou gozar.

— Não, minha putinha, ainda não.

Fiquei de pé e quando ela fez menção de se levantar comigo, agarrei o seu pescoço e forcei o seu corpo para baixo.

— De joelhos para mim, pequena.

Sem resistir, fez o que pedi, arfando, com a respiração trêmula. Acariciei os seus cabelos, rente a raiz, penteando-os com os meus dedos, lentamente. Eles eram cheios, pesados e exalavam um perfume que fazia o meu pau enlouquecer. Fiz um rabo de cavalo com os seus cabelos entre os meus dedos, e então esfreguei o meu pau em seu rosto, dando uma ordem direta.

— Chupa.

Ela olhou dentro dos meus olhos e abriu a boca, relaxando os lábios e a língua, deixando tudo bem molhado enquanto deslizava toda a minha extensão pela sua boca. Gemi, rendido, observando a covinha deliciosa da sua boca esticada em volta do pau duro, babando por ela. Eu estava há tempo demais fora dela, não ia demorar a gozar.

Ela fechou os olhos e eu pressionei minha mão em seus cabelos.

— Olhos nos meus, putinha. Eu quero você olhando para mim enquanto toma toda minha porra. Vou te ensinar a tomar o meu pau até na garganta e te foder na boquinha do jeito que eu gosto, você quer?

O esboço de um sorriso passou pelos seus lábios e ela balançou a cabeça, concordando. Enquanto a mão que segurava os seus cabelos conduzia o ritmo, apoiei a outra embaixo do queixo, ditando a posição. Dessa forma, o reflexo da garganta não atrapalharia o nosso prazer.

Cravei o meu olhar no dela e estoquei. Devagar e até o fundo, ela babou o meu pau inteiro, esperei que recuperasse o fôlego e voltei a meter, ainda mais fundo. Ela perdeu o ar, mas gemeu. Ela era a porra da mulher da minha vida, eu nunca tinha trepado tão gostoso. Endureci o meu olhar, avisando que intensificaria os movimentos e ela piscou, concordando.

— Como você é gostosa, Julia, vou foder a sua boca agora.

Agarrei os seus cabelos com muita força e então fodi aquela boca perfeita até o fundo, estoquei e estoquei até lágrimas descerem dos seus olhos, parei alguns segundos para que ela recuperasse a respiração e estoquei de novo, com o pau todo babado, escorrendo até o peito dela, sem frescura, cru, bruto, como tinha que ser. Lembrei de suas palavras: "E tem outro jeito de amar? " Não, não tinha, era impossível amá-la de outra maneira, o que tínhamos era visceral e eterno.

Agarrei os seus cabelos, fazendo-a se levantar e beijei a sua boca como se a minha vida dependesse disso. Joguei-a em cima da cama com força e com um movimento virei-a de bruços para mim.

Beijei suas costas, dando tapas estalados na sua bunda e, enquanto ela gemia e dizia que era minha, tirei o plug do seu cuzinho de uma só vez.

— Vou gozar dentro de você, Julia. Goza comigo.

— Sim, Nicolas... sempre.

Ela ficou de quatro novamente. Seu rosto apoiado no colchão, a bocetinha pingando de tesão e o cuzinho aberto devido ao plug, por pouco não me fizeram gozar.

Segurei a cabeça do meu pau e passei no meio da bunda dela, enquanto a outra mão masturbava o seu clitóris sem pena. Ela gemia, suava, arrebitava a bunda. Cuspi no meu pau, lubrifiquei bastante o cuzinho e enfiei.

Ela gritou de prazer e eu esperei que se acostumasse. Estava só na portinha.

— Relaxa o cuzinho pra mim... respira... o pior vai ser agora e não vai doer, confia em mim. Olha como você está tremendo de tesão, concentra no meu dedo...

Enfiei a cabeça inteira, era tão apertadinho, eu não aguentaria muito tempo.

— Toma meu pau todo no cuzinho, meu amor... rebola gostoso pra ele entrar até o fundo e eu encher você de porra.

— Oh meu Deus, Nicolas... é muito...

Ela foi interrompida por espasmo de prazer que arrepiou todos os poros da sua pele. Enquanto ela gritava e gozava, estoquei dentro dela, rosnando, com força. Era como se fôssemos dois animais viciados um no outro. Agarrei o seu cabelo e meti com força, sentindo o meu pau apertando com as contrações da sua bocetinha.

— Puta que pariu, o que foi isso?

— Perversão, minha gostosa... — larguei os seus cabelos e empurrei seu rosto no colchão, deixando a bunda mais aberta e arrebitada para mim.

Eu estava a ponto de explodir, agarrei com força a sua cintura e parei de me controlar, deixei o prazer acumulado fluir por todo o meu corpo, e gozei, gozei intensamente, sentindo os jatos de porra preenchendo o cuzinho da minha pequena.

Demorei para me acalmar, meu coração batia com tanta força que eu quase conseguia escutar. Por fim, deitei atrás dela, de conchinha e beijei sua cabeça.

— Vou ter que treinar mais pesado na academia para dar conta de você, não tenho mais idade para isso não.

Ela riu, a voz lenta e pesada, estava exausta.

— Nós dois juntos né, parece que fui atropelada por um trator.

— Descansa, minha borboletinha... nós temos uma longa semana pela frente.

CAPÍTULO 28

Julia

Eu me observava em frente ao espelho pensando que Deus iria me punir a qualquer momento por estar me sentindo tão feliz. Desde que cheguei aos Estados Unidos eu não entrei mais em contato com a minha avó e Nicolas ainda estava na busca pela minha mãe. Ele sempre me tranquilizava e dizia que iria achá-la, mas eu podia estar sentindo tanta felicidade enquanto ela ainda estava nas mãos de criminosos?

Nicolas e eu conversamos sobre muito durante a semana. Ele me contou a respeito de Aiden Roux e de como o passado dele estava interligado com os dos Stavros. Era uma história fantástica demais para acreditar e só me deu ainda mais certeza de que estávamos destinados um para o outro. De todos os lugares do mundo, Zane se escondeu na casa da minha mãe um mês antes de Nicolas me atropelar. Sim, era o destino agindo para nos unir de alguma forma.

No entanto, eu sentia que ele ainda escondia algo. Ainda havia alguma coisa que ele estava relutante em dizer e isso me preocupava muito, suspirei tentando deixar esses pensamentos desanimadores de lado. Talvez eu realmente esperasse que algo ruim acontecesse por me sentir culpada.

Meu reflexo no espelho devolveu um brilho genuíno. O vestido, uma criação insana da Dior, era literalmente um sonho. Uma cascata de tecido prateado, com pequenos diamantes costurados que capturavam a luz e a dispersavam em minúsculas explosões brilhantes. Era sofisticado, mas mais a minha cara impossível.

— Nicolas, seu exagerado, você se superou dessa vez — murmurei para mim mesma, no minuto que ele apareceu no quarto.

— O que eu fiz agora? — perguntou ele com os olhos brilhando em minha direção.

— Esse vestido é surreal! Eu estou tão empolgada que não quero tirá-lo nunca mais. Você não se atreva a rasgar esse.

— O vestido não tem nada de mais, é você que é gostosa para caralho.

— Sei... e você precisa parar com os presentes, a Valentina vai ficar mimada desse jeito. Ela ainda tá abrindo caixa de boneca desde aquele dia!

— Claro que ela vai ficar mimada, você e ela. Por falar nisso, cadê as joias que eu te dei?

Abri a gaveta da penteadeira.

— Olha isso, nós estamos juntos há uns 15 dias e já tem uma joalheria aqui.

— Não sei qual joalheria tem uma gaveta com quase nada de joia. Ainda não sei onde vamos morar, mas sei que vai ter um closet só para as suas joias,

Ele riu e eu me derreti. Nós nos olhamos por algum tempo apenas apreciando um ao outro e então ele disse, com uma voz rouca.

— Você está deslumbrante, *Kroshka*.

— Você também não está nada mal — brinquei. O homem estava um espetáculo inteiro usando um terno todo preto.

Suas mãos firmes envolveram minha cintura, seu queixo repousando levemente no meu ombro, os lábios tocando suavemente minha orelha. Ele pegou o conjunto de diamante azul que combinava com o anel e colocou o colar e a pulseira em mim. Enquanto eu colocava os brincos, perguntei:

— Há eras estou para te perguntar uma coisa e sempre esqueço. O que significa a frase escrita no anel? Já estava nele antes?

Ele pegou a minha mão e a beijou por cima do anel.

— Não, eu mandei escrever para você. A tradução é algo como por tudo, em tudo.

O encarei sem entender e então ele completou.

— Você tinha me ajudado muito indo naquele encontro, na época eu achei que a fusão salvaria a minha empresa...

— E não salvou?

Uma sombra passou pelos seus olhos.

— Isso não é mais importante. Mas, enfim, eu quis agradecer por tudo o que você havia feito e por tudo o que você era.

Joguei-me nos braços dele.

— Você é maravilhoso, sabia?

Ele estufou o peito e levantou o queixo.

— Olha...

— Ah, pelo amor de Deus, esse ego não!

A porta do quarto se abriu de repente, e Valentina irrompeu para dentro, correndo. Eu a tinha preparado antes de me vestir, e ela estava radiante de animação para o "churrasco na praia"

— Já tá na hora do churrasco, Zuia? Eu quero que toca aquela música do Gustavo Lima. — Ela disse subindo na cama e pulando.

— Deus, imagina Philip Stavros em pessoa ouvir você chamar a festa dele de churrasco na praia — resmunguei e Nicolas grunhiu.

— Aquele almofadinha não precisa dessa empolgação toda, não tem nada de mais naquela casa.

Gargalhei.

— Você é hilário, Nicolas, imagina chamar aquele sonho de casa de nada de mais. Agora vamos, anda. Valentina, para de pular, vai amassar o vestido todo, você pelo amor de Deus, não me faça passar vergonha lá, hein?

Ela estava usando um vestidinho florido, tão cheio de cor e vida quanto ela.

— Tá bom, Zuia, vamos!

Nicolas colocou uma mão em meu ombro, e eu me apoiei nele, dando a mão à Valentina, assim como uma família tinha que ser. Por mais que o meu coração doesse pela minha mãe, ele transbordava felicidade.

Um calafrio de antecipação dançou em minha espinha enquanto o carro luxuoso se imobilizava diante da mansão Stavros. Nicolas puxou Valentina para fora do carro, com um sorriso quase imperceptível brincando em seus lábios. Quanto mais perto estávamos, mais retraído ele ia se tornando. Não insisti, me imaginando em seu lugar, sabendo que sofri como uma condenada a minha infância inteira para a minha família ser montada na grana como a dele era. Não devia ser nada fácil.

— Zuia, olha o castelo! — Valentina se agitou em seus pequenos sapatinhos brilhantes, completamente alheia ao baile de nervosismo em meu estômago.

Eu respirei fundo e desci do carro, a vista da mansão praticamente sugando o ar de meus pulmões. Era um espetáculo de opulência, a televisão não fazia jus ao que a casa realmente era.

Nicolas segurou minha mão, mas algo em seu toque estava rígido, forçado.

— Eu estou aqui com você, Nicolas, vai dar tudo certo. — assegurei e ele beijou a minha mão, guiando-nos pela entrada monumental da casa.

Na entrada um homem rígido, quase pitoresco, com um grande bigode nos cumprimentou e quando eu ia responder, ele impôs a voz.

— Senhor e Senhora Nicolas Beaumont.

Eu precisei me segurar para não rir, pareceu uma cena de filme da idade média onde tinham bailes da realeza.

— Eu te falei que ele era um almofadinha, não falei?

— Nicolas, não desdenhe do dono da casa, é feio. — respondi.

Atravessamos uma grande porta decorada com flores brancas e eu quase soltei um palavrão. O interior, era como um conto de fadas para adultos. Meus olhos percorriam o espaço, quase desacreditando na extravagância que se apresentava em todos os cantos.

Luzes difusas se derramavam sobre os convidados, refletindo nos cristais e nas joias meticulosamente escolhidas para a noite. Pessoas flutuavam pelo espaço com taças de champanhe, seus risos leves e borbulhantes se misturando à melodia serena emanada pela orquestra. O aroma suave de lilases e orquídeas se misturava à doçura do champanhe no ar, criando uma fragrância hipnotizante.

De repente, uma voz conhecida soou nos meus ouvidos.

— Nicolas, Julia! Que maravilha vê-los!

Bruno Vilela vinha até nós, com um sorriso e um copo de uísque.

— Vilela. — Nicolas o cumprimentou com a empatia transbordante de sempre. Era engraçado vê-lo interagindo com as outras pessoas, ele era um ogro às vezes.

Amanda, a sua esposa, logo se juntou a nós. Trocamos beijinhos no rosto como se fôssemos velhas amigas. O pior era que eu tinha realmente gostado de Amanda Vilela, apesar da nossa diferença de idade.

— Uau! Você está linda, Julia! Channel?

— Não, amor, Dior. Lindo né? Nicolas não erra nunca.

— Que maravilha, foi presente? Viu, Bruno, vê se quando for assinar o contrato, aprende alguma coisa com o bonitão aí.

— Amanda, você precisa parar de beber. Mas enfim, Nic, posso te chamar de Nic? — Bruno perguntou.

— Não, Bruno, você não pode...

Eu ri por dentro da resposta de Nicolas e engatei em uma conversa com Amanda. A babá disse que levaria Valentina para conhecer a casa, tinha uma área para entretenimento das crianças no jardim com parques e tudo o mais e eu a alertei para não tirar os olhos da menina.

— Vamos nos sentar perto do bar? — sugeriu Amanda, puxando-me levemente pelo braço. — Esses dois vão falar de negócios o resto da tarde, aposto.

Virei-me para avisar que eu iria explorar a casa com Amanda quando Ella e Phillip Stavros em pessoa apareceram em minha frente. Ela era ainda mais deslumbrante do que vi pela televisão. Ruiva, magra, elegante, segurava o bebê mais fofo de todos os tempos nos braços, e Philip ao lado dela segurava uma menininha toda vestidinha de branco, eram gêmeos.

— Muito obrigada por vir. Nós ainda não nos conhecemos, mas o seu marido salvou a minha vida uma vez. — Ella disse.

— Imagina se eu ia perder um convite desses — Sorri para ela e olhei para Nicolas com adoração. — Nicolas é maravilhoso assim mesmo, um verdadeiro herói.

Ela soltou uma risada suave.

— Fico tão feliz que vocês tenham vindo. É um dia especial pra caralho e o melhor é compartilhá-lo com amigos.

Um silêncio constrangedor pairou no ar. Nicolas observava Ella com um olhar gelado, e Philip Stavros, encarava Nicolas com uma cara estranha. Fui até ao meu marido e abracei a sua cintura como se dissesse que estava tudo bem. Ele beijou o topo da minha cabeça e pediu licença, saindo com Bruno Vilela dali. Se Ella e Philip Stavros ficaram sem graça, não pareceu.

Ella pediu que ficássemos à vontade, e se despediu com um aceno elegante, seu vestido fluindo graciosamente atrás dela enquanto se misturava com outros convidados. Philip Stavros deu um aceno em nossa direção, colocou a bebê no colo de uma mulher uniformizada e foi na direção onde Nicolas se fora.

Amanda ainda queria ir até o bar, mas achei melhor saber para onde a babá havia ido.

— Com licença, preciso encontrar Valentina. — Eu encontro com você depois.

— Tudo bem, minha querida, até a volta.

Afastando-me da conversa animada, permiti que meu olhar vagasse pelos corredores. Enquanto caminhava pelo imenso labirinto que era a mansão Stavros, uma leve preocupação começava a instigar minha mente.

Os corredores eram infinitos e os salões amplos, e uma quantidade absurda de portas que pareciam mais um enigma do que uma construção lógica, começaram a me irritar. A babá havia dito que iria até o jardim, mas eu achava tudo, menos um jardim.

— A senhorita parece perdida.

Levei um susto ao virar-me e encontrar o homem que nos anunciou como se fossemos a realeza.

— Ah! Você é aquele cara que me anunciou. — Os olhos dele estreitaram-se brevemente, claramente descontente com meu tom informal.

— Edward Kessler, madame, à sua disposição.

— Edward, então. Estou tentando encontrar uma menininha de vestidinho florido, ela tem uns cachinhos e olhos castanhos. Você pode me ajudar?

Seu rosto se manteve impassível.

— Certamente, madame, a senhorita Valentina está na praia particular do Sr. Stavros Se me permite acompanhar-lhe?

Estupefata, perguntei:

— Como você sabe isso?

Ele me encarou como se eu fosse louca.

— Porque é o meu trabalho saber, venha.

Concordei com um aceno e seguimos por mais um emaranhado de corredores, cada passo aumentando minha ansiedade, até que, finalmente, o som suave do oceano e a risada inocente de crianças tocaram meus ouvidos.

Agradeci ao mordomo com um sorriso amigável, e ele se retirou com um aceno de cabeça.

A visão da minha pequena Valentina brincando, saudável e feliz, dissipou brevemente toda a tensão de meus ombros.

Valentina corria pela areia, dois meninos mais velhos a seu lado, todos sob o olhar atento da babá.

— Vai, Valentina! Vai! — O mais elétrico dos dois, gritava enquanto corriam em direção ao oceano, parando na beirada para não se molharem, uma espécie de "pega-pega" com as ondas que vinham e iam.

O outro torcia as mãos, seus olhos seguindo a irmã com doçura palpável.

— Mais rápido, Tina! — ele incentivava, sua voz um suave encorajamento.

Eu sorri, observando aquela cena singela e pura, pensando no motivo de gente rica sempre ter gêmeos quando uma voz feminina com um forte sotaque soou nas minhas costas.

— Uma bela cena, não é?

Virei-me, uma mulher com traços refinados e olhar penetrante estava parada ali, a elegância em sua postura praticamente escorrendo no ar ao redor dela. Algo em seus olhos, contudo, fez meu coração bater de uma forma desconfortavelmente rápida.

— É sim... — minha voz era cautelosa. — Desculpe, nós nos conhecemos?

Ela deu um passo à frente, seu sorriso era educado, mas seus olhos guardavam uma intensidade incômoda.

— Não, mas temos muito em comum.

— Temos? — rebati sem saber se queria a resposta. Havia algo nela que me repeliu instantaneamente.

Ela aproximou-se, quase invadindo meu espaço pessoal, e sussurrou:

— Muito pode ter sido um exagero, mas no momento estamos dividindo o mesmo marido. Meu nome é Olga, Olga Beaumont.

Quase ri da cara dela, mas o meu estômago doeu, me paralisando.

— O quê? — Minha mente girava, tentando processar as palavras dela, mas algo dentro de mim, uma parte que tinha presenciado a complexidade e as sombras no passado de Nicolas, sabia que ela não estava mentindo.

— Nicolas e eu temos uma história longa e complicada. — Ela continuou, seus olhos cravados nos meus, buscando algum tipo de reação. — E é uma história que está longe de terminar.

— O que você quer de mim? — Minhas palavras eram firmes, embora por dentro eu estivesse desmoronando.

Olga se aproximou, seu perfume caro envolvendo-me enquanto segurava meu rosto com uma mão fria.

— Apenas queria que soubesse, querida. Que soubesse quem ele realmente é. — Ela soltou meu rosto, dando um passo para trás. — O que ele fez comigo, ele pode acabar fazendo com você. Não se engane com o jeito sedutor daquele homem, ele pode acabar com a sua vida, como acabou com a minha.

CAPÍTULO 29

Nicolas

Meus dedos se enrolaram em torno da caneta, enquanto eu assinava o contrato. Bruno Vilela, com seus olhos aguçados e uma satisfação quase predatória, observava cada movimento meu.

— É um prazer fazer negócios com você, Nicolas. — Ele estendeu a mão.

— O prazer é todo meu, Bruno. — Retribuí, minha mente, entretanto, estava distante, presa à promessa feita a Aiden.

Eu sabia que, ao selar o acordo com ele, a Beaumont Minerals estava caminhando para o abismo. O documentário seria devastador. No entanto, eu tinha feito a escolha. A salvação de Julia e da sua mãe era a prioridade, mesmo que custasse a Beaumont Minerals.

Era um final quase poético, pois há 15 anos, quando decidi fazê-los pagar pela doença de Ekaterina, a minha ideia era essa, enterrá-los debaixo dos escombros. No entanto, quando assumi a empresa e escorracei Olga de lá, eu não achei justo com todas as famílias que dependiam da BM para sobreviver. Demorei um tempo, mas organizei a empresa do zero, fiz acordos ambientais com os países onde tínhamos filiais. Retirei a empresa de lugares problemáticos e zonas de guerra e escravidão. E logo agora, que a BM virou referência e saiu desse passado sombrio, ela cairia.

Mas não importava. Eu sempre escolheria Julia. Não sabia onde, mas nós três seríamos muito felizes assim que toda essa tempestade passasse.

Uma mão no meu ombro me tirou dos meus devaneios. Me virei, encontrando os olhos familiares, porém estranhos, de Philip Stavros.

— Nicolas, precisamos conversar. — Sua voz era baixa, carregada de seriedade.

— Eu não tenho nada para conversar com você.

— Você sabe que tem, ou não teria vindo até a minha casa.

Exalei, resignado e caminhei com ele, me permitindo ser guiado até o escritório. Naquele momento, eu poderia ter recuado, ter me recusado a enfrentar as verdades que esperavam naquela sala. Mas eu segui adiante, talvez impulsionado pelo inevitável. Um dia eu teria que enfrentar o passado.

E então, a porta se fechou atrás de mim, e eu estava cercado por rostos que refletiam a minha própria imagem, permeados por histórias que eu não vivi. A atmosfera era de uma tensão palpável, como se as paredes estivessem segurando o fôlego, aguardando algo terrível acontecer.

— Nicolas — Philip começou, um traço de hesitação atravessando sua expressão, — precisamos da sua ajuda.

Eu ri.

— Que curioso, vocês estão realmente desesperados.

Demorei para reconhecer o homem de pé atrás de Philip. Alexios Stavros era um homem elegante agora. *Deus, como o tempo passa rápido.* Eu o conheci brevemente, na ocasião que Aiden seduziu a irmã deles e a largou, grávida. Provavelmente o mesmo que o pai deles fez com a minha mãe. Eu me senti subitamente muito cansado de todo aquele drama.

Notei uma fagulha de irritação passar por seus olhos, apesar do semblante controlado.

— Nicolas, Aiden planeja destruir todos nós.

Elena Stavros permaneceu silenciosa, observando. Sua postura impecável e o olhar calculista. Sem permissão de minha parte, uma fúria súbita me tomou enquanto eu e ela nos encarávamos. Não foi culpa dela o que aconteceu no passado, mas estava difícil continuar racional naquela sala.

— Então deixem que ele destrua. — Sentenciei.

Philip se levantou, apoiando as mãos na mesa com força suficiente para fazer os objetos sobre ela tremerem levemente.

— Beaumont, estamos tentando ser uma família aqui. Você é o nosso irmão e Aiden o inimigo!

O que eles sabiam sobre ser família? Eles tiveram uma mãe, um pai, mesmo que falho. Eu? Eu tive vazio. E vingança.

— Eu não me importo mais. Essa história nunca vai ter fim. — Admiti, meus olhos se fixando nos de Elena.

— Aiden quer vingança! — Alexios interrompeu. — Aparentemente o que ele fez com Amélia não foi suficiente.

Fechei meus olhos por um momento, mas quando os abri novamente, minha decisão já estava tomada.

— Eu vou deixar o país e proteger as pessoas que eu amo do jeito que sei, sugiro que vocês façam o mesmo.

Girei nos calcanhares, mas a voz de Philip alcançou os meus ouvidos.

— Não confie naquele homem, Beaumont, você mais do que ninguém sabe que aquela cobra peçonhenta não é confiável.

Sim, eu sabia, mas perder Julia por causa disso não era um preço que eu estava disposto a pagar.

Voltei até onde havia deixado Julia com Amanda Vilela e não as encontrei. Rodei pela casa vendo o lugar onde Philip e Alexios cresceram enquanto me lembrava do frio que fazia no orfanato e balancei a cabeça. Não era hora de pensar nisso. Eu não era mais um menino sozinho. O passado não podia ser mudado, mas não precisava ficar vívido na memória.

Encontrei a babá numa sala que dava de frente para o mar, tirando a areia da roupa de Valentina, que sorriu e se enroscou nas minhas pernas.

— Tio Nico, você está gostando da festa no castelo? Eu prefiro churrasco!

Sorri.

— O que é churrasco, borboletinha?

— É uma festa que toca muito... eu não sei falar a palavra em inglês. Belo Horizonte é um país?

— Belo Horizonte é uma cidade, o país é Brasil.

— Ahn, então churrasco é festa do Brasil. Tem música e carninha e comida gostosa. Um dia você vai lá em casa e a minha mãe vai fazer um para você.

Joice Barboza não era apenas a mãe de Julia, era de Valentina também. Respirei fundo e mudei de assunto.

— Você sabe onde está a sua irmã?

— Tá lá na praia conversando com a moça feia.

Ri de novo esticando o pescoço a fim de encontrá-la.

— Com a moça feia?

— É, ela tem uma bocona nem da bruxa e fez a Zuia chorar. Eu queria morder ela, mas Zuia mandou eu vir para cá com a Nana.

Meu coração parou de bater. Deixei Valentina com a babá e corri porta afora na direção da praia. Não podia ser quem eu estava pensando, ela não seria maluca de entrar na minha frente novamente.

Mas era.

Eu a vi.

Ela falava com Julia, que estava claramente nervosa. Cada passo dado em direção a elas o meu coração se contraía, enquanto minha mente voltava ao passado, aos meus erros, às minhas vinganças e às minhas escolhas.

Um passado que voltou para me assombrar.

— Julia... — chamei, minha voz apertada, perdendo-se na brisa marinha.

Olga, com seu sorriso forçado e olhos temerosos, parecia regozijar-se em meio ao nosso caos. Aproximei-me, a areia cedendo sob meus pés.

— Nicolas? — A voz de Julia, antes quente e suave, agora era fria e distante.

— Para quem dizia que nunca iria manchar a memória da falecida... O que será que a famosa borboleta ia achar de você com uma ninfeta cheirando a leite?

Interrompi Olga com um olhar cortante antes que ela pudesse começar seu teatro vitimista.

— Vá embora, Olga.

— Mas eu só queria... — ela começou.

— Você já fez o seu estrago, está feliz? Se vingou?

— Não quero vingança, quero recuperar o que é meu!

Eu me aproximei dela, invadindo seu espaço pessoal, ela parou de respirar, ficando branca como cera.

— Não tem nada seu aqui. Vá! Não me queira perto de você, some daqui agora! — E ela, enfim, retirou-se.

Algo muito errado estava acontecendo. Uma semana depois que me casei com ela e consegui concluir a minha vingança, Olga sumiu no mundo e eu nunca consegui encontrar. Por que ela se arriscou a aparecer em minha frente agora?

No entanto, não era hora para isso, virei-me para Julia, as palavras enroscando-se na minha garganta enquanto eu buscava um meio de salvar o irremediável.

— Julia, eu...

— O que ela disse é verdade? — Ela me interrompeu, as lágrimas acumulando em seus olhos, mas sem derramar.

Levantei a mão para acariciar o seu rosto, mas ela se desvencilhou. Isso não podia acabar assim, não por causa daquela mulher.

— Eu não sei o que ela disse, *Kroshka.*

— Alguma coisa que me diz que é verdade, eu sabia que você tinha um lado sombrio..., eu achei que tinha visto o seu coração, mas eu me enganei.

Dei um passo para frente e agarrei a sua mão, colocando-a em meu peito.

— Não! Você não se enganou. Esse coração aqui é seu, Julia, é só seu, você sabe que é.

— E quando ele não for mais? Vai fazer comigo o mesmo que fez àquela moça?

— O meu coração nunca foi dela, eu não me casei com ela por amor.

— Foi por ódio. Mas isso nem é o pior, Nicolas. Você é casado com ela, além do nosso casamento não valer nada, você me fez de amante.

— Que conclusão absurda, Julia... Vamos conversar, por favor... Eu preciso que você me ouça. — Implorei.

Silêncio. Ela não disse que não. Enquanto ela estivesse disposta a me ouvir, havia esperança.

Chamei a babá por telefone, com uma urgência que esperava que ela entendesse sem perguntas, e instruí-a a levar Valentina para Nova York imediatamente. Os seguranças a escoltariam de volta ao hotel.

Julia concordou em me ouvir, embora a amargura permanecesse em sua voz. Retiramo-nos da casa dos Stavros, cada passo em direção ao carro, aumentando o peso sobre os meus ombros.

Dispensei o segurança, preferi dirigir, ter algo para focar enquanto conversava com Julia. Ela mantinha os olhos fixos na estrada, rígida, não deixava que eu a tocasse.

— Você disse que queria conversar, Nicolas, eu não leio mentes.

— Estou pensando por onde começar.

— Agora não é a hora de esconder nada, comece do começo.

Respirei fundo, lembrando da primeira vez que vi Ekaterina enquanto eu fazia a segurança de uma mina da BM. Aquele foi o começo?

— Bom, minha pequena, como você sabe, eu não nasci rico. Quando eu saí do orfanato, Aiden queria que eu fosse trabalhar com ele, mas achei mais vantajoso entrar para o exército. Na verdade, eu queria ser médico, era um sonho de menino e cheguei a aprender medicina de combate, mas eu me saí muito melhor tirando vidas do que salvando e acabei designado para algumas operações especiais. Numa dessas operações eu me destaquei ainda mais fazendo o meu trabalho e recebi um convite para fazer parte de um exército privado. Então, assim que fui dispensado do exército, comecei a trabalhar na mineradora.

— Na sua mineradora? — Ela perguntou, sem a frieza na voz e o calor começou a voltar para o meu corpo.

— Sim, na época ainda não era minha. Lá, eu conheci uma engenheira de minas, também russa e nós começamos a namorar e em pouco tempo nos casamos.

— Dela você gostava?

— Sim, Julia, dela eu gostava, foi um namoro e um casamento normal, o mais normal possível. Eu tinha quase 30 anos, tínhamos bons empregos, e a vida seguiria assim. — Segurei o volante com mais força e pisei no acelerador, há anos eu não revisitava essa parte da minha vida. Limpei a garganta. — Nós nos casamos e uns meses depois ela ficou grávida. Demoramos para descobrir, ela trabalhava muito e não prestou muita atenção nos sintomas.

— Então você tem um filho?

— Não, eu não tenho.

— Oh... — exclamou e me olhou pela primeira vez desde que Olga conversou com ela. — Aquela Olga matou o seu bebê?

Estalei o pescoço.

— Indiretamente... — virei uma curva na estrada e ela parecia bloqueada. — Mas que porra...

De repente, uma viatura se interpôs em nosso caminho, as luzes vermelhas e azuis piscando como um prelúdio de mais um desastre.

Os meus seguranças frearam comigo, entrando dos dois lados do meu carro.

Um policial se aproximou, sua expressão era dura e implacável. Ele colocou a mão no coldre e ordenou que eu saísse do veículo. O meu carro era blindado.

Abri o porta luvas e tirei minha arma dali. Julia prendeu a respiração.

— O que você está fazendo?

Cravei os meus olhos no dela.

— Cumprindo a minha promessa, tampinha. Eu vou até o fim para proteger você.

CAPÍTULO 30

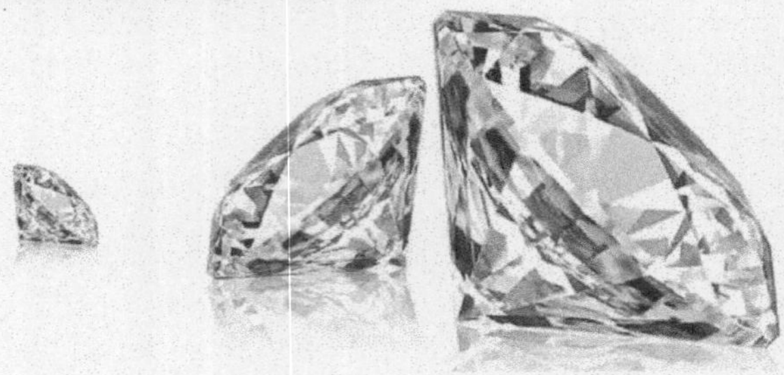

Julia

— Você enlouqueceu?! Aquela é a polícia! Abra essa porta e vamos nos entregar.

Ele me encarou quase com pena da minha ingenuidade.

— Eu subestimei aquele filho da puta pela última vez, Julia. Essa merda de vingança acaba hoje. O plano dele foi quase perfeito. Ele queria que Olga separasse você de mim e, então, pegaria você sozinha. Aiden sabe que eu jamais deixaria a polícia te levar.

— Mas... É a polícia! Se você matar um deles vai ser caçado.

— Senhor, esse é o meu último aviso, saia do carro com as mãos para cima! — O policial repetiu do lado de fora e o meu coração disparou de medo.

Nicolas sorriu daquele jeito meio frio e meio arrogante.

— Eu não preciso matar ninguém, minha pequena, confie em mim.

Ele pegou o celular e fez várias ligações. Alguns nomes eu reconheci, falou com o Dan, o assessor, com vários advogados, ligou para um tal de juiz Caldwell e, então, eu parei de prestar atenção, algo que ele havia dito, martelava em minha mente.

Ele queria separar você de mim.

— Minha Nossa Senhora! A Valentina!

Nicolas afastou o telefone do ouvido parando de vociferar com algum contato no meio de uma frase.

— Os meus seguranças estão com ela, Julia, ela está bem.

Peguei o celular com as mãos tremendo tanto, que demorei até conseguir completar uma ligação.

— Eu não sei, chame de intuição se quiser — falei, enquanto ouvia o som da chamada do outro lado.

Nana não atendia.

Chamei de novo.

Nada.

— Merda, merda, atende — gritei em prantos e Nicolas pegou o telefone das minhas mãos.

— Elas estão bem eu tenho certeza. — Ele me confortou e logo voltou a falar no próprio telefone. — Cadwell, se esse policial de bosta não sair da minha frente em menos de cinco minutos, os meus homens irão fazer uma visita na sua casa e quem estiver no caminho deles não será poupado. Tire essa merda de polícia daqui, agora!

Com a mesma intensidade que ele ameaçou a vida de quem estava do outro lado da linha, ele suavemente acariciou os meus cabelos. Fechei os olhos, confusa, magoada, amedrontada, ávida por um conforto. Nicolas me puxou para o seu corpo, passando os braços em volta do meu ombro, enquanto ligava para os seguranças que guardavam Nana e Vavá.

Eu realmente me desesperei quando eles não atenderam.

— Nicolas...Fala comigo, cadê a minha irmã? O que aconteceu com ela?

Ele não me respondeu, seus olhos fixados no policial do lado de fora que falava ao telefone e o encarava de volta. De repente, o homem vociferou impropérios e se foi levando as viaturas com ele.

Nicolas olhou para mim, olhos queimando de pura fúria.

— Você ainda confia em mim, minha pequena?

— Depende para o quê.

Notei um vislumbre de dor em seu semblante, mas ele logo se recompôs.

— Confia que eu realmente iria até as últimas consequências para proteger você e a menina?

— Aiden pegou a minha irmã, não pegou?

Ele abaixou os olhos, como se não quisesse encarar a realidade de fato.

— Eu estava tentando convencer a mim mesmo de que podia mudar, que podia ter uma família como todo mundo, que eu poderia fazer você a e mini tampinha felizes, mas esse sou eu Julia, a minha vida é essa. E eu te peço perdão do fundo coração por ter te sugado para o meio dessa merda.

— Nicolas...

Ele botou o indicador nos meus lábios.

— Mas é a primeira e última vez que peço perdão por ser quem eu sou. Eu posso não ser um bom marido, um bom pai, ou um bom irmão, mas eu sempre serei o seu herói e eu te dou a minha palavra que você vai dormir sob o mesmo teto com a mini tampinha ainda hoje, custe o que custar.

— Oh, Nicolas! — chorei, me jogando em seus braços. — Como eu queria que a nossa história tivesse sido um pouquinho diferente. Eu sei que posso confiar em você para proteger a Vavá, mas...

Ele agarrou o meu queixo e encostou os lábios nos meus. Não foi um beijo lascivo, nem romântico, foi desesperado, como uma saudade antecipada. Então ele me soltou e entrou no modo soldado com uma missão.

Designou tarefas para cada um dos seus seguranças, mandou que contratassem o melhor exército privado do país e deu meia volta com o carro que cantou pneu pelas estradas refinadas dos Hamptons.

Meu coração bateu acelerado enquanto eu me agarrava no banco do carro blindado. No entanto, mesmo com todo o caos e a preocupação dilacerante do que aquele psicopata poderia fazer com a minha anjinha, uma estranha calma se apossou de mim, no fundo do meu coração eu sabia que sempre poderia confiar em Nicolas Beaumont.

Nicolas

Eu lutava para não deixar transparecer em meu exterior a maneira como eu me sentia por dentro. Eu não podia descontrolar perto de Julia, ela jamais saberia o medo atroz que assolava a minha espinha e como ele aumentava a cada segundo que aquela menininha inocente passava nas mãos daquele crápula.

Eu dirigia tão rápido que logo chegamos de volta à mansão que há poucas horas jurei que nunca mais pisaria. A festa dos gêmeos Stavros — meus sobrinhos — estava quase terminando.

— Diga a Philip Stavros que é urgente — salientei.

O mordomo assentiu e se foi, nos deixando em uma antessala pomposa. Alguns minutos depois fomos levados até ao escritório de onde eu havia saído horas atrás.

Os olhos de Philip, um misto de autoridade e surpresa, fixaram-se nos meus enquanto nos aproximávamos. Eles eram de um azul profundo, idêntico aos da mãe.

— Precisamos falar — fui direto ao ponto, dispensando formalidades. Atrás da mesa, Alexios me estudava atentamente.

— Agora você quer falar? — Philip zombou.

Eu me irritei.

— Não, na verdade eu não quero falar. Mas se você é mesmo "família" — não consegui disfarçar o desprezo em minha voz. — Preciso que proteja Julia enquanto eu acabo de vez com Aiden.

— O quê?! Eu não vou ficar aqui esperando — Julia interveio com sua voz suave, mas decidida.

— Vai, minha pequena, eu tenho um plano.

Philip franziu o cenho.

— E você vai nos contar sobre esse plano? Não me entenda mal, sua esposa pode ficar aqui o quanto ela quiser, mas aquele pedaço de lixo está ameaçando ruir a reputação que construí por toda a minha vida.

Olhei para Julia, não queria falar na frente dela.

— Não, eu não vou contar a vocês sobre o meu plano. — Virei-me para Philip. — Não a deixe sair daqui até ouvir notícias minhas novamente.

Julia não queria soltar a minha mão e Alexios se pronunciou.

. — Ok, vamos acabar com ele. Mas tem que ser feito certo. Aiden tem um documentário, repleto de acusações, verdades distorcidas. Se ele morre, vira um mártir, e suas palavras se tornam a "verdade".

Alexios tinha um ponto, mas ser racional com um homem como Aiden era um erro.

— Aiden sempre se safou por isso, uma carta na manga. Quantas vezes qualquer um de nós três não planejou matá-lo e depois desistiu porque achou que seria pior? Ele sabia quem eu era e me deixou mofar em um orfanato, ele seduziu Amélia deliberadamente para se vingar, tentou falir os seus negócios, inúmeras vezes, fez da vida de dezenas de mulheres um inferno em vida, sequestrou os sobrinhos... e... — seria uma notícia difícil. Respirei fundo. — Eu tenho provas que ele mandou matar Konstantin, o seu irmão.

Philip se levantou e Alexios me encarou por um tempo até que voou no meu colarinho. Coloquei Julia atrás de mim e o deixei descarregar sua raiva.

— Você sabia disso e não fez nada, *malaka*[14]? Que tipo de pessoa você é?

Empurrei-o de volta.

— Sobrevivente. — Respondi. — Eu tenho provas, mas não tenho como usá-las. Peguei uma pasta preta na casa de Konstantin logo após a sua morte. Há milhares de informações, a maioria encriptada. Paguei muita gente para decodificar, mas...

— Filho da puta, se tivesse vindo até nós. — Alexios disse. — Traga essa merda para cá, eu sei como decodificá-la.

— Você tem certeza? — enfatizei. — Acredito que Konstantin estava juntando um dossiê completo sobre Aiden, talvez trabalhando com a polícia.

Philip sempre altivo, parecia genuinamente chocado.

— Isso não faz sentido, ele derrubou um avião de passageiros para matar a própria irmã? Devia ter mais de 300 pessoas a bordo desse avião, crianças inclusive.

— A sua influência entre os muito poderosos era o seu maior poder e sua maior fraqueza, se isso viesse à tona, ele perderia tudo.

Alexios ainda bufava de ódio.

— E você sabia disso e continuou fazendo negócios com ele?

Olhei pra Julia, sem querer enfrentar o vazio que estava por vir quando isso acabasse. Talvez o destino me levou até ela para me fazer pagar pelas minhas escolhas. Chega um momento em que a dívida se torna não apenas sua, mas se infiltra naquilo que você ama, naquilo que você deseja proteger.

— E custou tudo o que eu tinha. Eu sinto muito pelo irmão de vocês, tive pouco contato, mas era um cara legal, provavelmente melhor que nós três.

Philip bufou.

— Não exagere, Kosta era um idiota.

Balancei a cabeça e liguei para os meus seguranças trazerem a mala. Eles disseram que o meu hotel estava cercado de policiais. O juiz não era mais forte que Aiden e seus lacaios, não podíamos voltar para casa.

— A mala já está a caminho, eu preciso ir.

---

14 Palavrão muito comum na Grécia.

— Nicolas! — Julia agarrou o meu braço. — E se eu fosse a isca? Se o pegarmos com os diamantes, podemos desacreditar tudo o que ele diz.

— Não! — A rejeição foi automática, visceral, originada de cada fibra do meu ser.

— Pode ser a única maneira de proteger todos nós. — Philip disse.

— Não! Mande sua esposa até ele, então, como filha dele é a melhor pessoa para dissuadi-lo.

E antes que ele formulasse uma resposta, um toque agudo cortou a atmosfera já tensa da sala. Meu celular.

— É ele — anunciei.

— Coloque no viva voz — Philip disse.

Atendi e coloquei o telefone sobre a mesa, ninguém respirava. E então o que veio do outro lado da linha me desmontou. A voz doce e infantil da Valentina preencheu o ambiente.

— *Tio Nico, eu não quero ficar aqui. O moço disse que eu ia ficar com a minha mãe, mas ela não ta aqui. Eu quero a Zuia. Você pede ela pra me buscar?*

Julia botou a mão na boca e se sentou em um sofá chorando muito. Philip mandou seus empregados trazerem água com açúcar e eu continuei.

— Eu... — minha voz estava pesada, rouca. — Eu estou indo te buscar agora mesmo borboletinha. Você sabe onde está?

— *Ahn... um moço disse Vegas. Vegas é um país?*

— Não, bebê, Vegas é uma cidade.

— *Eu quero ir em outro país, aqui tá chato, ele não deixa eu pegar minha bonec...*

Sua fala foi interrompida. Julia se levantou do sofá.

— Valentina! — Chamei.

— *A mala e meus diamantes, Nikolai, hoje!*

— Eu não tenho os diamantes!

— *Se vira, ou você vai perder outra borboleta.*

Desliguei o telefone e por pouco não o bati na parede.

— Quem não for me ajudar, saia do meu caminho. — Encarei Philip Stavros com um olhar duro. — O seu sobrenome não é mais importante do que as pessoas que eu amo, esse é o último dia de Aiden na terra.

Ninguém discordou. Meneei a cabeça e puxei Julia para um último abraço, ela se encaixava perfeitamente em mim.

— Eu estou te pedindo, *Kroshka*, sem loucuras por hoje. Se eu me distrair...

— Sem loucuras, eu prometo... apenas traga a minha irmã para mim.

CAPÍTULO 31

Nicolas

— Nicolas! — A voz de Philip soou atrás de mim quando eu já atravessava os portões. — Escute o meu plano e verá que eu tenho razão, eu geralmente tenho.

Bufei.

— Eu não tenho tempo para fazer competição de pau, você escutou o telefonema, daqui até Vegas, são cinco horas de voo.

— Bom, eu sou o irmão mais velho dessa família e sempre tomei as decisões certas por ela.

— Eu não quero saber dessa família — afirmei, me lembrando da propaganda ridícula da sua festa de 40 anos. — Por falar nisso, você nasceu em que mês?

— Agosto, por quê?

Indaguei de qual ano e ele respondeu.

— Pois eu nasci em novembro do ano anterior, eu sou o mais velho da família, então não me encha.

Philip bufou.

— Ok, big boy e qual é o seu plano? Entrar de tanque em Vegas sozinho?

— Nós nem sabemos se ele está em Vegas.

— Exatamente, *malaka*, até que enfim concordamos em algo.

— Mas eu não concordei com você. Porra! São cinco horas de voo!

Philip estreitou os olhos, chegando a mesma conclusão que eu.

— Não daria tempo de a menina estar em Vegas. Como não pensamos nisso antes?

— Não existe "pensamos" aqui, eu estou nessa sozinho.

— Eu bem queria que isso fosse verdade, mas não é. — Ele disse, arrumando um vinco inexistente no terno.

Revirei os olhos.

— Volte para a sua mansão e a sua família, Philip, eu cuido disso.

— Mandei Ella, as crianças, Melina esposa do Alexios e a minha mãe para a Grécia assim que você saiu daqui. Quer que mande Julia para lá?

— Não. Eu quero que você saia do meu caminho...

Assim que eu terminei a frase um helicóptero passou voando sobre nossas cabeças. Ele obviamente tinha o brasão desse engomado.

— Aquilo por acaso é seu? — Perguntei.

— Sim..., mas quem...

Ele chamou um dos seguranças e logo descobrimos que Alexios e Julia haviam saído no helicóptero.

— Julia! Porra essa louca prometeu. — Fui até a saída com Philip na minha cola. — Você vai mesmo me seguir?

— Eu não estou te seguindo, me esclareça uma coisa. Por algum acaso você guardou a tal mala no meu banco?

— É obvio que n... — E de repente, o que Aiden fez ficou bastante claro. — Porra caralho, liga para o seu irmão, mande ele voltar. É capaz de Aiden explodir o hotel só para tirar as duas de mim.

Eu suspirei, meus olhos ardendo enquanto o helicóptero sumia na distância. Julia, prometeu! Será que ela estava me punindo por causa da história de Olga?

— Nicolas, temos que agir agora! Eu conheço Alexios, se eles têm qualquer tipo de plano ele não vai me atender. — A voz de Philip rompeu através dos meus pensamentos.

Assenti, minha mente já se movendo através das opções.

— Preciso de um carro, Philip. Algo rápido e forte. Tenho que chegar no hotel junto com eles.

Philip estalou os dedos e como mágica, um segurança de terno apareceu em nossa frente, Philip disse algumas e o homem saiu fazendo reverência.

— Você é tão ruim assim de mira? — perguntei e ele franziu o cenho ressaltando que não havia entendido.

Apontei para os inúmeros seguranças na propriedade.

— Ah, a minha equipe de segurança! Bom, eu sei me defender muito bem sozinho, mas talvez você não entenda a complexidade de uma vida como a minha. Quando se ganha tanto dinheiro quanto eu ganho...

Exalei com força, soltando um grunhido, sonhando com uma arma na minha mão.

— Eu ganho muito mais dinheiro que você, Donald Trump grego.

— Nos seus sonhos, talvez.

— Só sou mais inteligente em gastá-lo.

— Claro, é de uma inteligência sem medida morar confinado em um cubículo como a cobertura do *Roux-Beaumont*. Vocês tinham que melhorar aquilo, chamar de seis estrelas deveria ser crime.

— Cadê essa merda de carro? Estou começando a achar que você não tem um esportivo.

Como se atraído pela minha fala, um Bugatti Chiron, cujo motor rugia ansiosamente apareceu na nossa frente, conduzido pelo segurança.

— É verdade, eu não tenho *um* esportivo. E a minha resposta é não, Nicolas, você não vai dirigi-lo.

— Cala a boca e leva a gente logo para o hotel, se algo acontecer com aquela menina eu mato Aiden e você!

— Mas que obsessão em matar, onde criaram você? Na KGB?

Mergulhei no banco do passageiro, pensando sobre o meu período na KGB, mas eu não podia contar isso para ninguém. Enquanto Philip se concentrava na estrada eu tentava, sem sucesso, chamar Julia. Nada. Porra.

— Acalme-se, estou acionando o Ministro da Justiça. Vamos precisar de ajuda legal. Assim que o lixo do Aiden colocar as mãos na mala ou nos diamantes ele vai ser preso. — Philip disse.

— Mas ninguém sabe onde estão esses benditos diamantes.

— Confie na sua família, Nicolas. Se Alexios pegou o meu helicóptero é porque ele tem um plano.

— Confiança é um luxo que eu não posso pagar e além do mais, vocês nunca serão minha família.

Philip lançou-me um olhar impaciente, suas mãos tamborilando no volante do Bugatti. O relógio não parava e, enquanto as horas passavam, nosso silêncio tornou-se cada vez mais carregado. A ausência de notícias sobre Alexios e Julia manteve o ar denso, sufocante. Philip, sem esperar diretrizes, pegou seu telefone, seus dedos dançando na tela enquanto cobrava favores e pressionava por informações de sua vasta rede de contatos.

O aviso de um dos meus homens finalmente chegou. Sem uma palavra, Philip arrancou com o Bugatti, fazendo os pneus gritarem no asfalto. O motor do carro roncou enquanto acelerávamos pelas ruas da cidade, cortando o tráfego com destreza.

Ao chegarmos ao hotel, foi como um soco no estômago. Tudo o que vimos foi a silhueta de Aiden sumindo entre os pedestres.

— Droga! — Saltei do carro, perseguindo com tudo o que eu tinha.

Não pensei em nada, apenas corri. Ele virou para trás sabendo que eu o alcançaria e cortou a calçada entrando em um beco. Ele estava encurralado e sabia disso. Os únicos sons eram passos e respirações pesadas.

Era o fim.

Aiden se virou, nada além de vazio em seus olhos. Minha hesitação foi mínima, um reconhecimento do precipício que eu estava prestes a pular.

— É impressionante, Nicolas — Aiden começou, sua voz um misto de desprezo e resignação —, sempre o soldado leal, mesmo depois de tudo.

Suas palavras queriam me atingir, mas ele nunca teve esse poder. Carinho, amor, desprezo... nunca me importei com os seus sentimentos ao meu respeito e talvez tenha sido isso que sempre o incomodou.

— O que eu sou eu deixo de ser nunca foi da sua conta. Eu já devia ter tirando você de circulação há anos. Muita gente inocente teria sido poupada.

— Inocente... — cuspiu ele. — Você não é como os dois idiotas, você sabe que não existem inocentes.

Suspirei.

— Onde está a mãe de Julia? Fale e eu deixo você sair com vida.

Ele gargalhou de verdade, genuinamente satisfeito com a resposta prestes a sair de sua boca.

— Vocês são todos uns idiotas, matei aquela puta no primeiro dia. Ela não me ajudaria em nada.

Eu já desconfiava, mas me senti mal por Julia, quis reconfortá-la dizer que tudo ficaria finalmente bem. Eu não queria estar aqui nesse beco imundo com esse protótipo de psicopata. Queria ir até a mulher da minha vida e dizer que viveria aos seus pés se essa fosse a sua vontade.

— Ok, Aiden. Faça um último favor a você mesmo e se renda, vamos acabar logo com esse inferno.

— Você não sabe nada sobre inferno — Aiden cuspiu, os dentes cerrados. — Sobre Demiris Stavros e a tonta da sua mãe... Ela tinha uma missão, seduzir o idiota e engravidar. Então todos seriamos uma família. Era para eu ser algo, Nicolas! Ser respeitado, mas ele nos jogou aos cães. A mim e à sua querida mãe. É isso que os Stavros fazem, não se engane.

Algo dentro de mim estremeceu, mas mantive a compostura. Minhas palavras foram medidas, um esforço para manter a ira controlada.

— E o que você fez de diferente, Aiden? Jogou-me aos cães também.

Ele riu, um som ríspido e sem humor.

— Sim, e aqui está você. Vivo. Talvez eu tenha te dado a única chance de se tornar algo que preste. Mas veja só, você está aqui para me impedir, para trair o próprio sangue.

Sua mão se movia lentamente para o bolso. O instinto, treinado e refinado em campos de batalha, quase me fez agir. Mas eu esperava, ainda havia algo em seus olhos, uma dor que eu não compreendia.

— Por quê, Aiden? — A pergunta era mais para mim do que para ele. — Por que precisava me usar? Por que não deixou que eu fosse uma boa lembrança para você, ao invés de uma ferramenta para sua vingança?

— Boas lembranças são para os fracos, Nicolas — ele respondeu, o cano da arma agora visível. — E eu não sou fraco.

Alguém se moveu atrás de mim e os olhos de Aiden brilharam. A voz que soou atrás de mim era a de Philip, dizendo ofegante que estava me procurando. Aiden não perdeu tempo e, quando mudou a direção da arma para ele, eu não hesitei. Saquei minha arma e atirei imediatamente, girando o braço por trás do paletó. A bala ricocheteou encontrando seu alvo com uma precisão letal. Aiden caiu, o olhar surpreso se fixando no vazio enquanto a vida o deixava.

Sirenes cresciam ao fundo quando Philip pousou a mão no meu ombro. Eu não me mexi, olhos ainda cravados em Aiden.

— Nicolas, temos que sair daqui. Alexios tinha colocado a polícia atrás de Aiden — Ele sussurrou, mas eu balancei a cabeça.

— Não. — Minha voz estava áspera, fatigada. — Acabou.

Philip ainda tentou argumentar, mas era tarde demais, a polícia se aproximava. Não lutei quando as algemas se fecharam ao redor dos meus pulsos, eu parecia embaixo d'água enquanto um policial me dava voz de prisão e me guiava até uma viatura.

Então, de repente uma voz fina e infantil me fez voltar a superfície.

— Tio Nico! — Ela dizia enquanto corria até mim. Ergui os olhos e vi que Julia e Alexios se aproximavam.

— Não deixe a menina ver o que aconteceu no beco — falei para o policial que concordou e nos levou para longe dali.

Mesmo algemado, eu me abaixei, ficando na altura dos olhos dela.

— Ah, minha borboletinha! Como você está?

— Cansada, tio Nico e você?

Eu ri.

— Podemos dizer que estou cansado também.

— Vamos para casa? Por que seu braço ta assim? — Ela fez cara feia para o policial. — Você não pode machucar ele!

O policial fez uma cara de poucos amigos e, por puro hábito, procurei pelo nome no uniforme e o memorizei.

— Lembra que eu não tenho medo de nada?

— Só de pesadelo.

— Isso, só de pesadelo. E junto com esse eu tenho outro superpoder, ninguém pode me machucar.

— Sério? Até se eu te beliscar?

Ri e ergui os olhos, Julia me fitava fixamente, com os olhos marejados de lágrimas. Relutante, voltei a atenção para a Valentina.

— Sim. Nem se me empurrarem e eu ralar o joelho. Só tem uma pessoa no mundo inteiro que conseguiria isso, e não é Sr. Dench ali.

Ela franziu a testa e tirou os cachinhos do rosto.

— Quem, então? O papai do céu?

Gargalhei.

— Bom... ele também, então são duas pessoas, o papai do céu e a sua irmã.

Ela deu uma risadinha e tampou a boca.

— Ela disse para o moço bonito que "aaaama" você.

O meu coração bateu mais forte, bem forte. Beijei a testa da Valentina e me levantei.

— Até a volta, borboletinha. — E então, virei-me para a minha *kryptonita* de olhos castanhos. — Eu sei que precisamos conversar, mas estou preso em uns assuntos, tampinha.

— Não brinca com coisa séria. Precisamos mesmo conversar, mas eu não posso ficar no seu hotel e...

— Não começa com loucura, Julia. Eu mereço pelo menos uma semana de paz, eu estou ficando velho. Fica quietinha só um pouquinho, vai fazer compra, qualquer coisa, menos loucura.

— Ei! — Ela pôs a mão na cintura.

— Sr. Beaumont — o policial me puxou. — Está na hora.

E então todo mundo falou ao mesmo tempo. Philip, Julia, Alexios, os policiais. Mas estava incrivelmente em paz, como nunca em minha vida. Aiden Roux jamais voltaria para infernizar ninguém.

Algumas semanas depois...

Estava sempre quente nessa merda de cela. O tédio era definitivamente era a pior parte, o tédio e as companhias. Gonzales respirou fundo e falou com a voz chata de sempre.

— Parabéns, grandão. Conseguiu voltar para cá e deixar a tatuagem ainda mais gay.

Olhei para baixo e sorri, eu tinha escrito Vavá embaixo da borboleta azul.

Abri um olho só, pensando em como seria bom arremessar a cabeça do meu companheiro de cela na parede. Mas isso culminaria em sessões intermináveis no grupo de raiva e me contive, pensando na ironia da situação.

— Sua mão está com saudade de ficar quebrada?

— Porra, man. Você leva tudo a sério, eu tava brincando.

— Pois não brinque.

— Não tá mais aqui quem falou então.

Alguém se aproximou da cela.

— Beaumont, seus advogados chegaram. Vamos antes que você dê prejuízo para o Estado, batendo em Gonzales novamente.

— Foi um prazer revê-lo, Gonzales.

— Claro, patrão.

Segui o guarda até a antessala e, dessa vez, parecia que a filial em peso da *Lockhart, Kingsley & Lipton* veio me tirar da cadeia. Dan sorria com o meu paletó e relógio nas mãos.

— Onde Tony se meteu? E por que veio todo mundo para cá?

— Tony se demitiu, senhor. As palavras não foram muito agradáveis, prefiro não dizer.

— Fala logo, caralho.

Dan soltou um suspiro triste.

— Ele virou DJ, está se apresentando em uma boate, a Daza[15] — dei de ombros — Dominic West?

— Quem?

— Deixa para lá, senhor. Tony so disse isso mesmo, que o senhor sugava toda vida ao seu redor e daí ele se demitiu.

— Ok, foda-se ele. — Apontei os advogados. — E isso aqui?

— Ah, isso! Então, o Sr. Lockhart veio pessoalmente lá do Texas e se reuniu com o Sr. Stavros, aparentemente vai rolar uma indenização milionária por causa do seu caso.

— Pra mim? — Perguntei, fechando o relógio.

— Não saberia dizer, senhor.

Dei um abraço em Dan que ficou rígido.

— Meu Deus, o que está acontecendo, Sr. Beaumont?

---

[15] Propriedade de Dominic West, do livro Bilionário de Aluguel de Alicia Bianchi.

— Um dia, quando você for preso, vai entender. Por falar em Beaumont a minha digníssima esposa foi encontrada?

— Qual delas?

Respirei fundo e o diretor apareceu todo efusivo, so faltando me carregar no colo e me liberou.

— Como assim qual delas? Julia sumiu?

Todo o ar foi tirado do meu peito na expectativa da resposta.

— Não, senhor, a senhora Julia está... está bem. Por outro lado, a Sra. Beaumont, já não passa também, pelo fato de ter vindo a óbito.

— Mentira que Olga morreu!

— Eu não ousaria mentir para o senhor. O Sr. Roux provavelmente a matou.

— Que eles se façam boa companhia no inferno.

Os portões da cadeia abriram rangendo e ecoando no dia ensolarado. Procurei James com o meu carro e não o vi. Já ia mandar Dan chamá-lo quando, de repente, fui cercado.

Phillip, Ella, Alexios, uma menina bonitinha loira com cara de tímida e um monte de crianças que corriam a minha volta, falavam sem parar.

— Nicolas, mas que porra, nunca ia imaginar que a gente era primo!

— Como faz calor nessa parte da cidade.

— E aí, cara, quando você vai dar uns rolê na Grécia?

— Tio Nicolas, saudades! Você é nosso tio de verdade agora, né?

Dei um passo para trás, tentando manter a postura indiferente de sempre, mas não consegui. Eles estavam todos ali, por mim, fazendo planos, conversando, compartilhando. Não havia cobranças, favores, acordos, vingança, paranoia.... apenas presença e tranquilidade. Sorri, sentindo as mãos tremerem ligeiramente e, mesmo sendo dia, olhei para o céu agradecendo a estrela. Mesmo demorando um pouco e dando umas voltas estranhas, ela finalmente trouxe a minha família para perto de mim.

No entanto, por mais que eu apreciasse o gesto deles, a família não estava completa. Faltavam as duas pessoas que mantinham o meu coração batendo e a minha cabeça no lugar. Era hora de falar sério com a tampinha e matar as saudades da minha mini tampinha.

Dan veio até mim e me deu as chaves do presente que mandei comprar para Julia. Despedi-me dos meus irmãos, sobrinhos e cunhadas e mandei que James acelerasse, eu já havia ficado tempo demais sem o amor da minha vida.

CAPÍTULO 32

Julia

— Valentina, meu amor, você vai ter que escolher qual boneca levar, não vão caber todas no avião.

— Mas eu quero todas, eu ganhei de presente porque fui boazinha.

Suspirei, ela estava inconformada desde que eu disse que iriamos voltar para o Brasil. Ela não queria ir sem Nicolas de jeito nenhum. E eu não queria brigar com ela. Vavá passou por coisas demais para uma menina tão nova. Estava na hora da gente começar a viver em paz. Minha avó estava em cólicas pela minha volta, louca para mostrar a casa que Nicolas comprara para ela. Eu nunca poderia agradecê-lo o suficiente por tudo o que fez por mim, mesmo que de forma tão turbulenta, mas agora era a hora de voltar.

Eu ainda estava tentando digerir a morte da minha mãe. Por mais que ela tenha sido irresponsável e egoísta, ela era a minha mãe e eu nunca desejei mal a ela. Rezava todos os dias pela sua alma e que encontrasse a paz do outro lado que não teve aqui.

Eu não queria muito pensar em paz. Jamais a teria longe de Nicolas, ou perto dele. Ele chegou em minha vida para botar tudo de cabeça para baixo e não consertar. Fui visitá-lo na cadeia várias vezes, mas ele nunca me deixou entrar, alegando que não era lugar para alguém como eu. Os seus advogados garantiram que ele não ficaria mais tempo, que era uma prisão ilegal. Eu não entendia nada sobre isso, apenas sentia saudades, muitas. Provavelmente sentiria para sempre.

Philip e Alexios Stavros me mantinham informada sobre os desdobramentos do caso Aiden. A decodificação da tal mala preta abriu uma verdadeira caixa de pandora nos Estados Unidos. Muita gente importante estava caindo devido a escândalos gravíssimos. Aparentemente era assim que ele operava, traficando influência nas sombras.

Terminei de arrumar uma das malas e fui pegar um suco no frigobar da sala e, quando voltei, Valentina tinha tirado todas as bonecas e roupas que eu demorei horas para juntar.

— Valentina Barboza — eu disse muito séria para ela. — Olha essa malcriação, você quer ficar de castigo?

Ela bateu os pezinhos e fechou a cara para mim, com os braços cruzados.

— Eu vou contar tudo para o meu tio Nico! E ele vai por *você* de castigo.

— Quem eu vou pôr de castigo? — Nicolas perguntou com a voz grossa, encostado na porta do quarto, vestido todo de preto com os olhos verdes brilhando em minha direção, como se dissesse que adoraria me colocar de castigo.

Minhas pernas amoleceram e, por alguns segundos, meu cérebro entrou em colapso. Ele era tão lindo que me dava vontade de chorar. No entanto, me forcei a permanecer firme, a Valentina estava em um momento sensível, mas eu não podia dar passe livre para malcriação.

— A Valentina, que está achando bonito ser malcriada.

Ela correu para as pernas de Nicolas que se agachou e beijou a sua testa. A afinidade que os dois tiveram desde o primeiro dia era de dar lágrimas nos olhos.

— A minha borboletinha está sendo malcriada? Eu não acredito em uma coisa dessas!

— Deixa a menina, Zuia. — Ela repetiu a fala de Nicolas e, por pouco, não cedi e ri.

— Não, não deixo, e não adianta você correr para ele para se safar que eu coloco vocês dois no cantinho do pensamento, juntos!

Tomada de coragem com a chegada de Nicolas, ela se afastou das pernas dele e pôs a mão na cintura. Ele riu, falando "deixa ela, Julia." E, para mim, foi a gota d'água.

Segurei a mãozinha da Vavá com delicadeza e entrelacei a outra mão na de Nicolas. Voltei a viver, energizada por ele no mesmo instante. Minha respiração tornou-se curta, rápida. . o coração bateu mais forte, esquentando todo o meu corpo que implorou por mais proximidade.

— Vem aqui, vocês dois — chamei com a voz rouca.

Quando necessário, eu colocava a Vavá no pé da escada que ia até a cobertura, para "pensar" por uns quatro minutinhos. Assim que a coloquei, começou a chorar, ela sempre chorava no começo. Nicolas sentou-se ao lado dela, ficando com os olhos na altura dos meus.

Ele olhou para Vavá como se ela estivesse morrendo e ia confortá-la quando segurei a sua mão e balancei a cabeça, implorando silenciosamente para que ele me ajudasse.

Ele assentiu e não afagou a Vavá que entendeu rapidinho que não iria se safar dessa e parou com o escândalo.

— Bom — comecei. — Eu sei que não quer ir embora, Vavá, mas você não pode me enfrentar assim, lembra do respeito, não lembra? Eu respeito você e você me respeita de volta. Cinco minutinhos dessa vez, para refrescar a sua memória.

Ela arregalou os olhinhos indignada, cinco minutos sentada olhando para o nada aos quatro anos provavelmente era terrível. Nicolas bateu o ombro nela, chamando sua atenção, e colocou o indicador na frente dos lábios, balançando a cabeça, dizendo, para não discutir. Então ela parou, imitando o jeito que ele estava sentado.

Meu coração ficou minúsculo com a cena, apertado. Desde que Valentina nasceu, minha mãe arrumou um namorado novo a cada mês. De alguns, Vavá gostou, de outros não. Aprendeu rapidinho a não se apegar, além do quê, eu fazia questão de mantê-la na creche no período integral, evitando muito contato.

Mas com Nicolas ela veio de peito aberto, talvez por confiar mais em mim. Ele a tratava como uma verdadeira princesinha, nunca se estressava ou a mandava embora, por mais nervoso com um assunto que estivesse. Não era justo o destino juntar para depois separá-los assim.

— E o que o tio Nico fez? — Vavá perguntou.

— Bom, ele sabe o que fez. É o cantinho do pensamento, não do "conversamento"

Ele ergueu a cabeça e me encarou intensamente.

— Eu falei uma mentira para a sua irmã.

Vavá fez um "oh" com a boca e a cobriu com as mãos.

— Nós não falamos mentiras nessa casa — ela disse imitando a minha entonação de voz e eu precisei me afastar.

Parei no batente da porta com o coração na boca, tentando segurar as lágrimas. Ok, o que Nicolas fez com aquela mulher, por pior que ela fosse, foi pesado. Eu disse que abraçaria o seu lado sombrio, mas eu fui ingênua, o que eu sabia sobre isso?

Respirei fundo, tentando expulsar as lágrimas dos olhos. A conversa dos dois continuava.

— Você não sabia que não podia mentir, tio Nico?

— Eu sabia, sim.

— Uai... que feio. Por que mentiu? Zuia tava chata?

Ele gargalhou esquentando o meu coração, eu amava esse som.

— Sua irmã é maravilhosa, borboletinha, assim como você. Eu menti porque eu tive medo.

— Então você não tem medo só de pesadelo.

— Eu não tinha medo de nada, até o dia que entrei no meu avião, a sua irmã te pegou no colo e vocês duas olharam para mim.

Virei o meu corpo na direção da escada e os nossos olhos se encontraram de novo. Valentina pegou na mão dele.

— Não fica assim, tio Nico, Zuia é brava, mas ela é boazinha, não precisa ter medo dela. Mas você tem que se arrepender e pedir desculpa.

— Só isso, borboletinha?

— Aham, você quer ver? Já deu cinco minutos?

Ele olhou para o relógio e sorriu.

— Sim, deu.

Valentina soltou um sonoro "ufa" enquanto saltitava até onde eu estava e me abraçou.

— Desculpa ficar brava com você, mas eu só quero ir para casa da vovó se o tico Nico for.

— Tudo bem, meu amor, eu desculpo você, agora vai para o parque com a Nana. Eu preciso conversar com o Nicolas, ok?

— Ok, então desculpa ele também. — Ela disse e saiu andando pela cobertura. — Ô Nana eu quero ir no parque!

Logo a babá apareceu e as duas saíram, Nicolas ainda estava na escada me encarando.

— Julia...

— Eu acho que vai levar mais que cinco minutos, Nicolas. — Eu disse com medo de me aproximar. A saudade que eu estava dele doía fisicamente.

— Nem que leve uma vida inteira, eu não me importo, só não vá embora.

Soltei uma risadinha sem humor.

— Eu sou uma garota da Pedreira Prado Lopes de 21 anos e sem faculdade. Eu não sei onde eu estava com a cabeça de sonhar com Manhatan. O que eu vou fazer aqui? Convidar Ella Stavros pra tomar chá?

— Tenho certeza de que ela adoraria, vocês duas têm mais em comum do que você imagina.

— Ah, claro. Eu não pertenço a esse lugar, Nicolas.

Ele se levantou de uma vez, enlaçando minha cintura e segurando firme as minhas bochechas entre os dedos. Não tive tempo de reagir.

— Você pertence a mim. *Kroshka* e você sabe disso. — Ele olhou no fundo dos meus olhos. — Me desculpe. Eu tive medo de parecer fraco e vulnerável e você desistir de mim. Essa é a verdade.

E era. E eu nunca pensei que ele admitiria. Joguei minha cabeça para trás a fim de sair de seu alcance e confessei:

— Eu também tenho medo.

— Do quê, minha pequena? Eu sempre vou proteger você de tudo, até o fim, lembra?

— Lembro, eu não esqueço nada que você fala para mim. Mas e de você? Vai me proteger de você também?

— Mas nem se eu enlouquecesse ou perdesse a memória, nem para salvar a minha própria vida eu machucaria vocês. De onde tirou isso?

— Eu vi o que você faz com as pessoas que você odeia. O que te impede de acordar amanhã e decidir que eu sou a sua inimiga?

Ele passou a mão nos cabelos.

— Tudo me impediria. Olha... mesmo correndo o risco de afastar você ainda mais de mim... eu sempre odiei Olga Beaumont, sempre, eu nunca tive nem simpatia por ela. Ok, não era algo indiferente igual com Aiden, sei que ódio é sentimento. Eu não sou um homem volúvel, Julia, meu amor por você não vai virar ódio, nunca.

Amor... ele disse amor, com todas as letras.

— A-amor?

— Porra, mulher, sério? Você achou que isso tudo era só tesão? Eu gosto pra caralho de foder você, mas a esse ponto?

— Sei lá, você *é* muito pervertido.

— Sou, mas eu te amo. Com tudo o que eu tenho, com toda a minha alma... Eu só quero passar o resto dos meus dias cuidando de você e dos nossos filhos. Um dia você disse que a Valentina ficaria mimada... É só o que quero, mimar você e a nossa borboletinha, dar a ela o que eu não tive enquanto eu crescia e que eu achava que não merecia.

Meu coração sangrou por saber que ele achava que não merecia ser amado. Aproximei-me dele devagar e passei a pontinha dos dedos no seu peitoral, pressionando a palma da mão em cima do seu peito.

— Você merece todo o amor do mundo, meu herói. Você não fica mais fraco e nem vulnerável quando ama. Você fica mais forte, mais corajoso, mais lindo. Abrandar o coração e deixar alguém entrar é a maior prova de força que você já demonstrou. Você é lindo de morrer, toda vez que eu te vejo eu paro de respirar um pouquinho, mas a parte mais bonita que você tem é essa aqui, o seu coração é lindo, Nicolas...

Ele agarrou o meu pescoço com aquela fome que me tirava o chão.

— E ele é seu, Julia, só seu. Eu sou completamente seu.

Eu tinha acabado de fazer um discurso sobre amor e força e estava aqui tremendo de medo de me entregar, de me render..., mas quem eu estava querendo enganar? Eu já estava entregue, rendida, e agora eu também seria forte.

— E eu sou sua, Nicolas. Irreversivelmente sua.

Ele me beijou com fome e ternura, era intenso e sensível, bruto e cuidadoso, assim como ele era, o meu herói sombrio. Retribui com o coração aberto, espontâneo e feliz, prometendo silenciosamente que cuidaria com todo o carinho desse coração lindo e nunca mais o deixaria se desvirtuar da luz.

Ele rasgou as minhas roupas, rosnando, gemendo, e, quando me dei conta estávamos os dois no chão acarpetado da sala.

— Tão molhadinha pra mim, a minha tampinha. Eu quero fazer amor com você agora e depois foder todos os seus buraquinhos como a minha putinha, a noite toda, a manhã toda, a vida toda.

— É só que vamos fazer daqui pra frente, então? Fazer amor e foder? — Perguntei com a voz falhando quando o seu pau deslizou até o fundo da minha boceta.

Tirei a sua camisa, fazendo alguns botões voarem pelo ar, beijei seu pescoço, mordi seu ombro e só quando eu desci a boca até o seu peito que eu vi.

— Porra Nicolas, assim é golpe baixo. — Falei, gemendo entre as lágrimas.

— Eu te amo, Julia Barboza e vou amar para sempre.

Beijei o seu peito, onde ele havia tatuado o nome da Vavá embaixo da borboleta e, o meu, em cima, com uma tampinha do lado e gozei com força, beijando a boca dele até os meus lábios doerem. Ele se contraiu logo depois ainda com a boca colada na minha em um orgasmo que parecia que duraria dias.

— E eu te amo, Nicolas... — sussurrei sentindo-me plena, era impossível ser mais feliz do que isso, no entanto, travei na declaração — mas, peraí, eu não quero te chamar de Beaumont não, você vai adotar o Stavros no sobrenome?

— Eu n...

Levantei o tronco, o interrompendo, surtando.

— Jesus, Maria e José... Eu vou me casar com você e ser Julia Stavros, aaaaaah! Vou mudar o nome da Vavá. Deus nunca descansa, euzinha uma Stavros.

— Ah, pronto. Você sabe que eu tenho muito mais dinheiro do que aquele babaca, né?

— Que babaca?

— Philip.

— Ah, tava nem pensando nisso, mas é nome né, Forbes... a cara da riqueza.

— Então é isso que você quer? Ser top 1 da Forbes?

— Eu e o resto do mundo, meu amor.

— O resto do mundo não me interessa nem um pouco. Só aguarde e confie.

Gargalhei.

— E se prepara para malhar muito esse peitoral aqui, vai ter que caber os nomes de todos os nossos filhos. Agora que eu vou ser alta sociedade, terei muitos gêmeos.

— Muitos gêmeos? É assim que acontece, então? — perguntou ele, divertido.

— Sim, meu amor, teremos uma família enorme.

Ele me virou daquele jeito abrupto delicioso dizendo que era melhor começarmos logo.

Sim, eu queria começar logo, e não via a hora de vivermos felizes para sempre pelo resto das nossas vidas.

BÔNUS

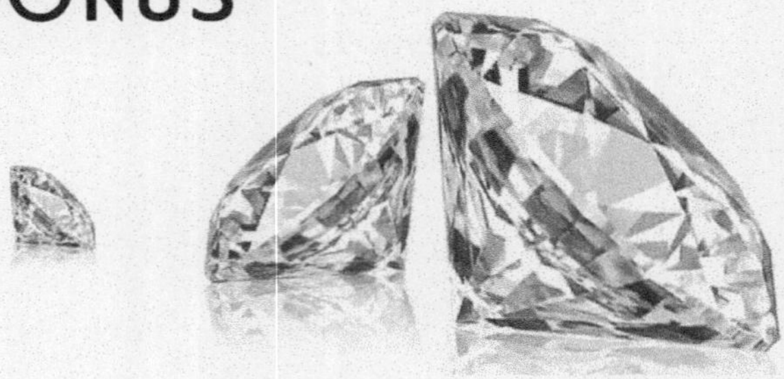

Penha

Belo Horizonte, Brasil
Data desconhecida...

Eu sempre fui conhecida como uma mulher que não leva desaforo para casa. Penha, a durona da Pedreira, um bairro simples e acolhedor em Belo Horizonte, sempre com o coração no pulso e a voz na garganta. E é assim que, mesmo aos 50, mantenho minha cabeça erguida, pronta para encarar o que vier. Não foi diferente naquele dia peculiar em que, com a casa da falecida Joice em minhas mãos, a vida decidiu me lançar uma bola curva.

Aquela casa, cara, trazia lembranças... E que lembranças! Joice, sempre alegre, a vida da festa, minha vizinha, e, sobretudo, amiga. Agora, se foi. A filha dela, Julia, se mudou pros Estados Unidos, casou e pelo que me disseram, tá nadando em dinheiro, uma verdadeira Cinderela moderna.

Julia, sempre gentil, me deu a casa da mãe e uma graninha pra fazer umas reformas. "Pra você, tia Penha, que sempre esteve lá por nós", ela disse numa chamada de vídeo, sua voz doce e o inglês sofisticado me fazendo dar risada. Sabe, eu até que entendo umas palavrinhas em inglês, mas na hora de falar, sai tudo embolado.

Bom, de qualquer forma, reformar nunca foi trabalho pra gente que tem medo de sujeira. Decidi que ia economizar o máximo que desse, e quem ia me ajudar eram meus filhos. Afinal, se a gente não meter a mão na massa, quem vai?

E lá estávamos nós, um belo dia, quebrando uma das paredes do quarto onde Joice guardava os cacarecos. E eu, bem, adorava causar um pouco de destruição controlada. A parede foi se desfazendo sob nossos golpes, e quando a poeira abaixou, algo estranho chamou minha atenção.

Uma boneca de pano, antiga, com olhinhos de botão, olhava pra mim de dentro da parede, escondida entre os tijolos e o reboco que agora estava no chão. Naquele instante, meu coração deu uma pausada. Era ela, a boneca que Julia carregava pra todo lado quando era pequenina.

Rapidamente, peguei o celular, pensando em compartilhar aquele momento nostálgico com Julia. "Olha só o que achei, menina", ia dizer, mas antes que pudesse fazer qualquer coisa, a boneca se rasgou.

Caí pra trás, o olhar fixo na nuvem de pedrinhas brilhantes que se espalhou pelo quarto. Diamantes. Centenas de pequenos diamantes escorriam da boneca, cintilando sob a luz do sol que entrava pela janela.

Minha boca se abriu, mas, por um segundo, nenhuma palavra saiu. E então, como sempre, a Penha da Pedreira falou mais alto:

— Meu Deus do céu!

Os diamantes se espalharam pelo chão, e os olhos dos meus filhos brilhavam, reflexo das pedras preciosas diante de nós.

E nesse momento, entre o esparto e a alegria, não pude deixar de pensar em Joice e em todos os momentos que compartilhamos naquela casa. Aquela descoberta iria mudar muita coisa, mas uma parte de mim desejava que ela estivesse ali, vivendo tudo isso com a gente.

Eu sabia que uma decisão tinha que ser tomada: o que faríamos com aquela descoberta? Bom, eu tomei uma decisão, mas não sou boba de espalhar aqui para vocês. Como dizem por aí, em boca fechada não entra mosquito.

EPÍLOGO

Nicolas

— Papai, posso ir andar de lancha com Nathan e Brandon? — Valentina perguntou.

Levantei uma sobrancelha.

— Só vocês três? Nem fod...

— Nicolas, luz da minha vida! Em um mundo que você pode escolher ser qualquer coisa, escolha ser gentil. — Julia apareceu no deque do jardim, com um tom de voz que contradizia as palavras doces.

Respirei fundo e ri para Valentina.

— Depende, minha borboletinha, vai ter um adulto com vocês?

— Brandon já tem 16 anos! Quer mais adulto que isso? — Exclamou como se estivesse falando de alguma celebridade. Ela estava encantada por aquele pivete. Eu já tinha deixado avisado para Philip e Brandon... ai deles.

— Quero, quero mais adulto que isso, com mais de 30 anos de preferência. Ella não vai?

— Tia Ella está organizando o *Met Gala,* esqueceu?

— Pelo tanto de dinheiro que dei para aqueles abutres esse ano, nem se eu quisesse esquecer, conseguiria.

— Uai, por que deu então?

Olhei para a Julia e o meu coração acelerou, mesmo depois de tantos anos de casados e cinco filhos, eu era completamente viciado nela.

— Porque o *Met Gala* faz a sua mãe feliz.

Valentina sorriu e me deu um beijo na bochecha.

— Quando eu crescer eu quero um marido que me trate como você trata a mamãe.

Julia riu e acariciou o meu rosto.

— Não se preocupe com isso, borboletinha, eu garanto que você, as suas irmãs e as suas primas serão muito bem tratadas, não tenho a menor dúvida disso.

— Você é o melhor pai do mundo, mas eu ainda quero andar de lancha. Nathan não é tão...

— Delinquente. — rosnei.

— Audacioso quanto Brandon e ele também vai. Até Atlas, Eric e Amélia vão, acho que o tio Alexios vai — ela disse.

Julia caiu na risada.

— Deixa a menina, Nicolas.

— Quem diria, uma tampinha vingativa. — zombei — Quero só ver se Alexios vai mesmo, eu vou ligar para ele.

— Mas hein, a gente vai sair agora, deixa, eu posso?

— Vá logo, garota! E vê se volta antes da gente ir para o baile, ok?

Ela me deu um monte de beijos, depois deu um monte de beijos em Julia e se foi.

— Você deixa as crianças fazerem o que elas querem com você.

— Eu prometi, não prometi? Vou mimar você e as crianças até o fim.

Uma funcionária uniformizada chegou trazendo uma dose da minha vodca favorita, um refresco para Julia e o mais recente exemplar da Forbes. Eu ilustrava a capa vestindo um terno grafite com a manchete:

"O homem de aço, como o bilionário russo transformou o mundo da mineração e se tornou o homem mais rico do mundo pelo segundo ano consecutivo."

Joguei a revista no colo de Julia e agarrei o seu pescoço.

— Dá essa boquinha aqui pro dono da porra toda.

— Com todo prazer, meu amor e não só a boca.

Passei a mão embaixo das suas pernas e a segurei no colo. Não aguentava muito tempo longe da minha gostosa. Mas, não seria assim tão fácil, assim que entramos em casa o caos reinou.

O som das gargalhadas e correria dos trigêmeos, Drake, Trevor, e Michael, reverberou pelos corredores. O trio, com seus olhos brilhantes e sorrisos contagiantes, transformava qualquer ambiente em um turbilhão de energia e alegria, mas hoje, o entusiasmo estava particularmente amplificado.

Julia desceu do meu colo e pegou a nossa caçula, Lívia, nos braços, enquanto eu tentava, em vão, impor alguma ordem naquela pequena multidão. Os meninos, em sua empolgação juvenil, corriam com espadas de plástico, defendendo nosso lar de imaginários dragões e monstros.

As risadas de Lívia se mesclavam às de seus irmãos enquanto ela aplaudia a cena do alto dos braços maternos. Julia não conseguia suprimir seu próprio sorriso ao assistir à cena, um retrato vivo do que nos tornamos: uma família unida e vibrante em meio ao caos que a vida frequentemente nos lançava.

Os meninos me viram ali parado e me cercaram, correndo em minha volta, rindo e tentando me acertar. Peguei os três no colo ao mesmo tempo, uns de cabeça para baixo, os outros tentando me escalar. Liv gritou querendo participar e logo eu estava no chão com todos eles em cima de mim.

— Minha Nossa Senhora, a hora! Preciso organizar as meninas do *Pink Butterfly*, pro *Met*. Você dá conta da tropa aí, meu amor?

— Sim, tampinha. Como que fala com mamãe, galera?

— Eu te amo!! — Gritamos todos ao mesmo tempo.

Julia limpou uma lágrima, beijou um por um, e saiu apressada. A sua franquia de salões era um sucesso em Nova York e ela vivia com a agenda cheia para eventos de publicidade.

Drake, parecido demais comigo para o próprio bem, comentou:

— Por que as meninas sempre choram? Isso é tão bobo.

— Hahaha, um dia você vai entender, meu filho e vai chorar também.

— Eu? Até parece. Quero ser igual a você quando eu crescer.

— Eu chorei quando vocês nasceram. Peguei os três pequenininhos assim na minha mão e o meu coração disparou tanto que eu chorei.

Drake me olhou desconfiado, Trevor pensativo e Michael brincava com Lívia e não prestava atenção.

Trevor perguntou:

— Pai, você e a mamãe sempre souberam que queriam ter muitos filhos?

Pensei em Julia, na exata primeira vez que a vi caída naquele asfalto e me xingando e sorri. Nem em 1 milhão de anos imaginei esse cenário.

Apesar de todos os obstáculos, eu teria percorrido esse caminho mil vezes se isso significasse ter a família que tínhamos agora.

— Não, meu filho, nós não sabíamos — respondi. — Mas hoje, olhando para vocês, não consigo imaginar a vida de outra forma.

A FAMÍLIA ROUX-STAVROS

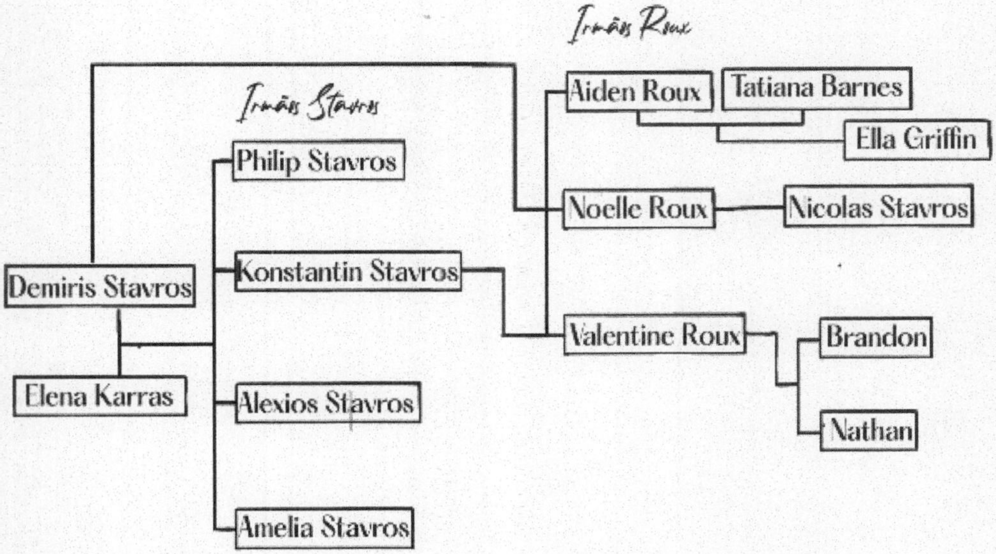

AGRADECIMENTOS

A cada uma de vocês, que viajou por estas páginas, me permitindo compartilhar um fragmento do universo que se desdobrou em minha mente: um sincero e caloroso obrigada.

A todas as leitoras que se perderam e se encontraram nas entrelinhas desta história, que sentiram cada emoção, cada reviravolta, e que de alguma forma se conectaram com Julia, Nicolas, e Valentina — vocês são a razão pela qual cada palavra foi escrita. Vocês deram vida a esta obra de uma maneira que só um verdadeiro amante de histórias poderia.

Àquelas almas gentis que encontraram consolo, aventura, ou simplesmente um desvio acolhedor nas páginas deste livro: sua jornada é tão intrinsecamente entrelaçada com a minha quanto as vidas dos personagens que apresentei a vocês.

E para quem segurou este livro nas mãos, e por alguns momentos, encontrou um universo paralelo para habitar, para sonhar e para se perder — meu coração se estende a vocês com gratidão e alegria. Vocês fizeram este mundo tão real quanto qualquer outro, e sua paixão, seu entusiasmo e seus sussurros gentis de encorajamento foram o farol através da tormenta que é o processo criativo.

Meu muito obrigada especial à Val Barboza que foi a principal responsável pela trama ser *essa* trama, insistindo, pontuando, me fazendo reescrever.

À Pri Fadel que me socorre a todo momento e sonha alto comigo.

Gabi e Milena, betas lindas que surtam junto.

Jaque Donovan & Penelope Fox, as assessoras mais tops que alguém poderia ter.

Às meninas do Taradas das Capas – o Rivotril em forma de grupo.

Todas as minhas divas perfeitas do Wattpad.

E por último, mas não menos importante, minhas leitoras fiéis, do grupo de Whatsapp, Suellen (amiga eu juro que o Nic é seu marido não vou deixar ninguém pegar), Nalu, Bia Miranda, Cris, Alana, Bruna, Gaby, Jossane...

Eu amo vocês de verdade, do fundo do coração. Obrigada por serem esses corações. Obrigada por serem o lar desta história.

Com amor, carinho e gratidão sempre,

Alicia Bianchi

www.lereditorial.com

@lereditorial